必讀精選

韓國古典文學

⑪

· 임경업전
· 박씨전
· 장국진전
· 임진록

明文堂

고전은 겨레의 문학적 뿌리

고전은 절대로 골동품이 아니다. 고전은 시대의 흐름 속에 살아 있으며 서민대중과 호흡을 같이하는 데에 의의(意義)가 있다. 인류가 문자생활(文字生活)을 영위한 이래 수많은 문자의 기록이 생성 소멸되었고, 혹은 오늘에 이르도록 유존(遺存)되어 왔으나, 그 가운데서도 유독 문학유산(文學遺産)처럼 각 시대의 대중들과 더불어 희로애락을 함께 한 기록은 거의 없다. 이것은 문학이 딱딱한 지식이나 까다로운 도덕률을 전파하려 함이 아니라, 인간생활의 정서와 취미를 풍부하고 다채롭게, 그리고 아롱지게 하는 진정한 서민대중의 벗이기 때문이다. 그러므로 수많은 고전 중에서도 문학적인 소산(所産)만은 그 지닌 바 생명이 장구하며 무궁하다. 그러나 이와 같이 구원(久遠)한 생명을 지니고 있음에도, 고전문학은 동서양을 막론하고 현대의 독서층과는 오히려 먼 거리에 있었고, 오직 일부 식자층(識者層)의 독점물인 양 인식되어 왔던 것이다.

그 이유는 고전문학이 각기 그 시대의 문자, 즉 고어로 씌어져 있으므로, 그러한 고어(古語)에 어두운 후세 사람들은 읽기도 어렵거니와 시대 상황의 차이에 따라 내용 자체를 이해하기조차 힘들었던 탓으로 고전 문학은 오직 고어(古語)를 알고 고전을 이해할 능력이 있는 고어파(古語派)들의 연구대상으로서만 겨우 그 명맥(命脈)을 유지해 왔던 것이다. 우리는 이와 같은 점에 느끼는 바 있어, 고전소설을 한시 바삐 오늘날의 독자대중 앞에 보이고자 하는 초조한 마음으로,

첫째, 고전의 원모습을 그대로 지니면서도 현대인의 독서에 편하도록 문체와 체제를 다듬었고,

둘째, 일시에 고전을 조감(鳥瞰)할 수 있도록 전질(全帙)의 형식과 낱권으로도 읽을 수 있도록 편집하였으며,

셋째, 가급적 많은 독서대중에게 보급하기 위하여 염가판으로 이루어 놓은 것을 무엇보다 자랑스럽게 생각하는 바이다.

고전은 현대의 바탕이요, 이 현대는 다시 미래를 계시(啓示)해 주는 것이다. 따라서 고전에 무지할 때 현대는 우매해지고 미래를 기대할 수 없게 된다.

고전의 생명과 가치는 바로 여기에 있다. 우리의 고전소설들은 조선 일대(一代)에 걸치는 선조들의 홍분과 정서와 감각이 서려 있는 주옥 같은 작품들이다. 이것을 읽을 때 우리는 선인들의 감정세계를 거닐게 되고, 또 그들의 숨결도 느끼게 된다. 이 얼마나 즐겁고 고상한 정신의 산책(散策)인가!

고전을 읽자! 겨레의 문학적 뿌리인 고전을 읽어야 한다.

한국고전문학대계(韓國古典文學大系) 편집위원

代表 張 德 順

必讀精選 韓國古典文學大系

○ 차례 ○

林慶業傳

대명 만력 연간(大明萬歷年間)에 조선국(朝鮮國) 충청도(忠淸道) 충주(忠州) 달천촌(達川村)에 한 사람의 영웅이 있으니 성은 임(林)이요, 이름은 경업(慶業)이요, 자(子)는 영백이라 하였다. 나이 여섯 살에 모든 아이를 희롱할새 돌을 모아 영채를 세우며, 풀을 뜯어 기를 만들어 싸움하는 형상을 하고 몸소 대장이 되어 여러 아이들을 호령하매, 모든 아이들이 감히 그 약속을 어기지 못하니 신기하게 여기지 않는 이 없었다. 나이 아홉 살에 비로소 글을 배울새 서초패왕(西楚覇王) 항우(項羽)가,

"글은 족히 성명만을 기록하면 되오니 만 사람 대적하는 법을 배우기를 원하나이다."

라고 한 대목을 읽다가 탄식하여 말하기를,

"이는 진실로 장부의 말이라."

하였다. 어려서 부친을 여의고 모친을 모시고 어린 동생 사형제와 더불어 농업에 힘쓰며 모친을 지효로 봉양하니, 이웃 사람들이 그 효성을 칭찬치 아니하는 이 없었다. 경업이 점점 장성하매 지략이 과인하고 사람을 사랑하며 매양 말하기를,

"장부 세상에 나매 입신양명(立身揚名)하여 임금을 섬겨 이름을 *죽백(竹帛)에 드리울지니 어찌 녹록히 초목과 같이 썩으리요."

하고, 때때로 말달리기와 창쓰기를 익히었다. 나이 스물네 살에 이르러 과거 기별을 듣고 모친께 하직하고 서울에 올라와 무과장원(武科壯元)을 하여 몸에 금의를 입고 머리에 계화를 꽂았으며, 청둥쌍개를 앞세우고 장안의 대로상으로 완완히 나오니 도로에서 이를 보는 자 칭찬치 않는 이 없었다. 삼일 유가(遊街) 후 향리에 돌아와 모친께 뵈오니, 모친과 모든 동생이 함께 내달아 영접하여 가내화열(家內和悅)하나 다만 부친을 생각하고 슬퍼할 뿐이었다.

선산에 *소분(掃墳)하고 이웃마을의 친척을 모아 즐긴 후에 경사(京師)에 올라와 직사에 나아갔었다. 병조판서 이시백(李時白)이 경업을

---

*죽백(竹帛)——서적이나 사서(史書)를 일컬음.

*소분(掃墳)——경사로운 일이 있을 때 조상의 무덤에 가서 제사를 지내는 일.

천거하여 백마강 만호를 삼으시거늘, 경업이 사은 숙배하고 백마강에 도임한 후, 그곳 토병의 신력을 덜고 농업을 권하며 한가하면 무예에 힘쓰니 그곳 백성 중 활 못쏘는 자가 없었다. 이리하여 만호의 칭송이 조정에까지 미치니 우의정 원두표(元斗杓)가 *탑전(榻前)에 주달하되,

"요사이 듣자온즉 개성 천마산성(開城天磨山城)은 심상한 곳이 아니거늘 성첩이 퇴락하온지라 재주 있는 사람을 보내어 성첩을 새로이 하심이 마땅할까 하나이다."

상감께서 *의윤(依允)하사 임경업을 천마산성 *중군(中軍)으로 삼으시니 만호 도임한 지 삼 년째였다. 경업이 모든 토병을 *호궤할새 토병들이 멀리 나와 배별하니 위유해 말하기를,

"내 너희에게 은혜 끼침이 없거늘 너희들이 나에게 이같이 관대하니 내 한잔 술로 정을 표하노라."

하고 말하자 도병이 말하기를,

"소졸들이 여러 *등내(等內)를 모셨사오나 이 같은 등내는 진실로 처음이라. 이제 승품하여 가시니 일변 슬프고 일변 기쁘오이다."

하고, 멀리 나와 배웅하며 눈물을 흘리었다. 경업이 경성에 올라와 먼저 병조판서를 뵈온데, 판서가 경업을 보고 반겨하면서 말하였다.

"그대 한번 내려간 후 아름다운 이름이 조정에 들리매 탑전에 주달하여 중군으로 승진하였노라."

경업이 배사하면서 대답하기를,

"미천한 몸에 외람된 중임 당하오니 황공 감사하여이다."

판서가 더욱 사랑하게 되었음은 다시 말할 것도 없다. 경업이 인하여 예궐 사은하온 후 원상께 나아가 뵈이니 원상이,

---

*탑전(榻前)——임금의 자리 앞.

*의윤(依允)——상주(上奏)를 윤허함.

*중군(中軍)——조선 왕조 때 각 군영의 대장이나 사(使)의 버금가는 장관. 전군의 중간에 있어 대개는 대장이 직접 통솔하는 군대.

*호궤——음식을 베풀어 군사를 위로함.

*등내(等內)——벼슬아치가 그 벼슬을 살고 있는 동안.

"그대의 높은 재주를 만호에 둠이 아까운 고로 탑전에 천거하였나니 바삐 내려가 성첩을 수축하라."

경업이 칭사하고 행리를 수습하여 산성에 부임하니, 이때는 임술년 삼월이라. 장군이 산성에 들어가니 성첩이 퇴락하였고 군기가 미비하였기로 졸연히 수축키 어려운지라. 이 뜻으로 장문하니 상께서 특별히 비변사(備邊司)에 편지하사 별초군(別抄軍)을 보내어 시역케하니 그곳 토병과 한가지로 성역할새 장군이 분부해 말하기를,

"이 성역은 국가대사라 군법은 사정이 없나니 각별 조심하고 태만치 말라!"

하고, 술 한잔을 부어 왼손에 들고, 또한 피 한잔을 부어 오른손에 들고 군중에 호령하였다.

"만일 영을 좇지 아니하면 이 피와 같이 할 것이요, 공을 이루는 자는 이 술을 상 주리라."

하고 먼저 피를 마시고 또 술을 마시니, 모든 군사들이 다 복종치 않는 자 없었다. 이튿날 부역하니 사오일 걸릴 일을 하루에 마치며 열성들이었다. 장군이 밤이면 두루 순행하여 군사를 위무하고 말하였다.

"역사를 수이하고 돌아가 농업에 힘쓰며 너희 부모를 효양하면 이는 충효겸전할 것이요, 나는 그대들의 힘을 입어 공을 이룰지라, 삼가 뉘우침이 없게 하라!"

밤마다 순행하여 군사를 위로하니, 군졸들이 어찌 태만할 수 있으리요. 하루는 장군이 친히 돌을 싣고 오다가 군사 중에 섞여지니 모든 군사들이 서로 말하면서 떠들어대는데,

"야, 여봐라 병정들아! 임장군이 알새라, 어서 바삐 가보자!"

하거늘, 장군이 돌을 놓고 앉아 있다가 말하기를,

"임장군도 여기서 쉬고 있으니 걱정말고 더 쉬어 가라."

하니, 모든 군사들이 크게 놀라 일시에 일어나 바삐 가며 더욱 감격하여 죽을 힘을 써 제 일같이 일하니, 팔구 년 할 큰 역사를 반년이 못되어 끝을 내되 한 곳도 미진한 곳이 없었다. 이에 군사들을 호궤하고 각각 포상하면서 말하였다.

"그대들의 힘을 입어 국사를 무사히 마치니 기쁘기 그지 없노라."

모든 군사들이 배사하여 말하기를,

"소졸들이 하늘 같사온 은덕을 입사와 군사 하나도 상한 자 없고, 병없이 무사히 돌아가게 되니 감격한 마음을 이길 길이 없습니다."

중군이 군사들을 각각 위로하여 보내고 필역한 사연을 나라에 계달하였는데, 상감께서 아름답게 여기시와 즉시 *가자(加資)를 주시니 이때가 갑자년 봄 삼월이었다. 병조판서 이시백이 대국에 보낼 사신 일관을 탑전에 주달하는데, 상감께서 들으시고 인하여 이시백으로 상사(上使)를 제수하시니 시백이 사은하고 일어나 나와 스스로 생각하되,

'타국 출입은 무예 가진 군관을 데리고 갈 것이다.'

하고, 조정에 상의하였다.

"지금 천마산성 장군 임경업은 지용(智勇)이 겸전하니 이 사람을 데리고 가는 것이 좋겠습니다."

하고, 탑전에 청하였다. 상께서 윤허하시와 즉시 임장군을 명소(命召)하시니 장군이 군명(君命)을 받자와 즉일로 행하여 경성으로 향할새, 주효를 갖추어 군병을 호궤하면서 말하였다.

"내 이제 너희에게 은혜를 끼치지 못하고 이와 같이 돌아가니 어찌 부끄럽지 아니하랴."

군병들이 일시에 입을 열어,

"부모 같은 사또를 뫼셨삽더니 일조에 떠나시게 되오니 어린아이가 자모를 여의듯 슬픔을 금할 수 없습니다."

장군이 다시 위로하고 길을 떠나 경성으로 올라왔다. 경성에 올라와 상사께 뵈이니 상사가 반겨하면서,

"주상(主上)이 나로 하여금 대국사신을 삼으시매 이제 가게 되나 함께 갈 만한 사람이 없어 그대를 천거하였소. 그대의 뜻이 어떠하오?"

경업이 땅에 엎드려,

"소인이 용렬한 재주로 국은이 망극하거늘 죽을 땅이라도 사양치

---

*가자(加資)—— 정삼품 통정대부 이상의 품계.

않으오리니 어찌 견마(犬馬)의 힘을 다하지 아니하리까!"

상사가 크게 기뻐하였다. 경업이 궐하에 나아가 꿇어엎드리니, 상께서 인견하시면서 말씀하시기를,

"이제 대국에 사신을 보내매 경의 재주를 사랑하여 조정이 경을 천거하였으니 무사히 다녀오라!"

하시고, 의갑을 차려주시니 경업이 사은하고 돌아나왔다. 이때 남경(南京)에 조회하매 수로(水路)가 가장 험하여 상사와 부중이 다 울며 이별하되 경업은 조금도 수색(愁色)이 없이 흔연히 사신을 뫼시고 등정(登程)하였다. 갑자 구월에 발행하여 여러날 만에 득달하니, 풍속이 아름답고 일물이 번화하여 가히 천조도성(天朝都城)임을 알 만하였다.

상사가 천자(天子)께 조회하고 예단을 올리니 천자가 기꺼워하여 사신을 각별히 후대하시었다. 이때 가달(可達)이란 오랑캐가 강성하여 호국(胡國)을 자주 침략하니 호국이 능히 막지 못하여 대국에 구원병을 청한 바 있었다. 천자가 도원수 황자명(皇子明)을 *명초(命招)하사 대장감을 천거하라 하시니, 마침 사신이 들어오매 천자가 황자명을 접반사(接拌使)로 삼으시니 자명이 조서를 받자와 상사와 경업을 관대할새, 자명이 사신과 경업을 보매 범상한 사람이 아니거늘 심히 공경하고 마음에 크게 사랑하였다. 대국은 관상(觀相)하는 사람이 많은지라, 경업의 상을 보고 크게 찬양하며

"진실로 명장이요, 천하의 영웅이옵니다."

라고 격찬하였다. 이때 천자께서 호국의 청병사신(淸兵使臣)을 영접하였으나 보낼 사람이 없어 황자명으로 군사 십만 명을 거느리고 가서 치라 하시니 자명이 탑전에 상주하기를,

"신이 국가 중임을 맡았사오니 일시도 황성을 떠나지 못하옵겠나이다. 만일 멀리 갔다가 무슨 변란이라도 일어난다면 어찌하오리까? 지용이 겸전한 사람을 가리어 보내는 것이 좋사올 듯하나이다."

천자께서 어찌할 줄 알지 못하더니 이때 대사마(大司馬) 벼슬 사는 사람이 경업의 상을 보고 사랑하여 보국안민(輔國安民)할 묘책을 의논

---

*명초(命招)——임금의 명령으로 신하를 부름.

하매, 그 웅대함이 흐르는 물 같아서 모를 일이 없었다. 이에 대사마가 더욱 기특히 여기어 탑전에 주달하기를,

"신이 조선 사신 임경업을 보오니 만고 영웅이라. 원컨대 조선사신에게 청하여 이 사람으로 청병대장을 정하옴이 좋을까 하나이다."

천자께서,

"비록 그러하나, 만리 타국에서 온 사람을 어찌 전진(戰陣)에 보내리요?"

승상 김호백(金浩伯)이 여쭙길,

"큰 재주를 품은 자는 난세(亂世)를 피치 아니하옵나니 조선도 또한 대국의 신하라, 이 뜻으로 조선 사신에게 전하심이 마땅하여이다."

천자께서 그 말씀을 좇으사 즉시 잔치를 배설하시고 조선 사신을 인견하사, 친히 잔을 잡으시고 옥음 낭랑히 말씀하시었다.

"짐의 나라가 비록 크다고는 하나 조정에 어진 이가 없고 장수 십만명을 능히 거느릴 자 없는지라. 들으니 경이 한팽(韓彭)의 지용을 겸비한 사람이라 하니 한번 호국을 구원하고 대국과 조선의 위엄을 빛냄이 어떠하뇨?"

상사 이시백이 땅에 엎드려 사뢰기를,

"신의 조그마한 나라에 어찌 이 같은 자 있으며, 전장은 사지(死地)라. 만리 타국에 동행고초(同行苦楚)하여 온 사람을 사지에 권하여 보냄은 차마 못할 일이오니, 폐하께옵서는 임경업을 불러 전교하시옵소서."

천자께서 옳게 여기시고 경업을 명초하시니 경업이 관복을 갖추고 궐하여 나아가 땅에 엎드리온대 천자께서 보시고 말씀하시기를,

"경이 만리 타국에 왔으나 짐의 나라에 어진 사람이 없는 고로 마지못하여 경을 호국에 보내어 가달(可達)을 물리치고자 하나니 경의 뜻이 어떠하뇨?"

경업이 땅에 엎드리어 사뢰었다.

"신의 용렬한 재주를 더럽다 아니하사 중임을 맡기고자 하시니, 비록 사지(死地)라도 사양치 아니하려니와, 다만 신은 미천한 소국 사

람이라 하여 제장 군졸이 영을 좇지 아니할까 두려워하옵나니, 원컨대 인검을 빌려주시면 사지라도 사양치 않으리다."

경업이 천은을 축사하고 물러나오니 그때에 경업의 나이 서른 한살이었다. 교장(教場)에 나아가 군사를 연습할 때 경업이 장대(將臺)에 높이 앉아 제장을 불러 호령하였다.

"군법은 사정이 없나니 제장은 삼가 영을 좇아 뉘우침이 없게 하라!"

제장이 모두 응답하였다. 이러구러 을축년이 되었다. 경업이 천자에게 하직하고 동국사신을 배별할새 일행상하가 다 슬퍼하였다. 경업은 오히려 위로하며,

"사람의 명이 하늘에 달렸으니 나라는 비록 다르나 땅은 한 가지라. 어찌하여 원근을 염려하리요. 사신은 조금도 괘념치 마소서."

하고, 인하여 십만대군을 거느려 즉일 발행하니 남경서 북경이 만여리라. 길이 가장 험하고 도로가 요원하여 행군하기가 심히 곤란하였다. 여러날 행군하매 호왕(胡王)이 사신을 보내어 중로에 와 인도하고 호국지경에 이르매, 호왕이 친히 성밖 십리에까지 나와 영접하였다. 성 안에 들어가매 호왕이 대사마 대장군을 봉하고 본국군병을 맡기시면서,

"이제 가달이 강성하여 우리나라를 자주 침범하되 막을 장수가 없는 고로 대국에 청병하여 장군이 내림하시니 수고를 아끼지 마십시오."

하매, 경업이 칭사하고 물러나오니 이때 가달이 협공땅에 들어왔는지라, 사마가 행군하여 협공에 이르니 가달이 진을 쳤다. 대사마 임경업이 군을 멈추고 높은 산에 올라 진세를 바라보니, 가달이 전일에 승전하였던 관계로 군사의 마음이 교만 해태하여 항오부정(行伍不正)하고, 좌우에 산곡이 심하여 진 밖에 큰 산이 둘러 있거늘 두루 살펴 보고 진영으로 돌아와 제장을 불러 말하기를,

"금일 적진을 살핀즉 장수 교만하고 항오부정하니 이는 반드시 우리를 업신여김이다. 이때를 타 도적을 파할 것이니 내 영을 어기

지 마라!"

하고, 두 장수를 불러 말하였다.

"너희 둘은 각각 오천의 군사를 거느리고 적진 좌우 산곡에 매복하였다가 여차여차하라!"

하고, 또 두 장수를 불러 이르기를,

"너희 둘은 각각 본국군을 거느려 협곡을 지나 적진 뒤로 가면 큰 산이 있으니 그 산 밖에 매복하였다가 적병이 패하여 그 길로 닫거든 일시에 내달아 치라!"

하고, 이튿날 평명에 대사마는 황금보신갑을 입고, 쌍봉투구를 쓰고, 천리마를 타고, 큰 칼을 들고 진 앞에 나서니 위풍이 늠름하여 산악을 흔들 만하였다. 임경업이 군사로 하여금 크게 에워싸고 말하기를,

"무도한 오랑캐는 중국대장 경업을 아느냐?"

하고, 외치니 가달의 장수 추파는 범 같은 장수라, 장창을 휘두르며 말에 올라 소리를 질러 꾸짖는다.

"너는 무명 소인이라 어찌 나를 당하리요?"

하고, 달려들거늘 대사마 대로하여 정창출마하여 서로 맞서 싸우는데 오십여 합에 이르러서 임경업이 거짓 패하여 달아나니 추파 의심하여 따르지 않거늘, 임경업 말머리를 돌려 다시 싸움을 돋우니, 추파 대로하여 다시 이십여 합을 싸우되 승부가 나지 아니하더니, 임경업이 적군을 유인하여 산곡에 이르매 문득 방포일성이 터졌다. 이를 신호로 하여 좌우의 복병이 일시에 내달아 뒤를 엄살하니, 추파 대경하여 황망히 군사를 물리고자 하나 임경업이 또 전면으로 짓쳐오니 적병이 능히 수비를 살피지 못하고 사면으로 흩어지는지라. 임경업은 좌충우돌하여 적병을 짓치고 추파와 다시 싸워 수합이 못되어, 경업의 칼이 빛나며 추파의 머리가 말 아래에 떨어지니 나머지 적병이 산지사방으로 분주히 흩어지더라. 이때 가달(可達)이 본진을 지키다가 추파의 죽음을 보고 급히 내달아 싸우고자 하더니, 문득 산 뒤쪽으로부터 복병이 내달아 엄살하며 앞에서는 경업의 대군이 추격하니 가달이 모든 장수와 더불어 도망코자 하였으나, 어찌하지 못하고 일시에 사로잡히

었다. 임경업은 남은 적병을 쓸어버리고 군을 거두어 무사를 호령하여 가달과 제장을 내어버리라 하니 가달 등이 혼백이 비원하여 살기를 애걸하였다. 이에 경업이 군사로 하여금 그 맨 것을 끄르게 하고 자리를 주어 앉게 한 다음,

"너희는 다시 반심을 두지 말고 나라를 안보하라."

하니, 가달이 고두 사죄하였다. *항자불살(降者不殺)이라, 즉시 그들을 방송하였다. 임경업은 삼군을 호궤하고 되돌아서서 호국 도성에 이르니 호왕이 십리 밖에 나와 맞이하여 사례하면서 말하였다.

"과인의 나라가 거의 망하게 되었더니, 장군의 옹호로 적병을 파하고 사직과 종묘를 보전케 되었으니 이 은혜는 산비해박(山卑海薄)하온지라 어찌 다 갚으오리이까?"

하고, 황금 수만 냥과 채단 오십 수레를 상사하니, 임경업이 이를 받아 삼군에게 나누어주니, 군중에 즐기는 소리가 크게 진동하였다. 경업은 호왕 전을 하직하고 삼군을 휘동하여 황성(皇城)으로 향하였다. 이때 천자께옵서 임경업을 호국에 보내시고 주야로 염려하시더니, 경업의 승전한 장계가 이르러 크게 기뻐하시며 칭찬하심을 마지아니하시었다. 이에 임장군이 길을 재촉하여 황성에 다다라서 궐하에 나아가 땅에 엎드려 사언하니 천자께서 크게 반가워하시어 상빈례(上賓禮)로 관대하시고,

"만리타국에 들어온 사람을 보낸 후 방심할 수 없었거늘 이제 대공을 세우고 무사히 돌아오니 어찌 기쁘지 아니하리요."

하시고, 즉시 대연을 배설하여 즐기신 후 황금 수만 냥을 사급하시니라. 이때에 상사 이시백은 경업을 보낸 후 주야 염려하여 승전하기를 바라더니, 이날 경업이 천자께 뵈온 후 옥화관에 이르니 반가움을 이기지 못하여 손을 잡고 말하는 것이었다.

"내 그대와 더불어 대국에 들어와 무사히 돌아가길 바랐는데 뜻밖에 황명을 받자와 만리 원행을 가매 비애를 금치 못하였더니 명천(明天)이 감동하사 대공을 세우고 무사히 돌아와 이같이 만나게 되

---

*항자불살(降者不殺)——항복하여 오는 사람을 죽이지 아니함.

니 어찌 기쁘지 않겠소?"

하며 좌우제인이 모두다 반가워하였다.

세월이 여류하여 상사(上使)가 대국에 들어온 지 이미 사 년이나 된지라 돌아갈 뜻을 말하니 천자께서 허락하시고 사신 등을 불러 말하되,

"경 등이 짐의 나라에 들어와 큰 공을 세우고 빛나는 이름이 원근에 들리니 비록 고국에 돌아가나 짐이 어찌 잊으리요."

하시고, 떠나는 정이 서운하여 전송연을 배설하시고, 천자께서 친히 잔을 잡으시고 경업을 향하여 말씀하시었다.

"장군의 웅재대략(雄材大略)을 짐이 잊지 못하여 한잔 술로 위풍을 빛내나니 사양하지 말지니라!"

하고, 금술잔에 향기로운 술을 가득 부어 경업에게 사급하시니, 경업이 부복하여 받잡고 사은하며 상주하였다.

"미신(微臣)이 상국에 들어와 비록 작은 공이 있사오나 외람되이 성은을 받자오니 황송함을 이기지 못하리로소이다."

이에 천자께서 더욱 사랑하시었다. 상사(上使), 경업으로 더불어 천자께 하직 숙배하고 일어나오니 황자명(皇子明)이 주찬을 갖추어 상사와 경업을 관대할새, 경업의 손을 잡고 이별을 슬퍼하며 후일 다시 만나기를 기약하고 백 리 밖까지 나와 전송하니, 이후 임장군의 이름이 천하에 진동하였다.

조선 왕이 이시백과 임경업을 명국(明國)에 보내시고 사 년이 지나도록 돌아오지 아니하여 주야로 성려하시더니, 하루는 상사가 돌아온다는 장계가 이르자 상께서 반기사 바삐 떼어보시니 그 사연에 대강 적었거늘,

'당초에 남경섬에 무사득달하여 사 년이 지나도록 머무옵기는 호왕이 가달(可達)에게 패하여 대국에 청병하였기로 천자께서 근심하사 임경업으로 청병대장을 제수하시어 청병 십만을 주시니 경업이 장졸을 거느려 호국에 나아가 한번 쳐 가달을 항복받고 이제 돌아옵니다.'

하는 뜻을 낱낱이 기록하였는지라. 상께서 보시고 크게 기꺼워하사,

"임경업은 진실로 명장이로다."

하고, 나날이 고대하시었다. 이때 상사 이시백이 돌아간다는 글월을 조정에 보내고 길을 재촉하여 여러날 만에 왕성에 도달하니, 조정백관이 성에 나아와 영접하는데 장안 백성들이 다투어 구경하며 임장군을 칭찬치 아니하는 이 없었다. 사신이 바로 궐하에 들어가 부복하니 상께서 인견하시고 반기시며,

"경 등이 만리타국에 갔다가 무사히 돌아오니 다행한 중에, 하물며 호국에 나아가 대공을 세웠으니 동국에 영광됨이 고금에 희한하도다."

하시고, 못내 기꺼워하시와 즉시 벼슬을 돋우시며 금액을 후히 상사하시었다. 이때 영의정(領議政) 김자점(金自點)이 마음이 사나워 반역할 흉계를 품었으되, 다만 임경업을 두려워하여 일을 일으키지 못하고 경업을 먼저 해칠 뜻을 먹었다.

이때, 호왕(胡王)이 가달(可達)에게 항복받은 후로 마음이 교만하여 남경을 도모하고 천하를 통일코자 하여 먼저 조선을 쳐 명나라의 우익을 제하려 할새, 가달과 더불어 합력하여 십만병을 거느리고 압록강에 이르러 의주(義州)를 바라보며 조선형세를 탐지하는 지라. 이때에 의주부윤이 나라에 주달하되,

"호병(胡兵)이 익숙히 나라 지경을 범하매, 소신이 능히 대적지 못할지라, 급히 양장을 보내어 막으시옵소서."

하였거늘 상께서 이를 보시고 크게 노하사 즉시 제신을 모아 의논할새,

"북방의 도적이 남방을 침노하고 조선을 범한다하니 급히 지용을 겸비한 대장을 천거하라!"

하시니, 여러 신하들이 주달하되,

"임경업이 대국에 들어가 가달에게 항복받았으며 위엄이 천하에 진동하였사오니 경업으로 하여금 호병을 막게 함이 옳을까 하나이다."

상께서 윤허하사 즉시 임경업으로 의주부윤을 제수하시고 부원수 겸 방어사를 배하사 호병을 막으라 하시고, 김자점으로 도원수를 배하시니 경업이 사은숙배하고 의주로 도임하는데, 이때는 을해년 사월이었다. 임경업이 의주에 도임한다는 말이 호국에 미치니 호적이 전일에 경업을 보았던지라. 능히 대적지 못할 줄 알고 스스로 퇴진하여 버리었다. 경업이 의주에 도임한 후로 매일 사졸을 연습시키는데, 도적이 다시 와서 부윤의 허실을 염탐하려 하고 압록강에 이르러 의주를 엿보았다. 경업이 이미 그들의 행위를 알고 군사를 명하여 그 도적을 잡으라 하니 군사가 명을 받고 내달아 두어 명의 도적을 잡아왔다. 부윤이 높이 앉아 큰 곤장으로 각별히 엄치(嚴治)하며 꾸짖었다.

"너의 임금은 금수(禽獸)에 비하리로다. 전일에 명나라 천자께서 너의 생명을 구하였거늘 도리어 은혜를 배반하고 남경(南京)을 범하며, 또 우리 조선을 침노코자 하니 그 무슨 도리이며 너희가 어찌 나를 당코자 하느냐? 너희를 죽일 것이로되 너희 왕에게 나의 말을 이르라."

하고, 방면하여 주었다. 모든 도적들이 감히 우러러보지도 못하고 쥐 숨듯 도망하여 돌아와 호왕을 보고 수말을 자세히 고하니, 호왕이 머리를 숙이고 침묵하기를 얼마 후에 이렇게 말하는 것이었다.

"임경업은 당세의 영웅이라 가벼이 범하지 못할 것이니 각별히 다른 묘책을 얻어 처치하리라!"

하였다. 그런데 조정이 임경업의 벼슬을 돋우려고 하되 도적의 뜻을 알지 못하여 다른 곳에 옮기지 못하고 또한 의주 백성들이 서로 말하기를,

"우리들이 만일 이 같은 부윤을 잃으면, 어찌 살기를 바라리요?"

하였다. 부윤은 도적이 다시 올 줄 알고 염초화약과 화선, 도창 등을 많이 준비하여 활쏘기와 창쓰기를 익히니, 군사들이 무예 모르는 자 없고, 또한 전선을 많이 준비하여 수전을 익히었다. 이때 호왕이 영하대 등의 팔장에게 정병 삼만을 거느리고 다시 조선을 치라하니 팔장이 청병하고 즉시 군사를 거느리고 압록강에 이르러 물을 건너려 하

였다. 부윤이 이 소식을 듣고 급히 군사를 거느리고 배를 저어 나아가니, 그 빠른 양이 화살과 같았다.

적진에 다다라 달아나는 배를 급히 쫓으며 화전과 화포를 일시에 쏘니 맞아 죽는 자 태반이었다. 적진이 크게 어지럽거늘 부윤이 급히 배에서 내려 손에 장창을 들고 나는 듯이 적진 중에 들어가 좌우 충돌하여 적장의 머리를 베어 내리치니 적병이 스스로 사산분주하여 버렸다. 부윤이 일진을 대살하고 군사를 거두니 수급이 오천이었고, 제장과 군졸이 항복지 아니하는 자 없었다. 이때 부윤이 관중에 돌아와 승전한 연유를 조정에 장계하니 상께서 의주부윤의 장계를 보시고 북방 근심이 없이 침식이 안한하시매, 만조백관이 태평시를 읊어 마음을 적이 놓았다. 이때 호왕은 팔장이 패하여 돌아옴을 보고 대로하여 분기를 참지 못하여, 다시 대병을 몰아 조선을 치고자 하나 의주로 바로 나오면 임경업이 있으니, 능히 지나지 못할 것을 알았다.

이에 용골대(龍骨大) 등 여러 장수에게 명하여 오만 명의 *철기(鐵騎)를 거느리고 여차여차하여 조선을 항복받으라 하니, 용골대 청령하고 철기를 거느리고 의주를 버리고, 동해로 돌아 위원벽동(謂原碧潼)을 지나 주복야행(晝伏夜行)하여 바로 경성을 범하였다. 이때 상께서 임경업의 호병을 격파한 장계를 보신 후로, 조심을 놓으사 방비하심이 없으셨더니, 천만 의외에 경성동문을 철갑 입은 호병이 물밀듯이 들어와서 백성을 죽이며 부녀를 겁탈하고 재물을 노략하였다. 살벌한 소리 천지에 그득하고 통곡하는 소리 장안에 꽉 찼다. 모든 백성이 어가(御駕)를 모셔 남한산성(南漢山城)으로 들어가고 왕대비와 세자 대군 삼형제는 강화도로 가시니, 성중에 남은 백성들은 남녀 노소 없이 곡성이 하늘에 사무치어, 늙은이는 붙들고 어린아이는 등에 지고 허겁지겁 달아나니 스스로 짓밟혀 죽는 자 부지기수요, 도적에게 죽는 자 태산 같았다. 도원수 김자점이 어디 가서 무슨 계교를 꾸미는지 알 수 없었다. 적장 용골대는 군사를 양로로 나누어 일군은 어가를 추격하여 남한산성으로 가고, 일군은 세자와 대군, 비빈들의 뒤를 추

---

*철기(鐵騎)——용맹한 기병. 철갑을 입은 기병.

격하여 강화로 가니, 강화유수 김영진은 좋은 군기를 고중(庫中)에 넣어두고 술만 먹고 누웠으니, 도적이 무슨 근심이 있으리요. 왕대비와 세자, 대군 등을 잡아다가 송파벌에 유진하고 크게 외치며 떠들었다.

"속히 항복지 아니하면 왕대비와 세자 대군이 무사치 못하리라."

하는 소리가 남한산성을 진동하였다. 이때 상께서 모든 대신과 군사를 거느려 외로운 성 안에 겹겹이 싸여 있어 원한과 통분에 눈물이 비오듯하시었다. 그러나 도원수 김자점은 도적을 물리칠 계교가 없어 태연부동하던 차에 도적의 북소리에 놀라 혼을 잃고 군사를 무수히 죽이고 산성 밖에 결진하니, 군량이 탕진하여 성 안의 군민이 동요되던 차에 도적이 또 외치기를,

"종시 항복지 아니하면 우리는 여기서 과동(過冬)하면서 농사지어 먹고, 천천히 항복 받고 떠나가려니와 너희는 무엇을 먹고 살려고 하느냐? 수이 나와 항복을 하라."

하고, 한(汗)이 봉에 올라 산성을 굽어보며 외치는 소리 진동하니, 상께서 들으시고 앙천 통곡하시며 말씀하시기를,

"안으로는 양식이 없고 밖에는 강적이 에워쌌으니 외로운 산성을 어찌 보전하며 양초(糧草)가 다하였으니, 이는 하늘이 과인을 망케 하심이로다."

하시고, 대신으로 더불어 항복함을 의논하시었다. 여러 신하가 상주하기를,

"왕대비와 세자 대군이 다 적진 중에 계시니 국가에 이런 망극한 일이 어디 있으리이까. 빨리 항복하사 왕대비와 세자 대군을 구하시어 종묘사직을 보전하심이 마땅할까 하옵니다."

하였다. 그때 한 사람이 어전에 부복하여 말하였다.

"차라리 닭의 주둥이가 될지언정 소의 꼬리가 되지 않겠다는 옛 말씀과 같이 어찌 호적에게 무릎을 꿇어 욕을 당하겠나이까. 죽기로써 성을 사수하오면 임경업이 반드시 이 소식을 듣고 올라와 호적을 파할까 하나이다."

상께서 눈물을 흘리시며 말씀하시기를,

"비록 그러하나 사면에 길이 막혔으니 경업에게 통할 길이 없도다."

하시고, 강화하기를 결정하시니 이때가 병자년 십이월이었다. 성문을 열고 상감께서 여러 신하를 거느리고 성 밖에 나와 항복하시니, 적장 용골대가 만고 승전비를 송파(松坡) 큰 뜰에 세웠다. 상께서 환가하시어 각읍에 전령하여 강화하였음을 아뢰었다. 적장 용골대는 왕대비만 돌려보내고 세자 대군 삼형제는 볼모로 잡아가게 되었다. 이때 임경업이 의주에 있어 북적(北狄)의 동정을 살펴 제어코자 하였다. 그때 문득 멀리서 들리는 소리 있어 북적이 요수(遼水)를 건너 북도로부터 봉화방면의 수비군을 다 엄살하고, 저희들이 스스로 불을 밝혀 쇄도하여 올라가 도성을 함몰하고 항복 받았다는 말을 듣고 크게 통곡하며,

"내 힘을 다하여 국은을 갚고자 하였더니 일이 이 지경에 이르렀으니 어찌 통한치 아니하리요."

하고, 분기를 이기지 못하여 급히 군사를 거느려 경성으로 향하고자 하니, 일이 이미 글러진 후에 가서 무엇하겠음을 알고 적병의 귀로에 분을 풀기로 기약하였다. 이때 용골대는 삼형제를 잡아가는데, 대군이 망극함을 이기지 못하여, 부왕께 하직하고 떠나가니 상께서 통곡하시며,

"슬프다! 하늘이 과인을 망케하시니 뉘를 원망하리요."

하시고, 눈물이 비오듯하시니 여러 신하가 다 슬퍼하였다. 상이 이날 학사 이영을 불러 말씀하시기를,

"경의 충성을 과인이 아는 바이니 세자와 대군을 데리고 가라! 하늘이 굽어살피사 돌아올 날이 있으리라."

하시니, 이영이 엎드려 명을 받자와,

"신이 비록 충성이 없다 하나 힘을 다하여 모셔 가오리니 엎드려 바라건대 전하께서는 용체(龍體)를 안보하소서."

하고, 인하여 하직하니 세자 대군이 모두 울며 하직하고, 또 대비전에 들어가 하직을 고하니 대비는 세자 대군의 손을 잡고 통곡하시며,

"너희들을 일시만 못보아도 죽을 것 같거늘 이제 멀리 타국에 잡혀

보내고 뉘를 의지하여 살겠느냐?"

하시며, 통곡하기를 마지아니하시자 대군들이 여쭈오되,

"신들이 부모를 떠나오니 불효막대하오나 이는 다 천수(天數)이오니 과히 슬퍼하지 마시옵소서. 다만 하늘이 살피사 수이 돌아와 슬하에 있길 바라오니, 엎드려 바라옵건대 부왕모후께서는 옥체를 안보하시옵소서."

하고, 인하여 하직하고 물러나와 형제 한 가지로 길을 떠나 구화문을 나오니 천지가 아득한 심사였다. 호천망극하여 하늘을 우러러 통곡하시니, 장안 백성들이 슬퍼하지 아니하는 이 없었다. 호장(胡將)이 대군(大君)을 거느려 의주지경에 이르니, 의주부윤 임경업이 결진하고 기다리다가, 호장을 보고 분기를 이기지 못하여 선봉장을 베어 말아래 내리치고 적진으로 짓쳐 들어가니, 적의 군졸들이 불의의 변을 당하여 뉘 능히 당하리요. 호장 용골대가 멀리서 불러 말하였다.

"우리가 이제 너희의 임금에게 항복을 받고 세자와 대군을 잡아가거늘 너희는 무슨 연고로 이렇듯 항거하느뇨?"

경업이 꾸짖어 말하였다.

"너희 개 같은 놈이 간사한 꾀를 내어 나를 속이고 간로(間路)를 따라 경성에 들어가 우리 임금을 핍박하고 세자대군을 모셔간다 하니, 나라에 욕을 끼치고 무슨 면목으로 생을 탐하리요. 차라리 너희를 멸살해 내 한을 씻으리라."

하고, 짓쳐 들어가니 용골대 능히 대적하지 못하고 진을 굳게 하고 나오지 아니하거늘, 경업이 크게 꾸짖었다.

"은혜를 잊고 의리를 배반하는 도적아! 빨리 나오지 아니하느뇨? 내 먼저 너를 죽여 간을 씹어 한을 풀리라."

하고, 호병을 무수히 죽이니, 호병이 혼비백산하여 어찌할 줄을 몰랐다. 이에 용골대가 한 가지 계교를 생각하여 급히 사신에게 장계를 보내어,

"이제 의주부윤 임경업이 대군 수만을 거느려 길을 막고 우리 군사를 치니, 국왕은 조서를 내리어 길을 열어주라 하소서."

하였었다. 상께서 호장의 장계를 보시고 경업의 충성을 탄복하시며 경업에게 편지하시어,

"장군의 위국충성은 비록 태산 같으나 이미 강화하였으니 이제 어찌하리요. 길을 열어 보내라!"

하였거늘, 곧 내려온 칙지를 보고 경업이 하늘을 우러러 탄식하며 호진에 들어가 용골대를 보고 세자 대군을 뵈었다. 대군이 경업의 손을 잡으시고 울며 말하기를,

"장군이 만일 미리 알았으면 어찌 이런 환란이 있으리요? 이는 다 천수(天數)라. 장군은 힘을 다해 우리로 하여금 돌아오게 하소서."

하시며, 슬피 통곡하시니 그 형상은 차마 보지 못할 지경이었다. 경업이 울며 여짜오되,

"소신이 이 같은 난세를 당하여 충성을 다하지 못하고 이 지경에 이르렀사오니 만사무석이오이다. 신이 죽기전에 이 한을 벗겠사오니 저하께서는 평안히 행차하시옵소서. 신이 힘을 다하여 수이 돌아오시게 하여 드리겠습니다."

대군이 칭사하고 입을 열어,

"만일 장군의 말씀 같을진대 우리의 목숨이 장군께 달리었으니 부디 잊지 마시오."

하고, 언약한 후 경업이 대군을 모셔 압록강을 건너가니 그 형상이 참담하였다. 대군이 경업의 손을 잡으시고 통곡 이별하시니, 의주 백성들이 슬퍼함을 마지아니하였다. 경업이 돌아와 분기를 이기지 못하여, 날마다 군마를 연습하여 호지에 들어가 호왕을 베이고 대군을 모셔 돌아오려고 주야로 연구하였음은 다시 말할 것도 없으리라. 용골대는 남은 군사를 거느리고 길을 재촉하여 돌아가 호왕을 보고, 조선에게 항복 받은 일과 세자 대군 삼형제를 볼모로 데리고 오다가 의주에 이르러 임경업에게 패한 연유를 세세히 고해 바치니 호왕이 듣기를 마치고 대로하면서,

"이제 조선이 다 나의 신하거늘 임경업이 어찌 나의 군사를 해하리요? 내 이제 조선에게 항복을 받았으니 남경을 도모하리라."

하고, 군사를 발하여 명국을 범할 때, 일계를 생각하고 기꺼워 하며,

"내 여차여차히 하여 임경업을 죽이리라."

생각을 정하고 한 사람의 장사로 하여금 피섬을 치라 하고 조선에 청병하는 글월과 사신을 보내게 하였다.

이때 상께선 세자와 대군을 이별하시고 주야로 울울하신 심회를 정하시지 못하시고 문득 호국에서 청병하는 글월이 이르자,

"무슨 일이 또 생기었느뇨?"

하시며, 글월을 떼어 보시니 그 글이 대강 이러하였다.

'짐이 이제 명국을 평정하고자 할새 먼저 피섬을 치기로 되어 있는 바 장사와 군병이 넉넉지 못하여 고통중이라. 임경업의 재주는 짐이 이미 아는 바인 고로 한번 빌리고자 하나니 대왕은 한번 보냄을 망설이지 말고 빨리 거행하라.'

하였거늘 상이 여러 신하를 모아 의논하시었다. 영의정 김자점이 상주하기를,

"이제는 서로 구원할 나라 사이가 되었으니 군병을 보낼 밖에 다른 도리가 없사옵니다. 임경업으로 대장을 삼아 보내옵소서."

상감께서 할 수 없이 삼천 명 군사를 조달하는데 임경업으로 하여금 의주에서 바로 가라하시니, 이때 영의정 김자점은,

"경업이 이번에 가면 다시 돌아오지 못하리라."

하며 마음에 못내 기꺼워하여 조정 대신들이 모두 아연실색하더라.

경업이 분함을 참고, 왕명을 받자와 군사를 거느리고 피섬으로 향할새 심중에 한 가지 계교를 생각해 두었다.

호진에 이르니 호장(胡將)이 먼저 진을 치고 기다렸다. 경업이 호진에 들어가서 보고는 예를 마치매 호장이 입을 열었다.

"우리 주상이 장군과 더불어 합병하여 피섬을 치고자 하는 고로 특별히 청한 것이니, 장군은 선봉이 되어 앞을 맡으소서."

경업이 내심으로 헤아리기를,

'내 이제 계교를 쓰리라.'

하고, 쾌히 허락하면서 말하였다.

"피섬을 지키는 장수는 어떠한 장수이뇨?"

호장이 대답하되,

"남경 대도독 황자명(皇子明)이오."

하고 대답하는 것이었다. 이에 경업이 크게 기꺼워하며,

"내 들으니 피섬에 금은보화가 많다는데, 내 만일 선봉이 되어 성을 함락시키면 항서는 북경으로 보내려니와 보물만은 조선국 군사에게 상으로 내주리라."

하니, 호장은 본시 재물이라면 사족을 쓰지 못하는 위인이라 이 말을 듣고 말하였다.

"이는 우리나라의 일이니, 이제 우리가 선봉이 되어 칠 것이니 장군은 잠깐 후군이 되어 접응하시오."

하였다. 이에 경업이 허락하고 본진으로 돌아와 가만히 전군에 전령을 내리었다.

"내일 싸움에 우리는 후진이 될 것이니 너희들은 호진을 향하여 호포를 놓아 호병을 많이 살(殺)하여라."

하였다. 이튿날 호장이 영군(領軍)하여 피섬에 들어가 접전할 즈음에, 조선군사는 호병이 세 번이나 일어남을 보고 일시에 호진을 향하여 불을 놓으니, 호병의 사상이 심하였고 나머지 군사는 다 달아나버렸다.

호장이 대경하여 자세히 살펴보니 조선군사는 싸움을 돕지 아니하고 도리어 자기의 군사를 해치고 있는지라, 크게 놀라 급히 징을 쳐 군사를 거두고, 경업을 청하여 말하는 것이었다.

"오늘의 싸움엔 내 부족하여 도적을 대적지 못하였으니 명일에는 장군이 선봉장이 되어 치소서."

경업이 마지못하여 응낙하고 돌아오니 이때가 마침 경축년 칠월이었다.

이때 피섬을 지키는 장수는 전일 임경업이 남경에 가 있을 때 접반사로 있었던 황자명이라. 경업이 재삼 생각하다가 즉시 일봉서한을 써서 피섬에 보내니, 그 글에는,

'전임대사마 대장군 임경업(前任大司馬大將軍林慶業)은 두 번 절하고 한 장 글월을 황노야 휘하에 올리나니 그 동안 소식이 격절하여 주야로 사모함이 측량없사온 차에 국운이 불행하와 의외의 호란을 만나 사세위급하매 일이 이쯤 되었으나, 어찌 이곳에 와서 뵈올 줄 뜻하였으리요. 이도 다 천수(天數)라 한할 바 없삽거니와 이제 호적이 경업으로 하여금 성을 치라하니 이는 나를 해코자 함인지라. 내 호적을 썩은 풀같이 보나 사세 난처하와 먼저 통하노니 바라건대 성중백성을 어여삐 여겨 내일 싸움에 거짓 항복하여 후일을 도모하사이다.'

라고 하였다. 황자명은 그 글을 보고 대희하며 즉시 회답하기를,

'천만 의외의 친필을 보고 못내 기쁘며 기별한 그대로 할 것이려니와 어느 때 만나 대세를 의논합시다. 대저 장군은 비밀히 주선하여 성공하길 바라오.'

경업이 답서를 보고 남몰래 기꺼워 이튿날 평명에 북을 울리며 성하에 다다르니, 성 밖에 기치를 정제하고 한 장수가 일기 아래에 앉아 있거늘 경업이 말 위에서 채를 들어 가리키면서,

"나는 조선 장수 임경업이라, 너희들은 일찍이 내 이름을 들었을 것이니 빨리 항복하라."

하니, 그 장수가 즉시 깃발을 거두고 성문을 크게 열어 성 밖에 나와 항복하는 것이었다. 경업이 성 안으로 들어가 자명을 보고 못내 반겨 병자년의 항복한 말과 세자 대군 잡혀 보낸 일이며, 또 청병하여 부득이 들어온 수말을 자세히 이야기하니 자명 또한 호적이 반(叛)한 전말을 말하고 눈물을 흘리면서,

"우리 양국이 협력하여 호적을 멸하고 반드시 이 한을 씻으리라."

하며, 언약을 금석과 같이 정한 후에, 경업이 피섬의 항복 문서를 거두어 호장에게 주어보내고, 경업이 본국 군사를 거느리고 의주로 돌아와 군사를 중히 상주고 경성에 올라오니 조정백관이 나아와 영접하고 성 안의 백성들이 노소없이 경업을 반가워하였다. 경업이 궐하에 나아가 상께 뵈옵고 피섬의 항복받은 전말을 주달하니, 상께서 크게

기뻐하사 못내 칭찬하시며 호위대장군(護衛大將軍)을 제수하시었다.

한편 호장은 심양에 돌아가 호왕에게 피섬의 항복 문서를 드리고 말하기를,

"조선 장수 임경업이 처음은 한 가지로 피섬을 치자 하더니, 싸움에 임하여서는 도리어 우리 군사를 무수히 죽이는 고로 경업으로 선봉을 삼아 성하에 이르른즉, 피섬을 지키는 장수가 곧 나와 항복한 후 맞이하여 데리고 성중으로 들어가 잔치를 배설하고 즐기다가 흩어지니 진실로 그 뜻을 알 수 없사옵더이다."

하고 아뢰니, 호왕이 듣기를 마치고 발연히 반색하며,

"임경업의 지혜는 사람이 미칠 바 아니니 만일 이 사람을 조선에 둔다면 남경을 도모치 못하리로다."

하고, 즉시 글월을 써서 조선에 보내니 그 글월에는,

'피섬 싸움에 임경업이 큰 공을 세웠는 고로 각별 치하코자 하니 사신과 함께 들여보내라.'

하였다. 상께서 호왕의 글월을 보시고 탄식해 말씀하시었다.

"이는 반드시 경업을 죽이고자 함이라. 슬프다, 하늘이 갈수록 과인을 망케 하심이로다."

하시고, 사신을 관대하여 인정을 많이 주어 돌아가게 하였으나, 호사(胡使)가 말하기를,

"천자께서 신칙(申飭)하시길 예단을 받지 말고 경업을 데려오라 하셨사오니 황명을 거역할 수 없사옵니다."

하니, 상께서 크게 탄식하시고 여러 신하를 모아 의논하시었다. 이때 김자점이 본시 경업을 해코자 하다가 번번이 뜻을 이루지 못하고 있던 차라, 이 전지를 듣고 마음에 크게 기뻐하여 자리에 나와 상주하였다.

"호사가 자주 왕래케 됨은 임경업 때문이오니 이대로 가다가는 장안 백성이 안접지 못하옵고, 또 호왕의 명을 거역할 수 없으리니 수이 호사에게 경업을 주어 보내심이 가한가 하나이다."

상께서 마지못하여 경업을 인견하사 손을 잡으시고 길게 탄식하시

면서,

"경의 충성은 일국이 다 아는 바라. 타국에 가 수고하고 왔거늘 또 호사가 부득부득 경을 데려가겠다 하기로 할 수 없이 경을 보내나니 수이 돌아오라."

하시고, 애통해 하시니 경업이 사뢰길,

"신이 한번 호지에 들어가면 돌아올 기약이 묘연하오니 어찌 슬프지 아니하리까. 신이 없으면 병자년 원수를 그 누가 갚을 것이며, 세자 대군을 뉘라서 모셔 돌아오리까?"

"과인도 짐작하는 바이나, 호사가 경 데려가기를 재촉하는 고로 과인이 할 수 없이 보내는 것이니 경은 원로에 신체 보중하여 수이 다녀오라."

하시며, 비감함을 금치 못하시었다. 경업이 집에 돌아와 그의 자당께 이 일을 아뢰니 윤부인이 울면서 말하였다.

"나의 아들이 일찍 등과하여 늙은 어미에게 효성이 지극하더니 지금 호국에 들어가면 언제 다시 만나리요. 그러나 네 이미 몸을 나라에 바치었으니 아무쪼록 충성을 다하여 임금을 섬기면 하늘이 감동하사 화를 면하고 복록을 받으려니와 조금이라도 태만한다면 화를 면치 못하리니 너는 늙은 어미를 염려치 말고 수이 공을 이루고 돌아오라."

경업이 명을 받들고 눈시울을 붉혀 모친과 동생과 처자를 이별하고 궐하에 나아가 하직숙배(下直肅拜)를 하였는데, 상께서 수연하사 무사히 득달하여 수이 돌아오라 하시니, 경업이 인하여 재배수명(再拜受命)하고 호사(胡使)를 따라 호국으로 향하니 이때가 무인년 이월이었다. 임장군이 분함을 참고 길에 올라 호국으로 향하는데 마천령(摩天嶺)에 올라 바라보니 두만강이 보이거늘 장군이 생각하기를,

"대장부 세상에 처하여 남의 손에 죄없이 죽기를 어찌 참으리요. 가히 천조에 들어가 대사를 도모하리라."

하고, 이날 밤 삼경에 칼을 빼어 파수하는 호병(胡兵) 수인을 죽이고 바로 소인산으로 들어가니 만학천봉은 좌우에 둘려 있고 초목이 무성

한 곳에 종경소리를 찾아들어가니 절간이 북공에 솟아 있고 경치가 절승하였다. 경업이 여러 스님들을 보고,

"초야에 비천한 사람이 시운이 불행하여 명도 기구하기로, 부모 처자를 일시에 이별하고 고고한 일신이 사고무탁하오나 모진 목숨이 죽지 못하여 외로움이 대해의 부평초와 같은지라. 두루 다니다가 마침 귀사에 들어와 산문에 의탁코저 하옵나니 머리를 깎아주시기 바랍니다."

여러 스님들이 의아해하며 서로 돌아보기만 하고 삭발시켜 주지 아니하니, 경업이 참지 못하고 칼을 빼어 스스로 삭발하려고 하니 그 중에 독보(獨步)라 하는 스님이 있어 깎아주거늘, 공이 그후부터 밤이면 절에서 자고 낮이면 몸을 산중에 피하니 여러 스님들이 괴이쩍게 여기지 않는 자 없었다. 이때 호사는 경업을 잃고 하릴없이 돌아가 호왕을 보고,

"경업이 중로에서 도피하였습니다."

하고, 잃어버린 전말을 고하니 호왕이 대로하며,

"경업을 반드시 잡아오라!"

하였으나, 어디에서 경업을 찾을 수 있으랴. 이러구러 날이 오래되매 임경업은 천조(天朝)에 들어갈 생각을 하고 권선문을 만들어 가지고 산에서 내려가 삼개물가에 거소를 정하고 주인에게 이르기를,

"소승은 소이산중의 화상이옵더니 연안백천(延安白川) 땅에 얻어놓은 곡식이 수백 석이라. 이제 이곳으로 옮기려 하나니 주인은 배와 역군을 주면 물건을 가져온 후 선가를 후히 주리라."

하니, 주인이 허락하였다. 임경업은 다시 부탁하여 말하였다.

"아무날 올 것이니 주효를 많이 장만하였다가 역군들을 먹이라!"

하니, 주인이 응낙하였다. 임경업은 다시 절로 돌아와 주승 독보를 데리고 오니, 주인이 이미 배와 역군을 준비하였다. 임경업은 크게 기뻐하며 주인에게 칭사하고 배를 띄워 대강 가운데로 나아가며 배가 큰 바다에 다다랐을 때에, 경업이 서리 같은 칼을 빼어들고 선창가에 서서 여러 사람들을 보고 호령하였다.

"너희들이 나를 아느냐 모르느냐?"

역부들이 대답하였다.

"모르옵니다."

경업은 온 몸을 떨고 있는 여러 역부들을 흘겨보며,

"나는 전임 의주부윤 임경업이다. 세자와 대군 삼형제가 호국에 볼모되어 계시기로 내 이제 남경에 들어가 천조와 합력하여 북적(北狄)을 소멸하여 세자 대군을 모셔 돌아오고 병자년의 치욕을 풀려 하나니, 너희들도 조선의 백성인즉 어찌 본심이 없으리요. 마땅히 나와 더불어 남경에 들어가 공을 세우고 돌아옴이 마땅하리라!"

역군들이 꿇어앉아서 일시에 대답하였다.

"사또의 말씀을 듣자오니 실로 감동이 되지 않는 바 아니오나, 소인들이 강국인의 말만 믿어 서해로 갈 줄 알았다가 이제 대국에 들어가오면 부모처자는 다 굶어 죽사오리다."

하고, 서로 돌아보며 눈물을 흘리었다. 이에 경업이 칼을 들어 소리를 가다듬어 꾸짖어 말하였다.

"너희들이 내 말을 따르지 아니하면 이 칼로 마땅히 베리라."

역군들이 일시에 꿇어앉으면서,

"장군의 분부대로 거행하리다."

임경업이 대희하여 사공과 역부들을 위로하고 배를 돌이켜 남경으로 향하였다. 발선한 지 삼십구일 만에 문득 태풍이 일어나 표류하여 한없이 밀리어 가다가, 날이 밝은 후 바람이 진정되매 남해를 보며 한 섬에 내리니 그 섬을 지키는 장수가 내달아 오며,

"너희들은 어디서 왔으며 무슨 연고로 어디로 가느냐? 이는 반드시 호적의 간첩들이 분명하다."

경업이 대답하기를,

"나는 간첩이 아니라 조선사람으로 무역하다가 표류하여 이곳에 왔거니와 이 땅은 대체 어디인가?"

그 장수가 대답하였다.

"이 땅은 남경 땅 피섬이거니와 그대의 행색이 극히 괴이한지라. 내

황장군께 보고하여 조치하리라."

경업이 듣기를 마치고 중얼거렸다.

"하늘이 나의 정성을 살리사 길을 인도하심이로다."

하고, 전후내력과 성명을 올바로 말하니 그 장군이 황장군께 고하기를,

"조선 인물이 표풍하여 본토에 들어왔삽기로 문초하온즉 조선 장수 임경업이라 하오며, 장군께 뵈올 일이 있다 하기에 고하옵니다."

하였다. 황자명이 듣기를 마친 후에 말하기를,

"임장군이 나를 찾아왔도다."

하고, 즉시 군관을 보내어 모셔오라 하니, 군관이 청령하고 피섬에 나아가 황장군의 말씀을 전하고 임경업을 모셔가려고 하나, 그 장수가 듣지 아니하고,

"이는 반드시 묘책이 있을 것이니 내 천자께 상주하여 천명을 듣고 놓아주리라."

하였다. 군관이 돌아가 이대로 고하니, 황장군이 크게 노하여 친히 군사를 거느리고 옥문을 깨고 임경업을 영접해가니 이때가 계미년 십이월 이십일이었다.

황장군은 임경업의 손을 잡고 반가움을 이기지 못하며 이리로 온 연고를 물으니 임경업이 탄식하며,

"병자년 치욕 후에 피섬을 치고 온 후로 호왕이 패문을 보내어 나를 잡아 보내라 하기로, 마지못하여 호사를 따라 들어가다가 마천령에 이르러 여차여차하여 도망하여 소이산에 들어가 삭발위승하였다가 이리이리하여 대국으로 향함은 귀국의 힘을 빌려 장군으로 더불어 합력하여 북호(北胡)를 소멸하고 세자, 대군을 모시고 돌아가려 함이었으나, 중로에서 표풍하여 이곳에 이르렀으나 다행히 장군을 뵈오니 하늘의 도우심이로소이다."

황장군이 듣기를 마치고 찬탄함을 마지아니하며 크게 잔치를 베풀어 임경업을 관대하고, 이 사연으로 표를 닦아 천자께 주달한 후 즉시 임경업으로 더불어 남경에 들어가 천자께 조회(照會)하였다. 천자는

황자명의 표를 보시고 천심(天心)이 환열하사 급히 임경업을 입조(入朝)하라 하시니, 수일이 지나서 황자명이 임경업으로 더불어 천자께 조회(朝會)하니 천자가 크게 반가워하여 경업의 손을 잡으시고,

"시운이 불행하여 북호가 강성하니, 조선의 항복을 받고 대국을 자주 침노하나 짐의 나라에 어진 장수 적음으로 능히 제어치 못하여 매양 근심터니, 이제 경이 충심을 발하여 대국에 들어오니 조선은 가위 불망기본(不忘其本) 한다 하리로다. 이제 경을 얻으니 어찌 북적을 근심하리요?"

하시고, 조선의 형세와 들어온 뜻을 물으니, 경업이 황공함을 이기지 못하여 땅에 엎드려 병자년 치욕 후에 세자 대군 삼형제 호국에 잡혀간 날과 피섬을 치던 일이며, 사신을 따라 들어가다가 중로에서 도망하여 삭발위승하고 들어온 전말을 일일이 상달하니 천자께서 칭사하여 말씀하였다.

"경의 충성을 하늘이 살피사 길을 인도하심이니 어찌 다행치 아니하리요."

하시고, 크게 잔치를 벌이고 임경업을 관대하고 황자명과 더불어 즉시 호국을 멸하여 원수를 갚으라 하시며, 임경업으로 호위대장 겸 도원수(護威大將兼都元帥)를 제수하시니, 경업이 사은하고 물러나와 피섬에 돌아가 황장군으로 더불어 북호(北胡) 칠 일을 의논할새 변방 각진에 분부하여 군기를 준비하고 날마다 군사를 연습하기를 부지런히 하였다.

세월이 여류하여 갑신년 삼월이 되었다.

이즈음 호병은 점차로 강성하여 대국지경을 범하였다. 이에 황자명이 천자의 명을 받아 호적을 치러 가면서 임장군과 의논하기를,

"이 땅은 중지인지라 가벼이 나아가지 못할 것이니 장군은 떠나지 말고 기다리도록 하시오."

하고, 행군해 갔다.

이때에 임경업이 데리고 온 독보라는 중은 천하의 소인이라 항상 임장군을 해코자 하더니, 이날 양인이 수작하는 말을 듣고 일계를 생

각하였다. 원래 피섬은 삼국이 모여 무역하는 땅이었으므로, 독보는 가만히 나아가 구경하는 체하며 호인 한 놈을 사귀어,

"나는 조선 사람이다. 우리나라 장수 임경업이 심양에 잡혀가다가 중로에서 도망하여 가만히 명국에 들어가 황자명과 합력하여 심양을 처벌하고 병자년 원수를 갚고자 하나니 나에게 천금을 주기만 한다면 경업을 잡아주리라."

하는지라, 호인이 돌아와 이 말을 호왕에게 고하니 호왕이 듣고 크게 기꺼워하며,

"내 전일 임경업을 잡아 죽이려 하던 바라, 이제 경업을 잡을진대 어찌 천금을 중히 여기리요."

하고, 먼저 천금을 주면서,

"만일 성사만 된다면 다시 천금을 주리라."

하니, 독보 돌아와 또 명나라의 한 사람을 사귀어 금을 주고 일장서한을 만들어주며,

"그대는 이 서한을 가지고 왕장군의 군사라 칭하고 임장군께 드리라!"

하니, 그가 금을 받고 봉서를 임장군께 드린즉 임경업이 받아 떼어보았다.

'도적의 형세가 급하여 살을 맞고 패하였으니 장군은 급히 와서 구하라.'

하였다. 임경업이 그 글을 보고 대경하여 바삐 가려고 하는데 갑자기 독보가 나타나,

"소승도 함께 가겠습니다."

하니, 임경업이 그 자의 간계를 모르고 함께 배에 올라가더니 큰 바다에 이르매 날이 저물었다. 문득 경업이 멀리 바라보니 무수한 선척이 해상에 있었다. 경업이 의아하여,

"저게 다 무슨 배뇨?"

독보 말하되,

"무역선이올시다. 오늘은 날도 저물고 바람이 일 듯하니 배를 이곳

에 매고 쉬시기 바랍니다."

하니 경업도 닻을 내리고 자기로 하였다. 이날 밤 삼경쯤에 문득 함성이 일거늘 경업이 놀라 잠을 깨어보니 무수한 호병(胡兵)이 에워싸고 크게 외치며,

"조선의 임경업아! 너를 기다린지 오랜즉, 천명을 받아 이에 왔으니 빨리 항복하여 죽기를 면하라."

경업이 대경하여 독보를 부르니 벌써 호진으로 가고 없는지라. 분기를 이기지 못하고 하늘을 우러러 탄식하였다.

"내 충성을 다하여 국가를 도우려 하였으나 하늘이 돕지 아니하사 사세가 이에 이르렀으니 죽은들 무엇이 아까우리요."

하며, 크게 소리를 내어,

"내 소인에게 속아 이에 왔으나, 내 어찌 항복하리요."

하니, 호병이 일시에 배를 몰아가는지라. 경업이 대로하며 용력을 다하여 대적하였으나 홀홀 단신 단검으로 무수한 호병을 어찌 대적하리요. 적선에 뛰어올라 좌충우돌하며 호병을 무수히 죽이나 기력이 점점 쇠진한지라. 어느덧 호인에게 잡히니 호병은 배를 재촉하고 바람은 바로 북경쪽으로 불매 배가 살 가듯이 하는지라.

이때 남경의 천자가 임장군이 잡혀감을 들으시고,

"하늘이시여, 임경업의 충성을 살피사 무사히 돌아오게 하소서!"

하시며, 축수함을 마지아니하였다. 이때 호왕이 임경업이 잡혔음을 듣고 크게 기뻐하며 위엄을 뵈이려고 삼십 리 밖에 군사를 결진하여 기치창검을 세우고 좌우에 무사를 벌여 세운 후 임경업을 잡아들이라 하니, 임장군이 대로하여 크게 꾸짖어,

"너희들의 재주가 능란하여 나를 잡음이 아니니 비록 억만군이라도 내 한 칼로 버틸 것이로되, 이렇게 된 것은 천수(天數)인지라. 내 천명을 순수하기에 욕을 참고 있거니와 만일 너희가 가까이 오는 자 있으면 베리라."

하고 엄연히 걸어들어가니, 호왕이 *낙담상혼(落膽喪魂)하여 황황(遑

---

*낙담상혼(落膽喪魂)——몹시 낙담하여 넋을 잃음.

違)하거늘 경업이 전각 앞에 이르러 칼을 잡고 눈을 부릅뜨고 호왕을 보니 호왕이 크게 소리쳐,

"경업은 들으라. 내 병자년에 용병 맹장을 보내어 너의 왕의 항서를 받아 돌아오는 중에 네 무슨 연고로 중로에서 나의 군사를 살해하였으며, 또 피섬을 친 후에 사신을 보내어 잡아오게 하였거늘, 중로에서 도망하여 남경으로 들어갔음은 어찌된 곡절이냐?"

이에 임경업이 크게 노하여 소리를 가다듬어 꾸짖어,

"개 같은 오랑캐는 내 말을 자세히 들으라. 네 천자의 은혜를 생각지 아니하고 나의 공을 잊어 반심을 두어 천조를 침범하니, 이는 천하만고에 대역이라, 병자년에 내 의주부윤으로 있을 때 가만히 동해로 돌아 도성을 엄습한 일도 간사하고, 우리 세자 동궁을 잡아오매, 내 분을 참지 못하여 너희를 소멸하려 하였더니 왕명이 계시기로 정지하였으며 피섬을 치게 하였음은 내가 공을 이루지 못하면 나를 잡아 죽이려 할 줄 알고 내 공을 세운 것이며, 내 도망하여 천조에 들어갔음은 힘을 빌려 너희를 멸하고 너의 머리를 베어 병자년의 한을 씻고 우리의 세자와 대군을 모시고 돌아가려 함이었더니, 하늘이 돕지 아니하사 소인의 간계에 속아 이리 되었으나 네 감히 나를 업신여긴단 말이냐? 네 비록 군사가 백만 명이라도 목숨이 내 손에 달렸나니 네 어찌하려 하느뇨?"

호왕이 그 소리를 들으니 마음이 송구하여 웃고 달래며,

"네 이제 항복하면 제후왕으로 봉하리라."

그러자 임경업이 더욱 분연히,

"우리 왕상이 병자년의 치욕을 주야로 한탄하시거늘 내 어찌 오랑캐에게 항복하리요."

호왕이 대로하여 경업을 내어 베라 하니 임경업이 크게 꾸짖어,

"내 명이 하늘에 달렸거늘 네 능히 나를 해할 수 있으리요. 네 명은 내 다섯 걸음 안에 있느니라."

하고, 칼을 들고 소리를 벽력같이 지르니, 군사들이 달려들려다 그 소리를 듣고 감히 가까이 범하지 못하는지라. 호왕이 이 거동을 보고 크

게 겁내어 급히 계하로 내려가 그 손을 잡고 위로하기를,

"장군은 참으라. 내 장군의 장략을 시험함이요, 경망함이 아니로다. 왕년에 우리나라 청병으로 왔을 적에 저렇듯한 위엄을 몰랐더니 오늘 보건대 진실로 영웅이요 충신이라. 내 어찌 남의 나라 충신을 해하리요. 장군의 원대로 세자를 본국으로 돌려보내려니와 나의 실례(失禮)하였음을 사하라."

하고, 인하여 주찬으로 환대하니 임경업은 호왕의 후의가 이만큼이나 관대함에 감격하여 일어나 배사하고 다시 앉으니 그 늠름한 기상이 더욱 황홀하였다. 이때 세자와 대군은 궤함에 갇혀 형극으로 두르고 구메밥을 먹는데, 그들 형제가 서로 붙들고 주야로 슬퍼하여 고국을 생각하고, 또 임경업을 주야로 생각하며 기다려 여러 해를 지났으되, 소식이 묘연하니 천시만 기다렸다. 그러던 중 호왕이 보낸 사신이 와서 사실을 아뢰며 세자와 대군을 모셔가려 하니, 대군이 이 말을 들으시고 정신이 황홀하여 어린 듯 취한 듯 반갑고 다행함을 이기지 못하여 황망히 나오시니, 임경업이 바삐 들어와 통곡재배하였다. 대군이 서로 붙들고 눈물이 비오듯하시니 임장군이 대군을 모시고 호왕께 뵈옵고,

"대왕의 하해지은을 입사와 대군을 모시고 본국으로 돌아가오니 이는 도시 대왕의 큰 은혜로소이다."

그 말이 채 끝나기도 전에 계하에서 한 사람의 장수가 내달아 외치며,

"임경업은 들으라. 너는 소방(小邦)의 조그마한 사람으로 혼자 잡혀온 죄인이거늘 네 아무리 영웅이라 하나 감히 천자와 대좌하느냐. 수이 내려와 죽기를 청하라."

하니, 임장군이 대로하여,

"내 임금과 말하거늘, 너는 어떠한 놈이관데 이와 같이 방자하느뇨?"

호왕이 또 그 장수를 꾸짖어,

"네 나의 명없이 무례하구나. 가만 두지 않으리라."

하고, 무사에게 호령하여 내어베라 하고 세자 대군을 돌아보면서,

"임장군이 죽기로써 경들을 데려가려 하니 그 충성을 사랑하여 경들을 보내니 무고히 돌아가라."

하고 다시,

"경들이 만리타국에 왔다가 돌아가니 무엇이든지 청할 것이 있으면 청하라."

하니 맏대군은 금은보화를 청하였고, 둘째 대군은 조선에서 사로잡혀 온 백성들을 속환시켜 주기를 청하였으며, 셋째 대군은 속히 돌아가 부모님을 뵙기를 원하니 호왕이 모두 허락하며 특히 둘째 대군을 기특히 여기더라. 그리고 다시 입을 열어,

"경들은 돌아가도 좋으나 임장군은 아직 이곳에 머무르라."

하고, 대연을 배설하여 세자 대군을 전송하였다. 이때가 을유년 칠월이라. 임장군이 대군께 말씀하기를,

"전하께서는 먼저 돌아가소서. 신이 형세를 보아 호왕의 머리를 베어 가지고 뒤따라 돌아가오리니 전하는 평안히 행차하시옵소서."

대군들이 울면서,

"만리타국에 무주고혼이 될 것을 장군의 충성에 힘입어 다시 고국에 돌아가니, 그 은혜가 백골난망이나 장군을 두고 감이 심히 슬픈지라 바라건대 장군은 수이 돌아옴을 도모하도록 하시오."

"그러한 염려는 마시옵소서. 자연히 돌아갈 날이 있사오리니 무사히 행차하시옵소서."

하고, 하직을 고하니 떠나는 정이 비할 데 없었다. 대군이 호국사신을 데리고 남문을 나서 길을 재촉하여 백두산을 바라보고 압록강에 다다르니 이때가 을유년 가을 구월이었다. 세자, 대군이 임장군의 충성으로 무사히 돌아옴을 상께서 들으시고 크게 기뻐하사,

"과인은 경업이 도망하여 죽었는가 하였더니 호국에 들어가 동궁을 구하여 온다하니 진실로 충신이로다."

하시고, 즉시 하교하사 도승지로 하여금 의주까지 가서 맞이하여 오라 하시니, 승지가 봉명하고 위의를 갖추어 압록강에 이르니 과연 대

군이 멀리 보이었다. 승지는 황망히 하마(下馬)하여 영접하고 조서를 올리며 *고두숙배(叩頭肅拜)하니, 대군이 반기며 임경업의 충성으로 나오심을 포상하시고 호지에 포로로 있던 조선 백성도 데려옴을 갖추어 말씀하며 또, 금을 얻어옴을 여짜오시며 경성으로 향하셨다. 이때 대군의 행차 빠르기 살과 같아서 삼각산을 바라보고 장안에 들어오시니 만조백관이며 일국의 백성 뉘아니 기꺼워하리요. 대군의 행차는 바로 대궐에 들어가 상께 뵈었는데 상께서 반기시고 기꺼워하시며,

"너희가 임경업의 힘으로 무사히 돌아오니 즐거웁기 측량할 수 없거니와 보물은 뉘 청하여 왔느뇨?"

하니 세자께서,

"신이 청하여 왔나이다."

하자 상께서 분연히,

"이 은자를 무엇에 쓰리요, 병자년 원수를 네 그새 잊고 도적의 재물을 무엇에 쓰려고 가져왔느뇨?"

하시고, 용연석(龍硯石)을 들어 치시니 동궁이 이로 인하여 병석에 누우사 일어나지 못하시었다.

임경업이 호국에 있으면서 주야로 나오고자 하나 호왕이 그 뜻을 알고 은근히 후대하며 백방으로 개유하여 말하기를,

"장군은 비록 소국에서 났으나 충성과 영웅은 족히 관운장(關雲長)을 방불케 하는지라, 오관(五關)에 참륙당하고 독행천리하던 충성과 같으매 내 지극히 아름답게 여기나니 장군은 모름지기 안심하라."

임경업이 왕의 후은을 사례하나 즐거운 빛이 없는지라. 호왕이 그 마음을 즐겁게 하고자 하여 미녀와 갖가지 풍악으로 위로하였으나 낯빛이 조금도 달라지지 않고, 다만 본국에 돌아갈 마음만 품고 있었다. 하루는 호왕이 임경업더러 말하기를,

"과인에게 딸 하나가 있는데 그대의 영웅됨을 흠모하여 장군의 상을 한번 보고자 하니 장군은 비례(非禮)임을 생각지 말고 한번 구경

*고두숙배(叩頭肅拜)——머리를 조아려 정중히 경의를 표함.

함을 허하라."

임경업이 왕의 후의를 생각하여 물리칠 수 없는 일이라 이에 허락하니, 호왕이 크게 기뻐하여 공주로 하여금 장막 안에서 보라 하고 경업을 청하니, 임경업이 갑주를 갖추고 혹 부마로 뽑힐까 저어하여 두터운 신 안에 나무로 보임하여 키를 한치 가량 돋우고 내전에 들어가서니 공주가 주렴 사이로 보다가 탄식하기를,

"들어오는 걸음은 사자 걸음이요, 나가는 걸음은 범의 형용이나 키가 한치만 없었던들 천하 영웅이 되었을 것을, 애석하다."

하였다. 호왕이 마음에 서운하나 그와 방불한 자가 없는지라 임경업에게 말하길,

"공주가 아직 부마를 정하지 못하였나니 장군과 가연을 맺어 백년을 동락함이 어떠하뇨?"

임장군이 배사하여 말하길,

"대왕이 어찌 이 같은 말씀을 하시나이까? 내 나이 반백이요, 또 본국에 조강지처 있거늘 어찌 타의가 있사오며, 하물며 원수의 씨를 끼쳐 무엇에 쓰리요."

호왕이 만류하나 그 뜻을 굴치 못할 줄 알고 일계를 생각하고 백관을 모아 의논을 하였다.

"임경업을 도모코자 하나니 무슨 계교로써 처치할 수 있을꼬?"

여러 신하들이 상주하되,

"임경업은 지용이 절륜한 자라 허술히 다루다가는 도리어 해를 입으리니 여차여차함이 상책일까 하나이다."

호왕이 그 말을 좇아 가만히 무장을 분부하여 밖으로 군사를 준비하였다가 이리이리하라 하고, 연석을 배설하여 독한 술을 많이 장만하였다가 임경업을 대접하였다. 각색 풍악과 미녀로써 권고하니 임경업이 활달한 성격이라 조금도 의심치 아니하고 수 배를 마시니 술이 심히 독한지라 대취하여 연석에 누웠더니 비몽사몽간에 한 사람의 백발노승이 들어와 죽장을 들어 치며,

"뒤에 천병만마 들어오거늘 무슨 잠을 이리 자는고? 빨리 의장을

갖추라."

하였다. 장군이 놀라 깨니 연석이 고요하고 호왕이 간 데 없었다. 이에 그들의 간계를 알고 대로하여 급히 갑주를 갖추고 칼을 들고 호왕을 찾아 나아가니 호왕이 문득 뒷문으로 들어오는 것이었다. 임경업이 물었다.

"어찌하여 어디를 가셨더이까? 아무리 나를 해치고자 하여도 내 명이 하늘에 있나니 어찌 그리 용이하리요."

이에 호왕이,

"장군, 그게 웬말이오? 내 뒷간에 갔었소이다."

하고, 좌우에게 눈짓을 하여 일변 군병을 지휘한 흔적을 없이하였다.

이러구러 날이 오래되매 임경업이 본국에 돌아가기를 청하니 호왕이 다시 만류치 못하고 장군의 손을 잡으며,

"부득이 가려 하니 나의 마음이 간절한지라, 가기는 마땅히 가려니와 만리타국에 있다가 돌아가니 무엇을 원하느뇨?"

임장군이 대답하기를,

"왕의 머리를 구하나이다."

호왕이 웃고 이에 대연을 배설하여 임장군을 전송할새 상사(賞賜)를 후히 하고,

"이제는 우리 서로 형제의 나라가 되었으니 다른 마음은 먹지 말라!"

하고, 사신을 정하여 압록강까지 호송하여 드리라 하였다. 임장군이 호왕을 이별하고 호사(胡使)를 따라 조선으로 향하는데 돌아오는 선물을 본국에 보내고 나오게 되었다. 이때 영의정 김자점(金自點)이 일국에 특권하여 권세가 융융하였다. 그는 장차 시역의 흉심을 품고 있던지라 경업이 돌아온다는 소식을 듣고 속으로 은근히 생각하기를,

'경업이 곧 오면 나의 일이 그릇되리라!'

하고, 탑전(榻前)에 상주하였다.

"임경업은 천하의 반적이라, 왕명을 거역하고 남경에 들어가 조선을 치고자 하다가 하늘이 살피사 북경에 잡혀가 제 계교를 이루지

못하매 대군을 청하여 보내고 다시 기군하여 나라를 도모코자 하였사오니 압록강을 건너오거든 잡아다가 극형하여지이다."

상께서 크게 노하시와,

"임경업은 만고 충신이라 만일 경업을 모해하는 자 있으면 역률(逆律)로 다스리리라."

하시니, 자점이 가만히 조정에 의논하여 거짓 조서를 만들고 무사를 의주에 보내어 임경업을 잡아오라 하니, 조정이 자점의 형세를 두려워하여 감히 말할 자가 없었다. 이때 임경업이 전일 조선서 데리고 갔던 역군과 호사(胡使)를 데리고 압록강을 건너오는데 문득 자점이 보낸 사신이 교지를 전하고,

"임경업은 어디로 가리요."

하고, 어명을 전하고 잡으러 왔노라 하였다. 일시에 달려들어 임경업을 결박하여 *항쇄족쇄(項鎖足鎖)하여 함거에 실어가는 것이었다. 임경업은 망극하여 하늘을 우러러 탄식할 뿐이었다. 호사는 경업이 역률로 잡혀가는 것을 목도하고 속히 본국에 돌아가 호왕에게 전말을 주달하니 호왕이 크게 애석히 여기었다. 이때 임경업이 의주에 다다르니 의주백성이 임장군 오신다는 말을 듣고 남녀노소 없이 주찬을 갖추어 대우하려다가 어명으로 잡혀감을 보고 저마다 눈물을 흘리며,

"우리 사또께서 어찌하여 이 지경이 되셨는고?"

하며, 무사히 놓여나오길 하늘에 축수하니 임경업이 이 광경을 보고 비회를 금치 못하여 눈물을 뿌리며,

"너희들은 각각 좋이 있으라. 나는 북경에 갔다가 이렇듯 잡혀가노라."

하였다. 이때 신임 의주부윤이 임경업을 대하고 싶으나 김자점을 두려워하여 만나지 못하고 그냥 보내었다. 이날 의주에서 숙박하고 다음날 사신이 길을 재촉하여 정석원에서 중화참하고 벽저원에 숙침한 후 백지원에 들어오니, 백성들이 임장군의 잡혀감을 보고 부르짖어 우는 소리가 그치지 아니하였다. 고제원을 지나 마천평을 넘어오니

*항쇄족쇄(項鎖足鎖)——목에 씌우는 칼과 발에 채우는 차꼬. 즉 죄인을 단단히 죔.

이곳은 전일 장군이 도망하던 곳이라 하늘을 우러러 통곡하며,

"슬프다. 내 전일 이곳에서 도망치질 말고 호사에게 잡혀가 죽었던들 오늘 이런 일이 없었을 것을 나의 충성이 부족한 탓이다."

하며, 평북역에서 말을 먹이니 그 역 노인들이 임경업을 위하여 슬퍼하는 것이었다. 처음 삼개에서 데리고 갔던 역인들이 하도 망극하여 장군과 함께 죽기를 원하고 떨어지지 아니하거늘 임경업이 위로하여,

"너희들이 나로 인하여 부모처자를 버리고 만리타국에 갔다가 무사히 돌아오매, 너희의 은혜를 만분의 일이나 갚을까 하였더니 시운이 불행하여 이렇듯 잡혀가니 다시 보기를 어찌 바라리요. 너희들은 각각 돌아가 부모처자와 잘 있어라."

말을 마치고 눈물을 뿌리니 역군들이 통곡하며,

"장군께서 막군 중에 호왕이 죽이고자 할 때에도 슬퍼하지 아니하시더니 이제 죄없이 잡혀가시거늘 어찌하여 이다지 슬퍼하시나이까? 아무 염려 말으소서."

하니, 임장군이 탄식하며,

"이때와 그때가 다르니 너희들은 잘 있으라."

하고, 경성으로 향하였다.

이윽고 삼각산이 보이니, 장군이 탄식해 마지않으며,

"무정하다 삼각산아! 너조차 나를 보고 반기지 아니하느냐?"

하며, 남대문에 들어가니 예 보던 조관들은 선자(扇子)로 얼굴을 가리우고 본 체도 아니하나 장안 백성들은 반겨하며,

"명천이 살피사 우리 임장군이 무사케 하소서."

하고 비니, 임경업이 더욱 슬픔을 이기지 못하여 생각하기를,

'금부(禁府)로 갈지? *전옥(典獄)으로 갈지?'

하며 구화문에 다다르니, 김자점이 위조의 영을 전하기를,

"전옥에 가두라."

하였다. 이에 장군이 탄식하되,

"이제는 죽게 되었구나!"

---

*전옥(典獄)——죄인을 가두는 감옥.

하며, 전옥으로 갔다. 이때 김자점이 후능에 제관으로 갔다가 돌아오지 못하였기로 백관에게 이르기를,

"내 돌아와 경업을 처치할 것이니 아직 전옥에 가두어두고 전하께 아뢰지 마라!"

하니, 조신들이 감히 어길 자가 없었다. 이때 상감과 대군들이 임경업 돌아옴을 모르시고 주야로 기다리시더니, 문득 경업이 온단 말을 들으시고 대군께서 의주까지 가시어 맞이하려 하시니 자점이 옆에 있다 여쭙길,

"저하는 이제 군신의 본이시거늘 어찌 신하를 위하여 천리 행역을 하시리이까?"

하고, 조관을 부동하여 만류하니 대군이 마지못하여 그치시고, 임경업이 들어오기만 기다리시었다. 이때 조관이 경업의 온 소식을 오래 숨기지 못하고 승지로 하여금 상감께 주달하길,

"경업이 들어왔으나 아직 사제에서 쉬고 있나이다."

하니, 상께서 반기사 보시기 바쁘시나,

"쉬고 명일 입조하라!"

하시니, 승지가 자점을 두려워하여 감히 전교를 전하지 못하였다. 이때 임경업은 아무런 일도 알지 못하고 옥중에 들어가 생각하기를,

'전하께서 무슨 일로 나를 이렇듯 그릇 여기시는고? 대군께서 만일 아신다면 나의 원통함을 밝히실 것이거늘 어찌 이 지경에 이르는고? 이는 반드시 연고가 있음이로다.'

하고, 하늘을 우러러 길이 탄식하니 옥졸이 가만히 이르되,

"장군의 이번 갇히우심은 주상의 하신 일이 아니오. 다만 김자점이 한 바입니다."

임경업이 이 말을 듣고 비로소 자점의 모해를 입은 줄 알고 분기를 이기지 못하여 이를 갈고 땅을 치며,

"역적 자점이 임금을 속이고 충신을 모해하니 내 결단코 이 도적을 죽여 국가의 화근을 제거하리라."

하고, 옥문을 열라 하니 옥관이 자점을 두려워하여 감히 열지 못하였

다. 임경업이 크게 노하여 꾸짖어 말하기를,

"너도 또한 자점을 도와 국법을 업신여기느냐? 쾌히 문을 열라! 내 전하를 뵈옵고 간당을 소청하리라."

하고, 외치니 옥관이 감히 어기지 못하여 옥문을 열었다. 임경업이 분연히 옥에서 나와 바로 궐내로 들어가니 상께서 경업이 들어옴을 보고 반가움을 이기지 못하여 바삐 인견하실 새 경업이 엎드려 죄를 청하며,

"신이 전하의 조명을 받자와 호사를 따라 호국으로 들어가옵다가 생각하온즉, 신이 죄없이 호국에 잡혀가 죽사오면 세자 대군을 모셔 오고 병자년 원수를 갚지 못하겠삽기로 부득이 도망하여 명나라에 들어가, 천조의 힘을 빌려 북호를 멸하고 한을 씻고자 하였삽더니, 하늘이 도우사 다행히 천자께 조회하고 군사를 빌려 호적을 치옵는데 신의 충성이 부족하여 불행히 간인의 계교에 속아 여차여차 하옵기로, 대해중에 이르렀삽더니 호졸이 해중에 복병하였다가 신을 잡아가두니, 신이 대해중에 어찌하오리까? 속절없이 잡히게 되어 뜻을 이루지 못하옵고 대군으로 하여금 오래 고초를 받으시게 하였사옵고 또 호왕에게 잡히어 꼼짝 못하게 되었사오니 만사무석이로소이다. 하나 다행히 호왕의 허락을 얻어 본국으로 돌아오게 되었삽는 바 뜻밖에 죄목이 역률에 있사오매 신이 오직 한탄할 뿐이었더니, 이제 천안을 다시 뵈오니 비록 이제 곧 죽사와도 한이 없겠나이다."

상께서 듣기를 마치시고

"경이 돌아온다는 소식을 들은 후, 일각이 삼추같이 여기며 반가움을 이기지 못하거늘, 경은 무슨 죄가 있길래 청죄하느뇨?"

"신이 압록강을 건너오매 금의무사 어명을 전하옵고 신을 항쇄족쇄하여 잡아오게 하니 신은 다만 하늘을 우러러 죽기만을 기다리옵다가, 천행으로 천안을 다시 뵈옵고 신의 사정을 고하오니 이제는 여한이 없사옵니다."

상께서 들으시고 크게 놀라고 크게 노하사,

"임경업은 만고충신이거늘 어떤 놈이 과인을 속여 위조를 전하고 충신을 모해하였느뇨? 이 도적이 과인의 명령을 날조하였을 뿐 아니라 반신 적자이니 능히 베어 과인의 분을 풀리라."

하시고, 즉시 제신을 모아 *핵실(覈實)코자 하시니, 이때 김자점이 폐관에 있다가 돌아와 이 일을 알고 낙담상혼하여 동류들을 모아 의논하였다.

"이제 경업을 모해하던 일이 발각되었으니 우리들의 목숨이 위태할 것이다. 바삐 들어가 죽기로 다투어보리라."

하고, 백관으로 더불어 탑전에 상주하되,

"경업은 한적이라 신이 이미 그 죄상을 아옵는 고로 상달하였삽거늘 전하께서는 어찌 역신을 두호하시나이까?"

이때 임경업이 분기를 이기지 못하고 크게 꾸짖기를,

"역적은 들으라! 네 벼슬이 일품이요, 권도가 조정에 제일이라. 무엇이 부족하여 불의의 마음을 내어 나를 해하려 하느냐. 내 죽은 혼이라도 칠문에 있다가 역적의 머리를 베리라."

하니, 상께서 크게 노하시사 자점을 꾸짖으시되,

"임경업은 아국충신이거늘 네 무슨 심술로 모해하려 하느냐?"

자점이 다시 다투려 하거늘, 상께서 대로하사 자점을 금부에 가두라 하시고 조회를 파하시고 소연을 배설하여 경업을 위로하신 후 나아가 편히 쉬라 하시니 임경업이 천은을 축사하고 나왔다. 이때 김자점이 분함을 견디지 못하여 동류를 거느리고 구화문 밖에 숨어 있다가 임경업이 궐문으로 나오는 것을 보고 철편을 들어 임경업을 향하여 마음껏 치니, 이때는 황혼이었다.

임경업이 무심히 나오다가 비록 용맹하나 어찌 막으리요. 철편을 맞아 속절없이 엎어지니 자점이 채를 들어 호령하매 동류 수십인이 일시에 달려들어 무수 난타하여 거의 죽게 되매 임경업이 비록 무예가 천하에 제일이나 불의의 변을 당하여 빈손으로 어찌 마음 먹고 치는 놈 수십 명을 당할 수 있으랴. 슬프다. 임경업의 굳은 충성으로서

*핵실(覈實)——사건의 실상을 조사함.

반신적자에게 몸을 바칠 줄 어찌 뜻하였으리요. 이때 장군의 나이 53세였다. 자점이 무사들을 호령하여 임경업을 결박하여 전옥으로 보내고 자점 등은 금부로 들어갔다.

이때 우의정 이시백과 좌의정 권두표 두 사람이 경업의 입상함을 알고 동궁에 들어가 세자 대군을 뵈옵고 여쭈오되,

"저하! 임경업을 보시었사오니까?"

"임장군이 지금 어디 있느뇨?"

이시백이 주하기를,

"신도 금일에야 알았사오니 자세히는 모르옵니다."

대군이 마음이 조민하여 즉시 부왕을 뵈옵고 임경업의 일을 주상하니, 상께서,

"대인도 금일에야 보았노라. 적신 자점이 여차여차하여 전옥에 가두고 말하지 아니하므로 망연히 있지 못하였더니, 승지가 들어와 고하매 비로소 알고 부르려는데, 경업이 들어와 전후수말을 아뢰매 과인이 분함을 참지 못하여 자점 등을 죄주려 하던 차 자점이 백관을 거느리고 들어온 경업을 반신이라 하여 죽이라 하기로 과인이 대로하여 자점은 금부에 가두고 경업은 집으로 내보내어 편히 쉬고 명일 입조하라 하였노라."

하시니, 대군이 상의 말씀을 들으시고 마음이 조민하나 날이 이미 저물었는지라 할 수 없이 명일을 기다리시었다. 이때 경업은 난장을 맞고 옥중에 갇혀 있다가 이날 밤 삼경에 졸하니 하늘도 슬퍼하여 마지 않았다.

이튿날 꼭두새벽에 전옥 관원이 조정에 이 사실을 보고하려 하는데 자점이 나타나,

"경업의 시신을 내어다가 제 하처(下處)에 두고 위에다는 경업이 죄 있을까 하여 자결하였다 아뢰라."

하니 관원이 두려워 그대로 하더라.

대군이 그 말을 듣고 반식경이나 얼빠진 듯하시다가 눈물을 흘리시며,

"이 어인 말이뇨?"

하시며, 즉시 승지를 보내어 알아오라 하시니 승지 즉시 나가 알아 보고 아뢰기를,

"죽은 것이 적실하더이다."

하였다. 대군이 슬프고 분함을 이기지 못하여 즉시 주상께 이 연유를 주달하니 상께서 들으시고 대경 통곡하시며 날이 새기를 기다리시었다. 익일 *평명(平明)에 호국사신이 호왕의 글월을 올리거늘 상께서 열어 보시니 그 글에 씌어 있기를,

"들으니 임경업을 죽이려 한다 하니 경업은 충신인즉 죽이지 말라!"

하였다. 상께서 더욱 비감하시어 즉시 임경업의 본제에 통지하시니 임경업의 세 아들과 동생들이 일시에 올라와 시신을 붙들고 호전통곡하니 성중 백성들이 눈물 아니 흘리는 이 없었다. 이날 밤 상께서 꿈을 꾸시었는데 경업이 금포옥대로 손에 백옥 홀을 쥐고 완연히 들어와 탑전에 주하기를,

"간신 자점이 신을 무고히 모해하옵고 이제 찬역심을 품고 있사오니 바라옵건대 상께서는 살피옵소서."

하고 말을 마치매 간데 없거늘, 상께서 깨시니 침상일몽이었다. 즉시 자점을 잡아들여 국문하사 자점이 전후 역심을 품은 일과 경업을 모해한 일을 낱낱이 복죄하였다. 상께서 대로하사 여당을 저자에 처참하고 자점은 임장군의 삼자를 불러,

"임 장군이 자결한 줄로 알았더니 어젯밤 꿈에 나타나 자점의 해를 입어 죽었다 하기로 흉적을 너희에게 내어주나니 원수를 쾌히 갚으라!"

하시니, 삼자가 성지를 받들고 각각 칼을 들어 자점의 배를 가르고 간을 내어 임경업 영분 앞에 놓고 통곡하니 그 참혹한 정상은 차마 눈으로 보기 어려웠다. 성중 백성들이 자점의 시체를 점점이 썰어 길가에 버리니, 소위 자점이 점점이가 되었다. 오작의 밥이 되고 뼈는 조금도

*평명(平明)——아침 해가 뜨는 시각.

남지 아니하였다. 상께서 임경업의 장례를 대상의 예로 차려주시고 축문을 지어 제사하였다. 그날 밤에 성상이 또 다시 일몽을 얻으시니 임경업이 전과 같이 들어와 엎드려 주하기를,

"신이 충성을 다하지 못하고 이제 비명횡사하였삽거늘 전하의 성은으로 신의 원수를 갚아주시니 여한이 없사오나 다만 호적을 멸치 못하였사오니 이것이 유한이로소이다."

하고, 말을 마치자 문득 자취가 없거늘, 상께서 놀라 깨시니 남가일몽이었다. 그 충성을 아름다이 여기시고 가자를 돋우어 '숭정대부 의정부 좌찬성(崇政大夫議政府左贊成)'을 추증하시고 시호를 충민(忠愍)이라 하시매, 그 자손을 불러 벼슬을 주시니 그 삼자가 벼슬을 받지 아니하고 고향으로 돌아갔다. 상께서 기특히 여기사 미백과 토지를 사급하시고 임장군의 상호를 그리어 그 땅에 사당을 짓고 사시로 제사를 지내게 하시니 지금까지 사적이 없어지지 아니하고 전한다.

朴氏傳

이조(李朝) 인조대왕(仁祖大王)이 즉위한 초기(初期)는 명(明)나라의 가정년간(嘉靖年間)이었다. 이때 대궐문 밖 안국방(安國坊)에 한 명사(名士)가 있었는데 성은 이(李)요, 이름은 귀(貴)요, 자(字)는 문채(文采)라 하였다. 그의 가문은 대대로 명문거족이요, *교목세가(喬木世家)로서 일찍이 나라에 등용되어 벼슬이 이조참판(吏曹參判) 홍문관부제학(弘文館副提學)에 이르렀다. 그의 사람됨이 충효(忠孝), 공검(恭儉)하고 인후(仁厚), 활달하여서 명망이 전국에 떨치었다.

그의 부인 강씨(姜氏)는 집금오(執金五) 강창문(姜昌文)의 딸인데, 그들은 소년소녀 시절에 성례하여 부부 화락의 금실의 즐거움이 무궁하였다. 그런데 오직 한가지 부족한 것이 부부 동거 사십 년에 한점의 혈육이 없어서 항상 걱정으로 지내며, 명산·대천으로 아들 점지를 기도하였으나 역시 영험이 없었던지 뒤를 이을 자식이 없었다. 하루는 공(公)이 부인을 향하여 탄식하며,

"우리 팔자가 기박하여 늦도록 후사(後嗣)를 이을 자식이 없으니 후일에 우리 지하에 돌아가 무슨 면목으로 선조를 뵙겠소?"

하고, 눈물이 흘러 옷깃을 적시었다. 부인이 송구스러워서 사죄하며

"제가 존문(尊門)에 시집 와서 시부가 총애하시는 은혜를 입음이 태산 같고 군자(君子)의 후대가 극진하셔서 감사하오나, 오직 슬하가 적막함은 저의 죄입니다. 군자는 저의 불민함을 용서하시고 명문거가(名門巨家)의 요조숙녀를 재취하여 요행히 귀동자를 얻으시면 제 몸이 칠거지악(七去之惡)을 면할 수 있을까 합니다."

하고 말하였다. 공이 아내의 말을 측은히 여기고,

"부인의 탓이 아니고 모두 나의 박복함이니 그런 말은 마시오."

위로한 뒤에 부부가 상의하고 이참판이 금강산의 명월암(明月庵)으로 가서 칠일 기도의 정성을 다하고 돌아왔다. 그 후에 서안(書案)에 기대어 잠깐 조는 사이, 노승이 *죽장망혜(竹杖芒鞋)로 점잖게 와서,

---

*교목세가(喬木世家)——여러 해를 현달한 지위에 있어 나라와 휴척(休戚)을 같이하여 온 집안.

*죽장망혜(竹杖芒鞋)——대지팡이와 짚신.

"그대는 전생의 죄가 중하므로 세존(世尊)께서 미워하고 무자(無子)케 하셨으나, 그대의 기도하는 정성이 지극함에 부처님께서 감동하셔서 귀동자를 점지하시니 잘 길러서 그대의 문호를 빛내게 하라."

하고, 소매 속에서 한 개의 기이한 구슬을 꺼내주었다. 이참판이 받아 들고 치하하고자 할 순간에 노승은 홀연 간데 없고, 그 주고간 구슬이 변하여 청의동자(青衣童子)가 되어서 내당으로 들어갔다. 이참판이 문득 깨니 잠깐 동안 졸던 사이의 꿈결이었다. 그 꿈이 하도 이상하여 내당으로 들어가니, 부인이 맞아 자리를 권하였다.

"허허허, 내가 지금 꿈을 꾸었는데 하도 신기하기로 부인에게 알려주려고 왔소."

하고, 이참판이 꿈 이야기를 하자, 부인이 놀란 뒤에 미소를 지으며,

"어쩌면 그렇게 제가 꾼 꿈과 꼭 같을까요."

하고 기뻐하니, 이참판 또한 반가워하였다.

"우리 양인의 몽사가 이같이 범연치 않으니 이는 하늘이 우리의 무자함을 불쌍히 여기시고 귀자를 점지하신다는 길한 태몽이 분명하오."

과연 그달부터 부인에게 태기가 있더니 십 삭이 차매 하루는 태아가 동하였다. 부인이 해산하는 동안에 이참판이 약을 지어다 달여 먹이고 대청 위를 거닐며 기다릴 적에, 홀연히 서기(瑞氣)가 창공에 영롱히 비취고 선녀 한 명이 내려와서, 순산한 아이를 씻겨 자리에 눕히고 부인에게,

"이 아기는 하늘 위의 태백성(太白星)이었는데, 인간으로 환생하여 부인의 슬하를 빛내게 되었습니다. 그런데 이 아기가 장성한 후의 배필은 금강산에 있으니, 부디 기억하였다가 천정배필(天定配匹)을 어기지 마십시오."

하고, 문득 하늘로 날아서 돌아가 버렸다. 이참판 부부가 늦게야 상서로운 징조 가운데 옥동자 얻은 것을 기뻐하고, 아이를 보니, 그전의 꿈에 본 청의동자의 모습과 일호도 다르지 않았다.

이때가 갑진(甲辰) 사월 이십칠일이었으므로, 이참판이 대희하고

이름을 시백(時白)이라 하고, 자를 명선(明仙)이라 하여 장중보옥같이 사랑하여 길렀다. 세월이 빨라서 시백의 나이 세 살이 되매 총명·영리하여 모든 책을 좋아하며 보고자 하므로, 부친이 너무 숙성한 것을 염려할 정도였다.

그 이듬해 춘삼월에 부인이 또 태기가 있어서 십이월 초순에 옥녀(玉女)를 낳았는데 이참판이 기뻐하며 갓난 딸의 얼굴을 자세히 보니, 아리따운 어린 용모가 선녀 같았다. 이름을 시화(時華)라 하고 자를 선옥(仙玉)이라 하여 금지옥엽(金枝玉葉)같이 길렀다. 점점 자라매 용모가 더욱 아름답고 재주가 비상하여 여자의 기예와 시서에 모르는 것이 없었다. 나이 십일세가 되매 벌써 곱게 생긴 얼굴이 매우 아름답고 숙덕(淑德)이 높았으므로, 부친이 고문 거족(高門巨族)의 어진 신랑감을 택하여 재미를 보려고 널리 구하고 있었다.

세월이 빨리 흘러서, 시백은 나이 십육세요, 시화는 나이 십삼세가 되었다. 이때에 왕이 이참판의 위인이 중후함을 사랑하셔서 특별히 강원 관찰사를 제수하시니, 공이 천은을 사례하고 삼일 후에 임지로 발정할 때, 아들 시백만 데리고 가고, 부인과 시화 소저를 집에 두고 작별하여, 수일 후에 감영(監營)에 도임하여 정사를 바르게 다스리고, 아들 시백에게 시서를 강론하여 학문을 지도하였다.

이때 금강산 상상봉에 한 명의 처사가 있었는데 성은 박이요, 이름은 현옥(玄玉)이요, 별호를 유점대사(楡岾大師)라 하는데, 도학이 유명한 선비였다. 그의 부인 최씨와 동거 삼십 년에 유점사(楡岾寺) 근처에 비취정(翡翠亭)을 짓고 세월을 보내고 있었으므로 세상 사람들은 그를 존경하여 비취선생이라고도 하고, 혹은 유점처사라고도 불렀다. 일찍이 딸 자매를 두었는데 장녀는 나이 십칠세이나 용모가 박색이므로 출가하지 못하고 동생이 먼저 출가하였다. 그런데 시집을 못간 박소저는 용모는 비록 추악하나 천성이 현숙하고 또 학문이 무량(無量)해서 세상 만사에 모르는 것이 없었다. 부친 처사가 이 딸을 기특히 여기고 한가한 때면 소저를 불러서 앞에 앉히고 고금지사(古今之事)를 물으면, 소저의 대답이 흐르는 물같이 시원시원해서 처사조차 모르는 것을 환하게 해석하였다. 처사는 자기 딸의 재주에 경탄하면서 명현 군자를 구하여 사위를 삼으려고 하던 차에, 마침 이관찰사가 본영(本營)으로 내려온다는 소식을 듣고 부인과 상의하였다.

"신임 관찰사 이공(李公)의 아들 시백의 인품과 재주가 일세에 으뜸이라 하니, 내가 감영으로 가서 이공에게 구혼해보겠소."

처사의 말을 들은 부인 최씨가 미소하면서,

"이감사는 조정에서도 유명한 재상인데, 어찌 우리 같은 촌부(村夫)의 박연지녀(薄緣之女)로 혼인을 할 수 있겠어요?"

"허허, 부인은 그런 염려 마시오. 이공의 아들 시백과 우리 아이는 천정한 연분이니, 부인은 두고 보시오."

부인은 남편 처사의 신명(神明)함을 아는 고로 반신반의로 묵묵히 말을 않고 있었다. 처사는 곧 의관을 정제하고 말을 타고 달려 금강산을 내려와 감영에 이르자, 통인(通人)에게 명함을 주면서 이관찰사에게 전하라고 부탁하였다. 금강산에서 찾아온 박처사를 청해들인 이감사는 무슨 일인지 의아하였다. 처사가 갈건포의(葛巾布衣)로 서서히 걸어들어오자 이감사가 황망히 당에서 뜰까지 내려가서 맞아 당상으로 인도하여 자리를 권하였다.

"*비인(鄙人)은 금강산 비취정에 사는 박현옥이라는 야인으로서 외람되이 상공을 찾아뵈옴은 깊은 소회가 있기 때문입니다."

이감사가 눈을 들어 처사를 살펴보니, 선풍도골(仙風道骨)이 갈건 아래 더욱 빛나서 첫눈에 범인이 아님을 알 수 있었다. 이감사 공경히 대하면서,

"*복(僕)은 용우(庸愚)한 필부로서 외람되이 성은을 입사와 일도방백(一道方伯)에 중임을 맡아서 주야로 송구하던 중, 선생이 왕림하셔서 우매한 위인을 교훈코자 하시니, 이로써 일도만민의 시비를 면할까 합니다."

"천만 겸손한 말씀입니다. 상공께서 비인을 너무 과찬하시니 매우

---

*비인(鄙人)——자기의 겸칭.

*복(僕)——벼슬아치가 자기를 낮춰서 가리키는 말.

황감하옵니다. 다름 아니오라, 소생에게 한낱 여식(女息)이 있사와 연기에 이르렀으나 아직 가랑(家郎)을 구하지 못하였습니다. 소생의 천견으로 천리(天理)를 궁구하온즉, 영랑(令郎)이 저의 여식과 천정배필이오나, 다만 부끄러운 바는 용모가 박색이고 자질이 천하오매 감히 옥인군자(玉人君子)의 배필됨이 외람하옵니다. 그러나 하늘이 정하신 배필을 어길 길이 없는 고로, 감히 이런 사연을 고하옵니다."

이감사가 박처사의 말을 듣고, 또 그의 거동을 보니 필경 범인이 아닌지라, 허튼 수작이 아님을 짐작하고 흔연한 태도로 대답하였다.

"선생의 고명하신 지취(志趣)와 영녀의 숙혜(淑慧)한 자질로 용부속자(庸父俗子)의 배필을 삼고자 하니 이것은 나로서는 얻지 못할 영화인데 어찌 사양하겠습니까? 존명을 받들어 가연(佳緣)을 맺겠습니다."

"감사하옵니다. 상공의 존귀하신 지체로서, 소생의 말씀을 더럽게 여기시지 않고 일언으로 쾌히 허락하시니 감격하여 마지않습니다."

이감사가 기뻐하여 곧 아들 시백을 부르자, 이윽고 청포흑건(青袍黑巾)의 한 소년이 나와 시립(侍立)하였다. 부친이 처사를 뵈라 명한즉 시백 소년이 처사에게 공손히 재배하였다. 처사가 답례하고 눈을 들어 선을 보니 만고영웅이요 일대호걸이라, 장차 출장입상(出將入相)하여 명망이 일국에 가득할 기상이 은은히 엿보였으므로 처사가 크게 기뻐하면서, 이감사에게 아들 칭찬을 하자 이 감사는 천만의 말씀이라고 겸손해하였다.

박처사가 기쁨을 이기지 못하고 곧 길일을 택하니 이듬해 팔월 이십일이 대길일로 나왔으므로, 그날로 정하고 주객이 기뻐하며 술잔을 나누었다. 어느덧 해가 기울자 처사가 몸을 일으켜서 하직할 때 공자(公子)의 손을 잡고 뒷일을 부탁한 뒤에 표연히 당을 내려서 돌아가는데, 그 걸음이 나는 듯이 가볍고 빨라서 과연 신선의 모습 같으며 금세 흔적이 보이지 않았다. 이감사는 아들 시백과 그 사라진 방향만 바라보며, 신기한 선술(仙術)에 탄복하였다.

세월이 빨리 흘러서 이듬해 봄철이 되자, 왕께서 이공의 애민선정(愛民善政)을 가상(嘉尙)히 여기시고 벼슬을 돋우어 이조판서(吏曹判書) 겸 *세자빈객(世子賓客)을 제수하사, 역마(驛馬) 편으로 급히 조정으로 불러 올리셨다. 이판서는 신관과 교체하고 곧 상경하여 천은을 사례하자, 왕께서 인견하시고 애민선정을 포상하시었으며 '새로운 중임을 잘 보아서 짐을 도우라'는 분부를 하셨다.

이러구러 박처사와 상약한 날이 다가왔으므로 부인에게,

"내가 강원감사로 원주(原州) 감영에 있을 때 금강산 박처사의 딸과 정혼한 것은 부인도 이미 알거니와, 이제 그 길일이 머지 않으니 부득이 시백을 데리고 신부댁으로 가서 성례하고 상경하리다."

"혼인은 인륜의 대사인데 상공이 서로 면대하여 정혼하시고 어찌 위약을 하겠습니까?"

이판서는 부인이 자기 뜻을 알아줌을 기쁘게 여기고 이튿날 궐하(闕下)에 나아가서 연유를 상달하자, 왕이 윤허(允許)하시면서 금은과 필백(疋帛)을 예물로 하사하셨다. 공이 천은을 숙사하고 곧 아들 시백을 데리고 금강산 유점사 근처에 이르러 비취정에 사는 박처사 집을 찾으니, 그 산촌 사람들의 말이,

"이곳에서 삼십여 년을 살았으나 박처사의 사는 곳이 어디란 말은 듣지 못하였습니다."

하는 대답이었다. 이판서가 낙망 탄식하고,

"허어, 그동안 무신(無信)했던 것이 내 정성의 부족이었구나!"

하고, 다시 두루 찾았으나 아는 사람이 전연 없었다. 이판서가 번민하고 생각하되,

'내일이 혼인날인데, 지금껏 박처사의 집조차 찾지 못하고 있으니, 시백과 인연이 없는 모양이다.'

하고 산중에서 방황하였다. 이때 공중에서 문득 학 우는 소리가 나더니, 학을 타고 내려온 박처사가 이판서의 손을 잡고 웃으면서,

"존공(尊公)이 산야비인(山野鄙人)을 찾으려고 누지(陋地)에 왕림하

---

*세자빈객(世子賓客)—— 왕세자의 스승.

셔서 여러 날 방황하시니 죄송합니다. 소생의 집이 여기서 멀지 않으니 어서 갑시다."

하고, 시백의 손을 이끌고 이판서를 인도하여 수리(數里)를 산속으로 들어갔다. 송백이 울울창창하고 기화요초(琪花瑤草)가 난만한 곳에 사오 간의 초옥이 정결히 서 있고, 금자로 현판이 달렸는데 비취정(翡翠亭)이라고 씌어 있었다. 처사가 이판서 부자를 인도하여 서당에 이르니 뜰에선 백학이 쌍쌍이 놀고, 버드나무 사이에서는 황금빛 꾀꼬리가 봄빛을 자랑하고 있어서 실로 선경이었다. 객실로 들어가니 옥백서안에 만권 서책이 쌓였고, 벽에는 칠현금(七絃琴)이 세워져 있으니 은자(隱者)의 거처로 더없이 아담하고 고요했다. 박처사가 이판서 부자를 자리에 권해 앉힌 후에 이윽고 시녀가 주안상을 내왔다. 처사가 수저를 들어서 권하였다. 상 위에는 음식이 정결 소담하여 인간의 진수성찬과 다른 향취가 풍겼다.

이판서 부자가 달게 대접받고 상을 물린 뒤에 처사와 더불어 고금(古今)을 담론(談論)하다가, 밤이 깊어진 뒤에 처사는 내당으로 들어가고 이판서 부자는 고단한 몸을 편히 쉬었다.

이튿날 처사는 판서 부자와 조반을 마친 뒤에 흔연히 웃으면서,

"날이 높았으니 영랑(令郎)의 예복을 갖추어서 *전안지례(奠雁之禮)를 행하게 하십시오."

하였다. 판서가 얼굴에 희색을 띠고 아들 시백에게 명하여 새옷을 갈아입히고, 내실에 들어가 행례하게 하였다. 처사가 신랑의 손을 이끌고 내당으로 들어가서 교배석(交配席)에 인도하자, 신랑이 걸어 나가서 신부와 더불어 합환(合歡)의 교배(交拜)를 마치고 다시 외당으로 나왔다. 판서가 아들의 손을 잡고 처사를 향하여,

"고명하신 선생이 용렬한 내 자식에게 천금옥녀로 길례를 허하시니, 우리 부자의 복이 지나칩니다."

"천만의 말씀입니다. 영랑(令郎)의 선풍도골로서 여아의 천한 자질

---

*전안지례(奠雁之禮)——혼인 때 신랑이 기러기를 갖고 신부집에 가서 상위에 놓고 절하는 예.

을 맞아주시니 부끄럽고 송구하오나, 다만 천정연분이니 인력으로 어찌 못할 것을 아는 고로, 오늘 감히 길례를 치름이니, 존공은 하해 같은 덕으로 소생 딸의 추용(醜容)을 용서하시고 슬하에 양육하시기 바랍니다."

"선생의 말씀이 너무 겸양하십니다. 영녀의 용모가 선생의 말씀대로 비록 불미한 곳이 있을지라도 여자의 도(道)는 현숙한 마음씨가 으뜸이요, 용색이 고우면 박명하기 쉬운 법이니, 선생은 조금도 염려하지 마십시오."

박처사가 이판서의 말에 감격하고, 주배를 나누며 종일 통음(痛飮)으로 즐거워하였다. 그날 해가 저물매 신랑이 저녁 식사를 마친 후에 신방에 들어가서 방안을 둘러보니, 여자의 반짇고리 같은 기물은 전혀 없고, 손오병서(孫吳兵書)와 육도삼략(六韜三略)의 책만 서안에 쌓여 있었다. 신랑 시백은 이상히 여기고 무릎을 꿇고 단정히 앉아 있었다. 이윽고 신부가 조용조용 들어왔으므로 신랑이 일어나서 맞아 서로 대좌하고 눈을 들어 신부의 모습을 처음 보았다. 그런데 놀랍게도 여자의 키가 거의 칠척장신이요, 허리통은 열아름이 되고, 높은 코와 내민 이마며 왕방울같이 큰 두 눈이 번쩍이고, 수족이 고르지 못하여 거동이 절룩거리고, 얼굴빛이 검고, 두 어깨에 있는 쌍혹이 늘어져서 가슴을 덮어내리고 있지 않은가. 그 괴이한 형상은 천신(天神)이 아니면, 분명히 염라부(閻羅府)의 우두나찰(牛頭羅刹) 같았다. 더구나 신부의 몸에서 더러운 냄새가 진동해서 코를 찌르고 구역이 날 지경이었다. 신랑 시백이 그 흉참(凶慘)한 신부의 모양을 보고 혼비백산하고 신방에서 뛰어나왔으므로 부친 이판서가,

"아니, 어찌하여 신방에서 뛰쳐나왔느냐? 그런 경거망동으로 나를 욕되게 하려느냐?"

하고, 아들을 꾸짖었다. 시백이 우는 상과 떨리는 음성으로,

"소자가 신방에 들어갔을 때는 신부가 없더니, 나중에 들어왔는데 마치 무서운 천신과 끔찍한 괴물 같은 여자라 경악하였는데, 몸에서 더러운 냄새까지 진동하여 토할 것만 같아서 급히 나왔습니다.

그런 여자와 부부가 될 수가 없으니, 이날 밤이 새는 대로 상경할까 하옵니다."

이판서는 속으로 깜짝 놀랐으나, 자기 아들의 경솔하고 무례함을 책망하였다.

"네가 아무리 용렬할지라도 오늘이 혼인 첫날인데, 신부의 외모가 비록 불미한 데가 있더라도 어찌 이처럼 경망한 행동을 하느냐? 여자의 본도는 현숙한 덕이 제일이요 용모가 부족한 점은 상관이 없는데, 너는 어찌 색을 취하고 덕을 가벼이 하는 악행을 하느냐?"

시백이 황송히 여기고 엎드려서 변명하였다.

"소자 본디 다른 형제가 없고 다만 남매뿐이라, 요소가인(窈窠佳人)의 배필을 만나서 부모를 편히 봉양하옵고 자녀를 고루 두어 후사(後嗣)를 이음이 도라고 알았습니다. 그런데 이소저의 용모와 행동은 해괴망측하여 차마 마주 보기조차 어려울 지경이니, 이것은 조물주가 시기하고 하늘이 미워하셔서 이런 괴물을 계집으로 만들어 내신 것이매, 비록 하늘의 뜻을 어기고 부모께 불효가 될지라도 한시도 볼 수 없으니, 파혼하고 곧 상경하시기 바랍니다."

그러나 부친은 눈을 흘기고 아들을 꾸짖기만 하였다.

"이놈아, 너는 아비를 털끝만치도 생각지 않고 그런 방자한 말을 함부로 하느냐? 여자의 숙덕(淑德)은 돌아보지 않고 젊고 아리따운 미색만 취하고자 하니 어찌 한심한 노릇이 아니며 통분하지 않으랴? 그런 방자한 말은 아예 말고, 어서 신방으로 돌아가서 신부의 어진 덕을 고맙게 여기고 부부화락하여 아비의 마음을 편하게 하라. 만일 내 말을 다시 거역하면 부자지의를 끊어 버리겠다."

시백은 부친의 명이 이토록 엄격하므로 더 거역하지 못하고, 다시 신방으로 돌아갔다. 그러나 신부를 다시 보기가 싫어서 한편 구석에 옷도 벗지 않고 돌아누웠다가, 닭 울기가 무섭게 외당으로 달려 나와서 부친의 침소를 살피고, 조반을 마친 후에 우울하게 날을 보냈다. 그러다가 날이 저물면 또 신방으로 가기는 하였으나, 여전히 옷입은 채 혼자 돌아누워서 자는 척하기를 사흘이나 지났다. 그리하여 날을 잡아 상경하게 되매 부자가 박처사에게 하직하고 신부를 교자에 태워 발정하였다.

여러 날 여행 끝에 상경한 혼행(婚行)은 서울 집에 이르러서 잔치를 베풀고, 사당(祠堂)에 올라서 혼인보고의 배례를 하였다. 그리고 나서 이판서가 부인과 함께 정당(正堂)에서 신부의 폐백(幣帛)을 받으려고 신부를 불러 비로소 용모를 보게 되었다. 이때 정(正) 부인이 며느리의 모양을 본즉 만고에 없는 박색이라, 심중에 불같이 분노가 치밀어 올라서 남편 이판서를 원망하여,

"저런 추물을 어찌 며느리라고 슬하에 두고 보겠어요?"

하고, 얼굴을 찌푸렸다. 이판서는 부인의 말을 못마땅히 여기며,

"신부의 외모가 비록 곱지 못하나 재주가 비상하여 무궁한 도법(道法)이 심중에 가득 차 있고, 숙덕을 겸비한 규수요, 우리 집안을 장차 크게 빛낼 인물이니 두고 보시오. 그런데 겉모양이 불미하다하여 부인은 지각 없는 말을 하니 다시는 그리 마오."

부인은 남편의 엄한 책망을 듣고 묵묵히 한숨만 짓고 있었다. 그날 잔치가 끝나고 해가 저물어서 손님들이 돌아간 뒤에, 이판서가 신부를 숙소로 보내면서 편히 쉬라고 위로하였으나, 그후 수삭이 지나도록 신랑 시백은 한번도 신부의 침소에 들어가지 않았으므로, 부친이 크게 노하고 아들을 불러서 호령하였다.

"옛날 제갈무후(諸葛武侯)의 부인 황씨는 인물이 박색이로되 공명이 후히 대접하였고, 마침내 출사(出師)하여 유황숙(劉皇淑)을 도와 천하를 경륜할 때에 황부인이 팔문둔갑지술(八門遁甲之術)과 호풍환우(呼風喚雨)의 법을 무후에게 전수(傳授)하여 삼국(三國)에 이름이 진동하였으니 어찌 장하고 아름답지 않으냐? 그후 황부인의 이름이 천하에 떨쳐 절홍부인(節弘夫人)이라는 별호로 존경받았던 일을 생각하더라도, 나의 어진 며느리를 결코 박대하지 마라."

시백이 부친의 엄명을 거역하지 못하여 비로소 박씨의 침소에 들어갔으나, 한편 구석에서 옷을 입은 채 누웠다가 날이 밝기가 무섭게 나

갈 뿐, 부부지간에는 말 한 마디도 교환하지 않으니 어찌 한심한 일이 아니랴.

하루는 박씨가 아침 문안에 즈음하여 무슨 말을 하려다가 주저하였으므로, 이판서가,

"아가, 너 무슨 소회(所懷)가 있느냐."

하고 물었다. 박씨가 엎드려서,

"제가 추악한 박색으로 존문에 입성(入省)하오매 시부모님께 불민한 일이 많사오니, 존전에 아뢰기 황송하오나 제 본성이 아주 유벽(幽辟)함을 즐기고 번화한 곳이 괴로우니 후원에 조용한 초당을 짓고 거처하고자 합니다."

이판서는 자부의 외로워하는 정상을 가엾이 여기고, 흔연히 허락하고 곧 하인들에게 명하여 후원에 십여 간의 초당을 짓고 기화요초를 심어서 박씨의 맑은 자취를 도와주려고 하였다. 초당의 역사가 끝나자, 길일을 택하여 시비 계화를 데리고 초당으로 옮겨서 한가한 세월을 보내게 되었다. 초당의 뜰에는 기이한 화초가 봄빛을 자랑하고, 청학과 백학은 쌍쌍이 왕래하며 주인을 반기는 듯 춤추었다. 박씨는 시비 계화에게 서헌(書軒)에 가서 종이 한장을 얻어오라고 명하였다. 계화가 서헌으로 가서 이판서에게 별당 아씨의 청이라고 장지(壯紙) 한 장을 주십사 한즉, 이판서가 이상히 여기고 곧 시동에게 색좋은 장지를 가져오라고 한 뒤에, 손수 들고 후원 초당으로 갔다. 박씨는 시부가 직접 종이를 들고 오는 것을 보고, 황급히 뜰로 내려가서 시부를 맞아들였다. 이판서가 웃는 낯으로,

"아가, 종이를 내가 가져왔다. 뭘 하려고 그러느냐?"

"이렇게 정결하게 지어주신 집에 당호(堂號)가 없기로, 써서 붙일까 하옵니다."

"오, 그러냐. 내 너의 필재(筆才)를 보고자 하니 내 앞에서 써라."

하고 계화에게 필묵을 가져오라고 하여 용연(龍硯)에 먹을 갈리었다. 박씨가 붓을 들어서 한번 쓰는데 그 필법이 신기하며 청룡이 서린 듯하였다. 이윽고 피화정(避禍亭)이라고 하고, 그 옆에 신미맹춘(辛未孟

春) 취희당(翠熙堂)이라고 자기의 호(號)로 서명하였다. 이판서가 그 비범한 글씨에 감탄하고,

"참으로 놀라운 솜씨라. 네가 엄친 선생의 재주를 전습(傳習)하였구나."

박씨가 황송해하여, 그 종이에 쓴 글씨를 한번 들어서 뒤적이자, 홀연히 금자(金字)의 현판으로 변하지 않는가! 이판서가 더욱 놀라서 신기하게 여기고,

"너는 참으로 만고의 기재(奇才)다. 시백이 용렬하여 너에 대한 구박이 자심하니 어찌 한심하지 않으랴?"

하고, 한숨 지으며 자부를 위로하였다.

하루는 박씨가 시부모께 문안한 뒤에 엎드려서 이판서에게 아뢰되,

"내일 아침에 노복을 종로여각(鍾路旅閣)에 보내십시오. 거기서 매매되는 말이 수십 필 있을 테니 그 중에서 제일 못난 말의 값을 물으면 일곱냥을 달라고 할 것인즉, 못들은 체하고 삼백냥을 주고 사오라 하십시오."

이판서가 깜짝 놀라며 물었다.

"아니, 네 말이 이상하지 않느냐? 말 값이 일곱냥이라 하면서, 왜 그런 비싼 값을 주고 사오라 하느냐?"

"그 곡절은 후일에 아실 것입니다."

"그래? 네 말이니까 그리하겠다마는……."

이판서는 자부의 비범한 재주를 믿기 때문에 응낙하였다. 그러나 옆에 있던 시어머니는 비웃으면서 대감은 며느리 말이면 뭐든지 믿는다고 빈정거렸다. 그러나 이튿날 이판서는 늙은 충복에게 돈 삼백냥을 주고 종로 마시(馬市)에 가 비루먹은 말을 골라서 이리이리하여 사오라고, 어제 며느리가 말하던 대로 일러 보냈다. 이판서의 분부를 이상히 여긴 노복이 종로 마시에 가서 본즉, 과연 수십 필의 말장이 서 있었다. 노복은 거간에게 비루먹은 말을 가리키고 값을 물었다.

"아니 여보슈, 좋은 말이 얼마든지 있는데, 하필이면 이렇게 말라빠진 말을 사려고 하슈?"

"좌우간, 이 말을 사고 싶으니 값을 말하쇼."

"값이라고 할 것도 없이 일곱냥이오."

"우리 대감께서 삼백냥을 주고 사오라 하셨으니, 이 돈을 받으시오."

하고, 이판서집 노복이 대금 삼백냥을 선뜻 내주었다. 말장수가 깜짝 놀라면서 손을 흔들었다.

"일곱냥밖에 안 되는 말을 어찌 삼백냥이나 받겠소?"

"낸들 무슨 영문인지 알겠소? 우리 대감의 분부시니까 거역 못하여 그러니, 댁은 밑지는 장사 아닌데 싫을 리야 있겠소? 나는 억지로라도 주어야겠소."

"밑지다니, 너무 횡재라 어안이벙벙해서 그러죠. 그럼, 우리 이렇게 합시다. 말값은 제값대로 일곱냥 제해놓고, 나머지 큰 돈은 우리 두 사람이 반씩 나누어 가집시다. 그리고 당신 대감께는 삼백 냥 다 주고 샀다고 아뢰면 되지 않소?"

노복 또한 욕심이 생겨서 말거간과 남은 돈을 나누어 먹기로 하고, 비루먹은 말을 끌고 집으로 돌아왔다. 이판서는 노복이 사가지고 온 비루먹은 말을 손수 끌고 후원 초당의 며느리한테로 갔다. 하나 박씨가 한참 보다가 이판서에게,

"저 말을 도로 갖다 주라고 하십시오."

이판서가 이상히 여기고 물었다.

"네 말대로 삼백냥 주고 사온 그 말인데, 왜 다시 퇴하라는 거냐?"

"아버님께서는 모르셔도 저는 알고 있습니다. 이 말은 삼백냥을 주어야 쓸데가 있삽는데, 그 값을 덜 주고 사왔으니 무슨 쓸모가 있습니까?"

이판서가 놀라서 노복을 꾸짖었다.

"너를 믿고 시켰더니, 네가 협잡한 것이 아니냐? 다 알고서 묻는 것이니 바른대로 말하라. 이 말값은 얼마나 주고 사왔느냐?"

"대감께서 주신 돈대로 삼백냥 주고 사왔습니다."

거간과 굳게 약속한 비밀을 알 리가 없으리라고 생각한 노복은, 태

연히 잡아떼었다. 그러자 박씨가 비로소 노복을 보고 꾸짖었다.

"할아범이 아무리 어리석은 천인(賤人)인들 상전 속이기를 이렇게 개의치 않으니, 어찌 괘씸하지 않으랴? 할아범이 처음에는 삼백냥을 말 거간에게 주었으나, 거간놈이 말값 일곱냥만 주고 나머지 돈은 둘이 나누어 먹자는 꼬임에 솔깃해서 협잡질하지 않았느냐? 사람이 욕기에 눈이 어두우면 벼락치는 하늘도 속인다 하지만, 나는 속이지 못한다. 종의 신분으로 상전 속이는 죄는 죽어 마땅한 줄을 모르느냐? 어서 잘못을 회개하고 거간과 나누어 먹은 돈을 다시 모아서 말주인에게 주어라. 만일 지체하면 네 목숨을 보존치 못할 것이다."

노복이 황급히 땅에 엎드려서 빌며 잘못을 회개하고 곧 종로 말 여각으로 가서 거간을 잡고 호통을 쳤다.

"이 몹쓸 놈아! 네 꼬임에 빠져서 그 말을 끌고 갔더니, 우리 새아씨가 벌써 다 알고 계시더라. 하마터면 내 상전 속인 죄로 죽을 뻔하였다."

하고, 착복하였던 돈을 말주인에게 억지로 주고 돌아와서, 다시 박씨에게 사실대로 보고하였다.

"인제는 삼백냥을 다 말임자에게 주고 왔습니다."

"알았다. 물러가서 분부를 기다려라."

하고, 박씨는 이판서에게 말 기르는 법을 아뢰었다.

"이 말은 하루에 깨 한 되와 백미 오 홉씩을 죽으로 쒀서 삼년 동안 기르되, 이 초당 뜰에 풀어놓고 밤에도 찬이슬을 맞게 하십시오. 그리하면 삼년 후에 긴하게 쓰일 일이 있습니다."

"오냐, 네 생각대로 해라."

하고 흔연히 허락하고, 박씨의 계획대로 후원에서 삼년 동안 놓아 먹이었다.

하루는 박씨가 시부모를 문안하였으나, 시어머니는 며느리의 추악한 용모가 보기 싫어서 눈살을 찌푸리고 외면하였다. 그러나 시아버지 이판서는 소저의 손을 잡고 웃는 낯으로 물었다.

"아가, 무슨 할 말이 있거든 서슴지 말고 해라."

"내일 명(明)나라 황제가 돌아가신 소식을 전하러 칙사(勅使)가 남대문으로 들어올 것입니다. 믿을 만한 노자(奴子)에게 분부하여, 내일 아침 일찍이 우리 후원에서 놓아 먹인 말을 끌고 가서 남대문 옆에 세우고 기다리라고 하십시오. 그러면 명나라 사신으로 오는 칙사 장수가 그 말을 탐내어 사려고 값을 물을 것입니다. 그러거든 말값이 삼만 팔천냥이라고 하면, 그 장수가 부른 값대로 다 주고 살 것입니다."

이판서가 며느리 박씨의 말을 신기하게 여기고, 이튿날 새벽에 심복노자 원삼이를 불러서 분부하였다.

"너 이 말을 끌고 남대문 옆에 섰다가 명나라 칙사가 보고 말을 사려고 값을 묻거든 삼만 팔천냥이라고 해라. 그러면 두말없이 그대로 살 테니 돈을 잘 받아오너라."

원삼이 분부대로 말을 끌고 남대문 옆 길가에 가서 기다렸더니, 과연 명나라 칙사가 들어오다가 그 말을 보고 통역사를 시켜서 말값을 물었다. 원삼이가 삼만 팔천냥의 명마(名馬)라고 한즉, 칙사가 그 값을 선뜻 주고 샀다. 원삼이가 돈을 한짐 잔뜩 메고 와서 이판서에게 고하자, 판서가 기특히 여기고 후원 초당으로 며느리를 찾아갔다.

"네가 하라는 대로 그 말을 삼만 팔천냥에 팔아왔다. 네가 그렇게 미리 안 것도 신기하거니와, 그 말값이 왜 그렇게 많으냐?"

"그 말은 천리마입니다. 우리 조선과 같이 작은 나라에서는 그 말을 타고 다닐 데도 없고 알아볼 사람도 없지만, 명나라는 큰 나라라 땅이 넓고 미구에 그 말을 쓸 데가 있기 때문에 그 칙사는 신명(神明)한 사람이오라 알아보고 큰 돈을 아끼지 않고 산 것입니다."

"허어, 매양 놀라운 일이지만, 너는 여자로 어찌 그리 신명(神明)하냐? 만일 남자로 태어났었으면 국가의 동량(棟樑)이 되어 큰일을 할 걸 그랬다."

하고, 탄복하여 마지않았다.

이 무렵에 국가가 태평하고 만민이 소업(所業)을 즐기므로, 인조대왕이 종묘에 제사 올리고 과거를 시행해서 인재를 전국에서 뽑으시게 되었다. 이시백(李時白)이, 과거에 응할 모든 준비를 하고 내일이면 대궐 안 과장(科場)으로 들어가게 되었다.

그날 밤 후원 초당에서 박씨가 꿈을 꾸었더니, 후원 연못 가운데 꽃이 만발하였는데 벌나비들이 날아들고, 백옥 연적(硯滴)이 물 위에 떠 있더니, 그 연적이 홀연히 청룡(青龍)으로 변해서 노닐다가 입에 여의주(如意珠)를 물고 채운(彩雲)을 타고 하늘로 올라갔다.

박씨가 깜짝 놀라서 깨고 보니 침상일몽(寢上一夢)이라 잠을 이루지 못하고 생각다가 날이 새자마자 연못가에 가서 보니, 과연 백옥 연적이 한 개 있었다. 자세히 보니 꿈속에서 보던 연적과 꼭 같은 보물이었다. 박씨가 그 연적을 간수해 가지고 와서 시비 계화에게 서방님을 초당까지 모셔오라고 일렀다. 계화가 처음 있는 일이라 의아히 생각하면서 소서헌(小書軒)으로 가서 이시백에게,

"서방님, 아씨께서 초당으로 잠깐 오십사하옵니다."

시백은 불쾌한 얼굴로 계화를 꾸짖듯이,

"무슨 일로, 장부가 과거 길에 오르는데, 여자가 방자스럽게 오라가라 하느냐?"

하고, 아내 박씨의 전갈을 무시하고 가지 않았다. 계화가 무료히 돌아가서 그대로 박씨에게 고하자, 박씨가 묵묵히 오래 생각하다가, 다시 계화에게 전갈해 보냈다.

"여자의 도리로 서방님을 앉아서 청하는 것이 당돌하나 잠깐 오시면 과장(科場)에서 필요한 제구를 드리겠으니 한번 수고하십사고, 다시 여쭈어라."

계화가 마지못해 다시 나가서 시백에게 자세히 전갈하였다. 그러나 시백은 보기 싫은 아내가 성가시게 구는데 화를 내고, 큰 소리로 꾸짖었다.

"예끼! 요망스러운 계집이 장부의 과거 길에 이렇게 방자히 구니 괘씸하다!"

하고, 하인에게 명하여 애매한 계화를 잡아서 뜰아래 묶고 매질하며

호령하였다.

"네 상전이 비록 시골서 자라서 사례를 모를지라도 여자로서 장부를 오라가라 하니 그런 법이 있느냐. 지금 너를 치죄(治罪)하는 것은 네 상전을 대신함이니, 그리 알고 전하라."

계화는 연약한 몸에 볼기 삼십 대를 맞고 엉엉 울면서 박씨 앞으로 기어가, 서방님께 당한 말을 고하였다. 계화의 그 참혹한 정상과 말을 들은 박씨는 눈물을 흘리면서,

"계화야, 내 죄로 네가 이토록 매를 맞았으니 참으로 안되었다. 나도 지금까지 참고만 지냈지만 여자의 몸이 이토록 구차함을 오늘에야 뼈아프게 느꼈다."

하고 탄식하였다. 그러나 다시 생각하고 꿈에 보고 연못가에서 주운 백옥 연적을 계화에게 주면서 전갈시켰다.

"너 또 한번 서방님께 가서 이 연적을 드리고, '이 연적의 물로 먹을 갈아 글을 지어서 올리면 장원급제하여 입신양명하신 후, 부모님께 영화를 뵈이고 가문을 빛낼 것입니다. 그리고 저와 같은 사람은 군자에게는 소용 없는 인간이니 부디 생각지 말으시고 고문귀족의 요조숙녀(窈窕淑女)를 택하여 화락하소서'라고 여쭈어라."

계화가 다시 시백 앞으로 가서 연적을 올리고 박씨의 전갈을 조심조심 고하였다. 눈썹을 찡그리고 듣던 시백이 문득 연적을 보니, 백옥으로 된 천하의 보물이었다. 그제야 자기가 박씨의 성의를 너무 지나치게 멸시한 것을 후회하며 온화한 말로,

"계화야, 너 앞으로 가까이 오너라. 아씨에게 전하라. 내가 성미가 급해서 공연히 너까지 치죄하였다. 그러나 아씨는 심리가 온순하여 이런 연적을 보내서 과거의 성공을 도우니 고맙다고 전하라. 그리고 타문에 재취하라는 것은 너무 지나친 말로, 나로서는 그런 생각은 전혀 없다고 전해드려라."

계화가 비로소 명랑한 얼굴로 돌아와서 서방님 말씀을 전하자, 박씨는 묵묵히 듣고만 있었다.

그날 이시백은 과장으로 들어가서 글 제목을 보고, 곧 상(想)을 가

다듬어서 글을 짓고, 용연(龍硯)에 박씨가 준 연적의 물을 따라 먹을 갈고는 장지에 일필휘지(一筆揮之)하여 시관에게 올렸다. 이윽고 방이 걸렸는데, 장원은 한성인(漢城人)인 이시백, 부(父)는 이조판서 귀라고 되어 있었다. 시백이 기뻐하고 있는데 큰 소리로 자기 이름을 부르는 소리가 대궐 안을 진동하였다. 팔도에서 모인 선비들이 흥분하여 웅성거리는 속을 헤치고 나아가 대하(臺下)에 이르니, 왕이 장원으로 뽑힌 인물을 보시자 만고의 영준(英俊) 호걸이라. 용안(龍顔)에 희색이 가득하며, 이장원(李壯元)에게 앞으로 나라의 보필이 되기를 분부하셨다. 그리고 친히 어화(御靴)와 청삼(靑衫)을 내려주셨다. 이장원은 천은을 사례하고 물러나오는데, 그의 영광을 축하하는 풍악이 그의 전후에 따라서 대궐문을 나왔다. 이때의 이장원의 금포옥대(金袍玉帶)의 표연한 풍채는 만인총중에 뛰어났으며 그 거동이 진세(塵世)의 선랑(仙郞)이었다.

풍악을 거느린 행렬이 안국동의 동구(洞口)에 이르자, 우선 사당(祠堂)에 올라 배례하고 난 후 부모를 뵈오며 모여든 일가 친척의 축하를 받았다. 그리고 사랑에는 이미 장안 명사들의 하객(賀客)이 구름같이 모여들었다. 이판서가 아들을 데리고 사랑으로 나아가서, 장원의 선배와 벗들의 축하 인사를 받고, 오늘의 장원은 모두의 덕택이라고 평소의 후의를 사하였다.

그리고 이판서의 동료들인 모든 재상들이 와서 장한 아들을 두었다고 치하가 분분하였으므로 손님들에게 *좌수우응(左酬右應)으로 술잔을 나누어 즐기다가, 해가 저물어서야 잔치가 파하였다. 손님들이 다 돌아간 뒤에 이판서는 아들과 함께 내당으로 들어가 저녁 식사를 마치고 집안끼리 그날 밤을 즐겼다.

그러나 박씨만은 얼굴이 못나서 좌중에 나오지 않고 초당에 숨어 있었으므로 이판서는 자부의 사정을 딱하게 여기고 수심에 잠겨 있었다. 부인이 남편의 우울함을 의아히 여기고 물었다.

"대감, 오늘 우리 시백의 경사는 평생에 다시 없는 경사이거늘, 대

---

*좌수우응(左酬右應)——이리저리 바삐 수응함.

감의 안색이 왜 그리 어두우십니까. 필연코 그 추악한 며느리가 이 좌석에 없는 것을 서운히 생각하시는 모양이지만 그런 우스운 생각을 왜 하십니까?"

이 말에 노한 이판서는 정색을 하고 부인을 책망하였다.

"부인이 아무리 천박하기로서니, 겉모양만 보고 마음 속의 재덕(才德)을 생각하지 않소. 자부의 뛰어난 도학(道學)은 옛날 제갈공명의 부인 황씨를 압도할 것이며 덕행은 태사와 비교할 정도이어서, 우리 집에는 과분한 며느리인데, 나보고 우습다는 부인이야말로 우습지 않소?"

이런 핀잔을 받은 부인이 묵묵한 채, 그 분함을 어찌할 줄 모르고 있었다.

이날 시비 계화는 이시백이 과거에서 장원급제하였다는 소식을 듣고, 재빨리 박씨에게 고하고 기뻐하면서도 슬픈 탄식을 하였다.

"아씨께서 이 집에 출가해오신 후로 서방님은 한번도 아씨 침소에 오신 일이 없고 마님의 박대를 당하시고 적막한 이 후원 초당에 홀로 숨어 사시며, 집안 대소사에 참례치 못하시고, 경사스러운 잔치에도 나가시지 못하시며, 밤낮으로 수심에 잠겨 세월을 보내시니, 저의 소견으로도 아씨의 신세가 슬퍼서 울지 않을 수 없습니다."

그러나 박씨는 태연히 웃고 대답하였다.

"사람의 팔자와 길흉화복과 고락이 모두 하늘이 정하신 바라, 인력(人力)으로는 어찌할 수 없다. 옛날부터 홍안박명(紅顔薄命)이 한둘이 아니었는데 어찌 나뿐이랴. 수분수명(隨分隨命)하며 하늘이 정한 대로 살아갈 뿐이다. 내가 여자의 몸으로 어찌 서방님의 정이 박함을 원망하랴. 너는 그런 말을 다시는 하지 마라. 만일 남들이 그런 말을 들으면 나의 행실을 천하게 여기지 않겠느냐?"

계화는 이러한 박씨의 넓은 마음과 현숙한 말에 탄복하여 마지않았다. 이때는 박씨가 이판서 집에 시집온 지가 이미 삼년이 되었다.

하루는 박씨가 시부모를 문안하고 한참 망설인 끝에 어려운 말을 하였다.

"제가 존문(尊門)에 들어온 지가 삼년이 지났으나, 한번도 근친하지 못하여 본가 소식이 궁금하옵니다. 부모의 안부를 잠깐 알아 보고 올까 하오니 허락하여 주소서."

이판서는 며느리의 말이 당연하다고 생각하였으나, 금강산까지 먼 길을 다녀오겠다는 데는 놀라지 않을 수 없었다.

"서울서 금강산이 오백 리나 될 뿐만 아니라 길이 험준한 산길인데, 네가 어찌 가겠다는 것이냐? 건강한 남자도 금강산을 다녀오기가 어려운데 연약한 여자의 몸으로 어찌 감당하겠느냐. 네 마음 못지 않게 나도 근친을 보내고 싶다마는, 이후로는 그런 무모한 생각은 하지 말아라."

"저도 길이 험한 줄은 아옵니다마는, 이번에 꼭 다녀오고자 하오니 도중의 제 고생은 염려말아 주시옵소서."

이판서는 박씨의 특이함을 잘 알고 있으므로 허락하면서,

"네가 꼭 근친하겠다니 허락한다마는 도중에 조심하여 다녀오너라. 내일 근친할 제구와 인마를 차려 줄 것이니 속히 다녀오너라."

"제 말씀을 허락하여 주셔서 감사하옵니다. 그리고 저 혼자서 삼사일 동안이면 왕래할 방안이 있사오니 인마 제구가 모두 소용되지 않습니다."

"허어, 네 도술이 그럴 법도 하다마는, 그 먼 길을 어찌 삼사일에 다녀오겠다는 것이냐. 그러나 네 재주를 믿으니 너 하고 싶은 대로 하라."

이로써 이판서의 허락을 받은 박씨는 시부모께 하직하고 후원의 초당으로 돌아와서 시녀 계화에게 조용히 타일렀다.

"내가 친정에 잠깐 다녀올 테니 너는 내 거동을 아무에게도 말하지 말라."

하고 뜰로 내려갔다. 뜰에서 두 서너 걸음 걷다가 무슨 주문(呪文)을 외우자, 문득 몸이 공중으로 날아서 구름 위로 자취를 감추었으므로 보고 있던 계화도 자기 눈을 의심하였으나 그것은 결코 꿈이 아니었다.

박씨는 하늘로 날아서 잠시 동안에 금강산 비취정에 이르러 부모를 찾아 뵙고 문안을 드렸다. 부친 박처사는 딸의 손을 잡고 탄식하면서 말하였다.

"너를 시가로 보낸 지 삼년에 홍안박명을 슬퍼하나, 이것도 천수(天數)에 매인 바로, 인력으로는 어찌할 수 없으니, 그동안 얼마나 괴로웠느냐. 그러나 그 액운도 이제는 다 지나고 무궁한 복록(福祿)을 누리게 될 것이다. 이달 십오일에 내가 상경하겠으니, 너는 이삼일 있다가 먼저 가거라."

박씨는 사흘 동안 부모 슬하에서 지냈는데 하루는 박처사가,

"시부께서 기다리실 테니, 그만 빨리 돌아가거라."

하고 재촉하였으므로, 이튿날 아침에 다시 구름을 타고 서울집 후원으로 돌아왔다. 계화가 박씨를 반겨 맞으며 빨리 다녀온 것을 신기하게 여겼다. 박씨는 곧 옷을 가다듬고 시부모께 문안하고 다시 이판서에게,

"제가 올 때에 가친의 말씀이 이달 십오일에 상경할 터이니 그리 여쭈라 하였습니다."

하고 박처사의 기별을 고하였다. 이판서가 흔연히 고개를 끄덕이고, 하인을 시켜서 그를 대접할 음식거리를 미리 장만하였다.

십오일 밤이 되어서 달빛이 밝고 맑은 바람이 솔솔 부는데 하늘에서 홀연히 학 우는 소리가 나며 구름을 타고 처사가 내려왔다. 이판서가 황망히 뜰로 내려가 처사를 맞아 당상에 인도하고 공자도 또한 의관을 정제하고 처사에게 배려하여 영접인사를 마치고, 수년 동안의 정회를 말하는데 그 풍채가 의젓하며 품위가 실로 일대 영걸(英傑)이었다.

박처사는 황홀하고 귀중히 여겨 이판서의 손을 잡고 말했다.

"영랑(令郎)의 웅재(雄才)로 청운(靑雲)에 올라서 계화(桂花)의 첫 가지를 꺾어서 옥당(玉堂)을 자임(自任)하니 이런 경사가 없습니다. 그러나 소생의 천성이 못나서 상공(相公)께 베풀지 못하여 송구하옵니다. 그러나 다행히 금년은 여아(女兒)의 액운이 다하여 흉한 용

모와 누추한 바탕을 벗을 기한이 되었으므로, 소생이 존문에 나아와 현서(賢婿)의 과경(科慶)을 치하하고 겸하여 여아를 보려고 왔습니다."

이판서는 박처사의 말이 신기하므로 그 영험을 짐작하고 기뻐하면서 축배를 나누며 밤이 깊도록 환담하다가, 첫닭이 울어서야 술상을 파하고 침소로 갔다. 박처사가 침소로 가자 박씨가 부친을 맞아 배례하고 그동안의 문안을 드렸다. 처사는 딸의 손을 잡고 당에 올라 남향으로 소저를 앉히고 흔연히 웃으며 말하되,

"금년으로 네 전생의 죄가 다 끝났다."

하고 진언(眞言)을 외우면서 광수(廣袖)의 손을 들어 소저의 흉한 얼굴을 가리키자, 그 흉하던 얼굴의 허물이 일시에 벗어지고, 옥안화용(玉顔花容)의 기묘한 절색(絶色)으로 변하였다. 처사가 쾌연히 웃고, 그 벗겨진 흉한 허물을 가리키면서,

"내가 이 허물을 가져가고자 하나, 의혹을 없애기 위하여 시부께 말씀하고 궤를 얻어서 허물을 넣었다가 시어머님과 이랑(李郞)에게 보여서 의심을 풀게 하라. 그리고 나는 오늘 이별하면 십칠 년 후에나 다시 만나게 될 것이다."

하고, 이별을 한 후에 외당(外堂)으로 나가서 이판서에게 이별을 고하였다.

"소생은 곧 가겠습니다. 금후에 혹 어려운 일이 있거든 자부에게 물어서 처리하소서."

하고, 뜰로 내려가서 두어 걸음 떼어 놓더니 홀연히 자취가 사라지고 말았다.

이튿날 계화가 이판서에게 와서 박씨의 신기한 소식을 고하였다.

"어제 처사께서 다녀가신 후로 우리 아씨께서 얼굴의 허물을 벗고 만고절색의 부인이 되었사오니, 이런 신기한 술법에 놀라서 대감께 아뢰나이다."

이판서가 기뻐하면서 급히 후원의 초당으로 달려가 보니 그처럼 흉하던 며느리가 절세의 미색으로 일변하여 있었다. 이판서의 눈이 황

홀하여 아무 말도 못하고 서 있자, 박씨가 공손히 아뢰었다.

"제가 전생의 죄가 커서 얼굴에 흉한 허물을 쓰고 세상에 태어나서 십수 년의 악운을 채웠으매, 하늘이 제 신세를 가긍히 여기시고 가친께 명하여 본형(本形)을 주라고 하셨으므로, 어제 오셔서 곧 제 얼굴 모양을 본바탕으로 회복하여 주시고 가셨습니다. 그러니 아버님께서는 의심하지 마십시오."

이판서가 반신반의하고 박씨의 얼굴을 자세히 보니 옥안화용이 젊고 아리따운, 참으로 절세가인이었으므로, 하도 신기하여 말을 못하고 있었다. 박씨는 시부의 의심이 심상치 않으므로 허물을 증거물로 보였다. 이판서가 그것을 보니 그전 얼굴에 썼던 허물인 것을 보고 비로소 확신하고 박씨를 향하여,

"너의 아름다운 본형(本形)이 돌아왔으니, 네 시어머니와 시백이 기뻐할 것이다."

하고, 정당(正堂)으로 돌아가려고 하자 박씨가 이판서에게 청하였다.

"궤 하나를 주시면 이 허물을 넣어 두었다가 어머님과 장원의 의혹을 풀고자 합니다."

하자, 이판서는 흔연히 허락하고 곧 외당으로 가서 궤를 들여보냈다. 박씨는 자기의 허물을 궤속에 넣어두었다. 한편 이판서는 내당으로 들어가서 부인과 아들에게 자부 박씨의 얼굴이 고운 원형으로 변한 신기한 사실을 말하였으나 부인은 믿지 않았다.

"세상에 그런 이상한 조화가 있겠어요?"

하고, 시비를 보내서 박씨를 내당으로 오라고 불렀다. 박씨가 의복을 가다듬고 계화에게 허물이 든 궤를 들리고 내당으로 가서 시모에게 절하고 얼굴을 들자, 시모가 박씨의 얼굴을 보다가 그 안색이 변하면서,

"원 세상에 요망하고 괴상스러운 일도 다 보겠다. 너의 그 흉한 얼굴이 어디가고, 그런 화사한 얼굴이 되었느냐."

하고, 기뻐하기보다는 꺼림칙하게 여기는 눈치였다.

"저의 추한 모양을 돌보지 않고 존귀하신 문중에 온 지 삼년에 어머

님께 불효 막대하였으며 제 스스로도 팔자를 한탄하옵더니, 전생의 죄가 다하였으므로 가친이 와서 저의 본얼굴 모습을 주시고 가셨습니다. 탈신(脫身)한 허물을 궤 속에 넣어 두었으니 어머님의 의심을 풀어드리고자 하옵니다."

하고, 계화에게 궤를 가져오라고 하여 허물을 꺼내서 보였다.

부인은 그 허물을 보고서야 비로소 의심을 풀고, 과거를 가엾게 생각하며 사랑하는 마음이 동하여 박씨의 손을 끌어 애무하며 신기하게 여겼다.

이때 왕은 이시백의 재덕을 사랑하시고 벼슬을 돋우어 승지로 제수하셨다. 이시백은 천은을 사례하고 집으로 돌아와서 부친을 뵈옵자 그 자리에서,

"네 아내가 지금은 어떻더냐?"

하고 물었으므로, 시백이 황공하여 대답하지 못하였다. 부친은 다시 강하게 훈계하는 말로,

"너는 지난 일을 생각지 못하느냐? 네 위인이 그렇게 어리석으니 국가의 중임을 어찌 감당하겠느냐?"

시백이 더욱 황공하여 묵묵히 대답하지 못하다가, 날이 저물어서 아내의 침소로 찾아갔다. 박씨가 등불을 밝히고 안색을 엄정히 하여 조용히 앉아 있는지라 시백은 말을 못하고 아내가 무슨 말을 먼저 하기를 기다렸다. 그러나 밤이 깊도록 아내가 입을 열지 않으므로 시백은 하는 수 없이 먼저 말하였다.

"내가 미흡한 탓으로 부인의 외모가 불미함을 꺼려서 여러 해 동안 박대하였으나, 하늘이 나의 처복(妻福)을 도우셔서 부인을 본모양으로 회복시켜 천고의 절색이 되었으니, 후회 막급이며 부인을 상대할 면목이 없소. 그러나 부인의 도리는 남편에게 순종함이 여자의 첫 계명(戒命)이니 나의 과거의 잘못을 용서하고 부부 화락을 도모하기 바라오."

하자 박씨는 분연히 변색하고,

"제가 비록 인물이 추악하나 시가에 들어온 후로 시부모를 효성으

로 받들고 군자〔夫〕를 순종하여 칠거(七去)의 대죄를 범한 바 없었는데, 군자는 저를 마치 행로인(行路人)처럼 여기사 구박이 심하고, 오직 미색(美色)만을 취하시니, 다시는 나같이 못난 사람을 생각하지 마시고 어진 가문의 아름다운 여자를 취하여 즐겁게 해로하소서."

시백이 아내의 말을 듣고 부끄러워하였으나 모두가 자기의 허물이므로 아무쪼록 아내의 마음을 돌리게 하려고 밤이 새도록 애걸하면서 무릎이 닳도록 사죄하였다.

박씨의 현숙한 덕성으로 시백의 이런 지성을 보고 어찌 감동하지 않겠는가. 그리하여 박씨는 공손히,

"군자는 지금 체통이 존귀하시고 재상의 위신이 뚜렷한데 어찌 이토록 경박한 소년처럼 행동하시나이까? 제가 본디 본모양을 감추고 추악한 용모를 보인 것은 군자의 마음을 여자에 혹하지 않게 하여 한결같이 정기(精氣)를 온전케 하려 함이었습니다. 그리하여 수년 동안 박색을 꺼려 접어(接語)하지 못하게 함은 군자의 언어를 삼가게 함이었습니다. 그러나 군자의 저에 대한 소박은 오로지 미색이 아닌 것만을 탓한 천박한 행실이었으므로 그 심지를 괘씸히 여겨서 평생토록 원한을 풀지 않으려 하였습니다. 그러나 역시 온순한 여자의 마음이라 군자의 이런 후회를 보고 감동하여 지난 일을 다 풀고 잊겠습니다. 그러니 군자는 지체를 존중히 하옵소서."

젊은 병조판서는 박씨의 말을 듣고 마음으로 열복(悅服)하고 사례의 말을 하였다.

"나는 인간이 못나고 무식한 용부(庸夫)라 식견이 고루하지만, 부인은 천상선녀(天上仙女)라 생각이 활달하고 도량이 넓으니, 이 용렬한 이시백이 어찌 부인과 짝이 되어 화락을 바라리요. 그러나 부인이 내 죄를 용서하고 여러 해 쌓인 억울한 마음을 오늘 시원히 풀어버리시니, 나의 기쁨은 이루 말할 수 없소."

박씨는 미소하고 남편을 향하여,

"군자가 지난 일에 너무 지나치게 사과하시니 도리어 민망합니다."

하고, 밤이 깊도록 이야기한 끝에, 원수 같던 부부가 일변한 화기로 새로운 정이 무르익어만 갔다. 이윽고 시녀 계화가 미소하는 얼굴로 들어와 금침을 펴고 나갔다. 오늘 밤에야 사실상의 신방을 차린 부부는 쌍으로 자리에 누워서 비로소 운우지락(雲雨之樂)을 이루매, 양정(兩情)이 흡연하여 지극히 친밀하였다.

이시백과 박씨가 부부화동한 지 수삭이 못되어 박씨의 몸에 태기가 있었으므로, 이판서 부부는 손자의 재롱 보게 됨을 기뻐하여, 만삭 순산의 날만 손꼽아 기다렸다. 마침내 십삭이 되어 박씨가 쌍둥이 아들 형제를 순산하자 판서 부부는 너무도 기뻐 시녀를 거느리고 산실에 들어가 살펴본즉 아이들의 기골이 청수(淸秀)하고 두 눈이 샛별같이 빛나서 영민한 천분을 나타내고 있었다. 판서 부부는 쌍둥이 손주를 신비롭고 사랑스럽게 여기며 천만가지 시름을 잊었다. 손자의 이름을 희기(熙基)와 희인(熙仁)이라 짓고 장중보옥처럼 사랑하였다.

이때 왕은 이시백의 재덕을 믿으시고 평안감사를 제수하여 북방의 백성을 잘 다스리라는 분부를 내리셨다.

큰 지방의 외관을 분부받은 이시백은 영전의 천은을 사례하고 집으로 돌아와 친척들의 축하를 받고 곧 도임 행장을 서두르며, 쌍가마를 꾸미라는 명을 내렸다. 부인 박씨가 쌍가마를 왜 꾸미느냐고 묻자, 동행할 생각이라고 대답하였다. 박씨부인은 깜짝 놀라면서 반대하였다.

"장부가 몸을 나라에 바치면 부모 섬길 날도 적다고 하거늘 어찌 하물며 처자를 돌보겠나이까? 군자는 제 생각은 마시고 빨리 도임하셔서 상(上)께서 어지러운 북방으로 보내시는 이때의 중임을 감당하소서."

시백은 부인 박씨의 말이 당연하게 생각되어 자기가 시봉하지 못하는 부모 봉양을 당부하면서,

"내가 용렬하여 노부모의 외로우심을 생각 못하고 망령된 말을 해서 하마터면 세상의 웃음을 받을 뻔하였소. 나의 용렬함을 허물치 말고 부디 나 없는 동안 외로우실 부모님을 잘 당부하오."

하고, 곧 평양감영으로 도임해갔다. 도임 후로는 오로지 나라를 위하

는 충성 일념으로 민간의 질고(疾苦)를 살피며 각읍(各邑)의 수령(守令)을 신상필벌(信賞必罰)하여 탐관오리는 파직(罷職) 숙청하니 정사가 거울같이 밝아져서, 도적도 화하여 양민이 되고 백성이 모두 낙업(樂業)하여 격양가(擊壤歌)를 부르고, 거리거리에 선정비(善政碑)를 세워서 이감사의 치적(治績)을 칭송하여 마지않았다.

이러한 이감사의 선정보를 들은 왕은 곧 상경하라는 교지(敎旨)를 내리셨다. 이감사가 병조판서로 상경하게 되자 각읍의 수령과 수만명의 백성들이 거리거리에 모여서 부모와 헤어지는 어린아이같이 이별을 아끼며 전송을 하였다.

여러 날의 여행을 마치고 상경한 이판서가 궐하(闕下)에 엎드려서 복명하자, 왕이 인견(引見)하시고,

"경의 애민선정(愛民善政)함이 백성의 공복(公僕)이요, 과인(寡人)의 신하로서 믿음직하오."

하고, 친히 술잔을 들어서 권하셨다.

판서가 사은 숙배하고 대궐을 물러나온 후 집으로 돌아와 양당(兩堂)께 문안하자 부친이 아들 판서의 손을 잡고,

"내가 항상 너를 용렬하다고 꾸짖었던 것은 그 전에 현처(賢妻)를 돌아보지 않기 때문이었는데, 이제 감사의 직책을 다하여 백성께 칭송받고 상감께서 네 행사를 기특히 여기시니, 이제야 너는 내 아들이요, 임금의 믿음직한 신하이며, 박소저의 떳떳한 남편이다."

하며 기뻐하였다. 판서가 황공히 사례하고 부모를 그리던 회포를 아뢰오며 화평한 가운데 밤이 깊자 양당께서 취침하시도록 인사드리고 아내 침소로 가자, 박씨가 일어나서 반갑게 맞았다. 판서는 손을 들어서 자리에 앉기를 권하고 자기가 없는 동안에 부모 봉양한 수고를 치사하고, 오래 그리던 부부의 정회를 말하였다. 부인 또한 오랜 객지에서의 수고를 위로한 후에 자리에 들매 그리던 부부의 어수지락(魚水之樂)이 황홀히 흡족하였다.

이때 명나라의 조정이 요란하여 가달(可達) 등의 외적이 변경(邊境)을 침노하매, 분분한 소문이 우리나라에까지 이르자, 왕이 심려하시

고 이시백으로 상사(上使)를 삼으시고 적당한 인물을 군관(軍官)으로 삼아서 원군발정(援軍發程)을 하라고 분부하셨다.

시백은 여러 장수 가운데서 임경업(林慶業)을 정하여 왕에게 추천하였다. 임경업은 충청도 사람으로서 힘이 놀랍고 지략이 탁월하여 일찍이 무과장원(武科壯元)을 해서 벼슬이 철마산(鐵馬山) 중군(中軍)으로 있었다. 이상사가 그를 뽑아서 상사군관(上使軍官)을 삼아 함께 남경으로 갔다. 명나라의 천자(天子)가 조선에서 사신이 들어옴을 아시고 황자명(黃子明)으로 접빈사(接賓使)를 삼아서 영접하게 하였다. 이상사는 임경업과 함께 접빈사 황자명의 인도를 받으며 대궐에 들어가서 천자께 배례하고,

"조선 사신 이시백 아뢰오."

하고, 조선 왕으로부터 보내신 표문(表文)을 올렸다. 명나라 천자는 표문을 보시고 좌우에 명하여,

"조선 사신을 데리고 예부에 가서 향연을 베풀라."

하고 분부하셨다. 이때 마침 홀연히 북방의 호국(胡國) 사신이 와서 표문을 올렸다. 그 표문을 천자가 받아 보시니 대강 내용은,

'가달이 성하여 호국의 땅을 침노하니 병력이 강해서 거의 패망지경에 이르렀으므로 상국(上國)에서 원군을 급히 보내주소서.'

하는 호소였다.

천자가 호국의 멸망을 구제하려고 응원군의 장수를 택하려 하시자, 접빈사 황자명이 아뢰어 하는 말이,

"조선 상사 군관 임경업의 상(相)을 보오니 비록 외국 인물이오나 용맹과 지략이 겸비하여 가달을 물리칠 만하오니 이 사람으로 청병대장(請兵大將)을 정하는 것이 마땅할까 하옵나이다."

"오, 그러하오?"

고개를 끄덕인 황제가 이시백을 가까이 인견하사 임경업의 위인(爲人)을 물으셨다.

"임경업이 약간 지략(智略)이 있사오나 이런 중임을 감당하기 어려울까 하나이다."

황제는 이시백의 겸양한 말이 도리어 믿음직하였으므로 임경업을 수군병마대원수(水軍兵馬隊元帥)를 명하시고 상방참마검(尙方斬馬劒)을 주시며 영을 어기는 자는 선참후계(先斬後啓)하라는 특권과 삼만 군병을 맡기셨다.

임원수는 천자께 사은하고 물러나와서 장졸을 훈련한 후에 군사를 거느리고 여러 날 행군하여 호국에 이르렀다. 호국의 왕은 임경업의 인물이 웅장함을 보고 기뻐하고 전상(殿上)에 맞아서 상빈례(上賓禮)로 대접하고 가달의 군대가 강성함을 말하고 토벌해주기를 간청하였다.

"왕은 근심마옵소서. 소인이 비록 재주가 없으나 가달을 단번에 파하겠습니다."

다짐하고, 곧 대군을 거느리고 싸움터로 나아가 싸웠다. 싸움이 삼십여합에 이르러도 승부를 결하지 못하였으나, 임원수가 대갈일성(大喝一聲)으로 깊이 치고 들어가서 가달을 사로잡아 본진으로 돌아왔다. 호왕이 크게 기뻐하며 문무 중신을 거느리고 임원수를 환영하여 상좌에 앉히고 큰 잔치를 베풀고 승전축하와 아울러 임원수의 대공(大功)을 치하하였다. 이때 임원수는 장대에 높이 앉아서 군사를 명하여 가달을 끌어다가 뜰아래 꿇어앉히고 문죄하였다.

"네 비록 무지한 오랑캐기로서니, 병력의 포악한 힘만 믿고 남의 나라 땅을 함부로 범하느냐?"

"소방(小邦)이 천의(天意)를 모르고 호국을 침범하여 장군께 죽을 죄를 지었사오니, 목숨을 살려주시면 다시는 이심(異心)을 품지 않고 호국을 상국(上國)으로 섬기겠사오니 장군의 관대하신 용서를 바라나이다."

하며 가달이 항복하고 목숨을 빌었다.

임원수는 좌우에 명하여 가달의 몸의 포박을 풀어주라 하고, 뜻밖에도 장대 위로 오르라 한 뒤에 술잔을 주면서 패전지왕(敗戰之王)을 위로하였다.

"그대 말을 들으니, 전죄(前罪)를 후회하는 듯한 고로 이제 그대의 모든 죄를 용서하니 다시는 망령된 마음을 먹지 말고, 천도(天道)를 어기지 말며 분수에 알맞게 그대 나라의 부귀만 누려도 족하지 않은가?"

"소인의 죽을 죄를 이처럼 용서하시고 관대하게 대해 주시니 거룩하신 은혜 백골난망(白骨難忘)이로소이다."

가달은 임원수에게 백배 사례하고 호왕과 하직한 후 잔군과 함께 본국으로 돌아갔다. 이로써 나라의 멸망을 구원받은 호왕은 임원수의 지략과 용맹에 탄복하였다.

"과인은 조선에 임원수와 같은 명장이 있을 줄은 몰랐소."

하고, 경업의 인물에 반한 호왕은 공주와 혼인시켜서 부마를 삼을 생각을 하였다. 왕은 내전으로 들어가서 왕비와 의논하고 공주를 불러 임원수의 영걸지풍(英傑之風)이 있음을 말하고, 부마로 간택하고자 하니 네 뜻이 어떠냐고 권하였다. 공주는 얼굴을 숙이고 부끄러움을 머금고,

"부왕마마의 말씀은 마땅하시나, 여자의 백년의탁을 범연히 못하오리니 소녀 비록 식견이 없사오나 친히 보아 정하려 하옵니다."

"그리 하여라."

하고, 호왕은 이튿날 외전(外殿)에서 임원수를 보고,

"과인이 장군을 사랑하여 청할 일이 있는데, 과인의 청을 용납하겠소?"

"무슨 말씀이옵니까?"

임경업이 의아하여 물었다. 호왕이 빙그레 웃으면서,

"과인에게 공주가 있으므로 장군을 부마로 삼고자 하여 공주의 뜻을 물었더니, 대답이 제 눈으로 장군을 한번 보아야 마음을 정하겠다 하니, 장군의 뜻은 어떠하오?"

"왕명을 삼가 봉행하겠나이다."

임경업이 신중히 대답하자, 호왕이 기뻐하면서 내전으로 들어가 이 말을 하고 높은 누각에 주렴을 걸고 공주가 그곳에 들어가 신랑을 선을 볼 수 있도록 하였다. 임경업 장군은 공주의 상법(相法)을 짐작하

고, 나막신 속에 세 치의 돋움을 넣어서 키가 그만큼 커보이게 하고 누각 아래에 서서 기다렸다. 이윽고 공주는 누각 위에 나와서 보다가,

"저 인물이 키가 세 치 더 큰 것이 단 한가지 흠입니다. 앞으로 보면 천일지표(天日之表)요, 뒤로 보면 용봉지형(龍鳳之形)이매, 영웅은 분명하나 와석종신(臥席終身)을 못할 것이니 아까운 인상(人相)입니다."

이 말을 들은 호왕은 딸이 꺼려하는 말투라 부마 삼지 못할 것을 애달파 하였으나 할 말이 없으므로, 임경업 장군에게 그만 밖으로 나가라고 이르고 외전으로 따라나갔다. 그리고 걱정스러운 얼굴로 공주가 하던 말을 하였다. 임경업은 자기의 키를 일부러 세 치 크게 해보임으로써 호국 공주와의 결혼을 자기 의사로 거절하지 않은 양으로 물리치는 데 성공하였던 것이다. 낙망한 호왕은 임경업을 이별할 적에 금은보화를 많이 상으로 주었으나, 임원수는 그것을 전부 부하 장병에게 나누어 주었다. 감격한 장병들은,

"소장(小將)들과 모든 장병은 한 명도 상하지 않고, 원수의 덕택이 바다와 같은데, 또 이렇듯 관대히 상을 주시니 은혜 백골난망입니다."

하고 하례하였다.

임원수는 호왕과 이별하고 대군을 거느리고 남경으로 개선하여 명나라 천자에게 복명(復命)하였다. 천자는 기뻐하면서 임경업의 큰 공을 칭찬하여 마지않았다.

"조선에 이런 명장이 있을 줄 어찌 알았으리요. 이번에 강적 가달을 물리쳤으므로 그 이름이 천하에 진동할 것이니 실로 기특한 일이다."

하고, 금은을 많이 상사(賞賜)하셨다. 이시백과 임경업은 천은을 사례하고 곧 귀국의 길에 올라서 오랜 여행 끝에 한성에 도달하여 왕에게 복명하였다. 이시백은 특히 임경업 장군이 명나라에서 세운 혁혁한 무공을 주달(奏達)하였으므로 상감이 크게 기뻐하셨다.

"경업이 남경에 가서 그런 큰 공을 이루어서 그의 이름과 우리 나라

의 위엄을 천하에 떨쳤으니 경업은 짐의 기특한 *고굉지신(股肱之臣)이로다."

하시고 벼슬을 승진시켰다.

한편 호왕은 이시백과 임경업을 조선으로 보내고 속으로 은근히 탄식하였다.

"내가 조선을 쳐서 항복 받아 나라의 위엄을 빛내려고 하던 차에, 뜻밖에 가달의 침범으로 조선의 임경업의 덕을 봄으로써 조선에 그런 명장이 있음에 조선의 위세가 장엄함을 알았으니, 앞으로 조선을 깔보고 범하지 못하겠으니 어찌하리요?"

옆에서 호왕의 이러한 말을 들은 공주가 뜻밖의 말을 하였다.

"부왕마마는 염려마십시오. 제가 조선에 나아가서 이시백과 임경업을 없애 버리고 오겠나이다."

호왕이 기뻐하면서 공주로 하여금 자기의 조선침략의 숙원이 이루어지기를 은근히 바랐다.

"네 지략이 과인(過人)하고 만부(萬夫)가 당하지 못할 용맹을 겸하였으니, 어찌 시백과 경업의 일을 근심하랴."

하고, 공주에게 남복을 시키고 한 자루의 비수를 주었다. 공주는 호왕을 하직하고 단신으로 만리원정에 올랐다. 모후(母后)가 위험한 길을 염려하고 신신당부하였다.

"조선의 국경을 넘어서거든 의주, 평양 등 여러 곳에서 조선말을 배우고 조선 사람의 풍습과 행동거지를 익힌 후에 한양 성중으로 잠복해 들어가라. 한성에서 이시백의 집을 찾아서 귀신도 모를 비밀행동으로 그를 죽이고, 또한 돌아오는 길에 국경을 지키고 있는 임경업을 의주에서 죽이고 귀국하라. 남의 나라에 잠입해서 명의 큰 인물을 암살하는 일이 보통 일이 아니니 일동일정을 대담하고도 신중하게 해서 큰 공을 이루어라."

"저에게 자신이 있사오니 너무 염려마시고 기다리시옵소서."

공주는 장담하고 조선을 향하여 길을 떠났다. 공주는 국경의 압록

---

*고굉지신(股肱之臣)——임금이 가장 믿고 중히 여기는 신하.

강을 배로 건너서 의주에 오랫동안 묵으면서 조선말과 습관을 익힌 후에, 조선 남자의 행색으로 한성에 잠입하였다.

이 무렵에, 이시백의 부인 박씨가 어느 날 시부모께 저녁 문안을 드리고 자기 침소로 돌아와서 밤 깊도록 책을 보고 있다가, 찾아온 남편을 맞았다. 시백이 귀여운 아들을 무릎 위에 앉히고 재롱을 시키면서 부인과 정다운 이야기를 주고받은 후, 계화가 들어와서 금침을 펴고 돌아갔다. 천지가 조용한 심야에 부부가 상대하게 되자, 박씨가 정색을 하고 뜻밖의 말을 하였다.

"내일 해진 후에 강원도 원주의 설중매라고 칭하는 기생이 영감 서헌(書軒)으로 찾아올 것입니다. 영감이 만일 그 계집의 색을 탐하여 침실에 가깝게 하시면 밤중에 큰 화를 당하실 것이니, 그 계집을 구슬러서 이곳 제 침소로 보내시면 제가 잘 처리하겠나이다."

하고, 그 방법을 일러주었다. 그리고 이 말을 허술히 들으면 큰 화를 당한다고 신신당부하였다. 그러나 이판서 시백은 대수롭게 여기지 않고 웃는 말로,

"부인의 말이 우습구려. 장부의 몸으로, 어찌 정체 모를 한 계집에게 농락되어 마치겠소."

박씨는 이런 범상한 남편의 태도에 상을 찌푸리고 거듭 경계하라고 충고하였다.

"대감이 제 말을 믿지 않으시거든 그 계집을 저한테 보내신 뒤에 뒤를 밟아 오셔서 그 계집의 동정을 살펴보십시오. 그러면 그 계집의 정체를 아시고 놀라실 것입니다."

"어디 두고 봅시다. 그런 계집이 내일 저녁에 나를 찾아오기만 해도 부인의 예견지명(豫見之明)이 놀랍거늘, 내가 어찌 부인의 말을 소홀히 여기겠소?"

하고, 비로소 부부동침으로 그밤을 지냈다.

이튿날 시백은 조정에 들어가서 공사(公事)를 마치고 집에 돌아와, 그를 기다리는 빈객들을 대접하였다. 날이 저물어서 손님들이 돌아간 후 서헌에 한가롭게 앉았는데, 밤이 이슥해서 과연 한 여자가 문을 살

며시 열고 들어왔다. 이판서 앞에 와 날아가듯이 절을 하는 여자를 시백이 자세히 바라보니, 나이는 스무 살쯤 되고 얼굴이 백옥같이 희며 일빈일소가 요요작작한 절세 미인이었다. 시백은 놀라면서 물었다.

"어떤 여자인데 밤에 이렇게 왔는가?"

"소녀는 원주에 사는 설중매라는 천기(賤妓)의 몸이오나, 대감님의 재풍(才風)이 시골까지 유명하기로, 소녀 외람되오나 대감님 풍신을 사모하와 한번 모시고자 험한 먼길을 찾아 올라왔으니, 대감께선 소녀의 간절한 정상을 어여삐 여겨주시기 바랍니다."

하고, 장부의 간장을 녹이는 추파를 보냈다.

"네 말이 기특하나, 이 서헌에는 외객이 번다하니, 후원의 부인 거처에 가서 기다려라. 밤이 깊어서 손님들 왕래가 없어진 후에 너를 불러 조용히 밤을 지내리라."

하고는, 내당의 시녀를 불러서 후원으로 인도시켜 보냈다.

설중매라는 여자는 시백의 은근한 태도에 안심하고 시녀를 따라서 후원의 부인 거처로 갔다. 박씨가 웃으며 맞아 자기 방으로 불러들이자, 설중매는 사양치 않고 들어갔다. 박씨는 시녀 계화를 시켜서 주안상을 차려오라하여 산호배에 부은 술을 권하니 설중매는,

"저는 본디 술을 먹지 못하오나, 부인께서 주시니 어찌 사양하리이까?"

하고, 사오배의 술을 받아 마셨다. 그리고 술에 취해서 정신이 몽롱하여 기운을 차리지 못하게 되었다.

"취하거든, 대감께서 부르실 때까지 잠시 누워서 쉬도록 하라. 부르시면 깨워 보내리라."

"그럼, 잠깐 실례하겠나이다."

하고, 옷입은 채 누운 설중매는 곧 곤히 잠이 들었다.

박씨가 잠자는 여자의 거동을 보니 미간에 살기(殺氣)가 은은하며 흉독(凶毒)한 기운이 진동하였다. 살며시 품안을 뒤져보니 삼척 비수가 들어 있으므로, 그것을 꺼내려고 하자, 칼의 변화가 무궁하여 박씨에게 달려들었다. 박씨가 깜짝 놀라서 칼끝을 빨리 피하고 진언(眞言)

을 외워 칼의 발동력을 제어하고 설중매가 잠 깨기를 기다렸다. 외당의 이시백은 물론 그밤에 부르지 않았으며, 박씨가 먹인 술이 또한 오랜 잠을 재우는 신기한 효과가 있었으므로 설중매는 이튿날 아침, 날이 밝은 후에야 잠에서 깨어 일어났다. 이때에 박씨가 정색을 하고,

"너는 빨리 네 나라로 돌아가거라."

하고 엄연히 명령하자 설중매는,

"저는 강원도 원주에 사는 계집으로서 부모를 모두 여의고 의지할 곳이 없어서 가무(歌舞)를 배워 업으로 삼고 있는 몸이온데, 어찌 본국으로 가라 하시나이까? 저는 다만 대감님 양위의 고명(高名)하심을 사모하여 한번 뵙고자 왔나이다."

하였다. 박씨는 언성을 높여서 크게 꾸짖었다.

"네가 끝까지 첩자(諜者)의 탈을 벗지 않고 나를 속이려 하느냐? 너는 북방 호왕의 공주 기룡대(奇龍大)가 아니냐?"

호국의 공주 기룡대는 혼비백산(魂飛魄散)하여 만만사죄하면서 살려달라고 애원하였다.

"제 본색을 부인께서 이미 간파하셨으니 무슨 거짓말을 하겠나이까. 저는 부인이 보신 대로 호왕의 딸로서 부왕의 명을 받고 귀댁에 잠입하였으나, 넓으신 혜택을 입어 잔명(殘命)을 살려주시면, 본국에 돌아가서 여자의 직분에만 힘써 평생을 조용히 마치겠나이다."

"네가 본색을 내가 아는 바와 같이 정직하게 자백하고 사죄하니 용서하겠다. 곧 너의 나라로 돌아가서, 호왕에게 이렇게 전하여라. 조선에 나갔더니 이판서의 부인 박씨에게 비밀이 발각되어 성사를 못하고, 조금이라도 조선에 지체하면 큰 화를 입을 터이니 곧 귀국하라는 엄명을 받고 왔다고 하라."

호국의 공주 기룡대는 정신이 아득하여 머리를 땅에 대고 엎드려서,

"곧 귀국하여 분부대로 하겠사오니 관대히 용서하여 주십시오."

"네 나라의 왕이 참람(僭濫)한 야심을 품고 감히 우리나라를 범하고자 하니, 이는 우리나라의 운수가 불길한 탓이겠지만, 호국이 우리

나라의 힘을 모르고 스스로 멸망을 자초한 어리석은 생각이다. 네 나라가 아무리 강성하다는 망상을 할지라도 우리나라는 결코 침노하지 못할 것이다. 이런 관대한 내 훈계를 빨리 가서 부왕에게 알려라."

하고, 다시 관후한 태도로 술을 권하며 웃어보였다. 기룡대가 머리를 숙여서 만만사죄하고 박씨 앞을 하직하고 나와서 후원을 방황하였으나, 종일토록 나갈 길을 찾지 못하고 사방으로 빙빙 돌기만 하다가 밤이 되었다. 기룡대는 하늘을 우러러 탄식하고,

"호국 공주 기룡대가 조선 병조판서 이시백의 집에 왔다가 죽을 줄을 어찌 알았겠나이까?"

이때 박씨가 다시 앞에 나타나서,

"너는 왜 네 나라로 가지 않고 날이 새도록 여기 있느냐?"

기룡대가 이번에는 죽나보다 하고 땅에 엎드리어,

"제가 부인의 관대하신 은혜를 입고 돌아가려고 아무리 애쓰고 길을 찾았으나 사면이 층암(層岩) 절벽이라 갈 수가 없으니, 부인은 부디 길을 인도하여 주옵소서."

"너를 그저 보내면 필연코 임경업 장군을 해하고 갈 듯하여 너에게 통신력(通神力)을 알게 하려고 그렇게 함이니라."

하고는 공중을 향하여 진언을 외우니 홀연히 뇌성벽력(雷聲霹靂)이 진동하며 폭풍우가 일더니, 기룡대의 몸이 절로 날려 순식간에 호국 궁중에 가서 떨어지게 하였다.

한편 이것을 본 호왕은 경악하였다. 공주 기룡대는 오랜 후에 정신을 차리고 머리를 흔들며 일어나서,

"저는 조선에 갔다가 하마터면 부왕마마를 다시 뵈옵지 못할 뻔하였나이다."

"도대체 어찌 된 일이냐?"

공주가 조선에 나가서 겪은 자초지종의 일을 자세히 고하자, 호왕은 경탄하며,

"허허, 이시백의 부부가 그런 기대(奇大)한 영웅인 줄은 몰랐도다.

조선이 비록 땅은 작으나 명현한 인재가 하나 둘이 아니로구나."
하였다. 그러나 호왕은 조정의 백관을 불러놓고 조선 침노에 대한 정책을 다시 의논하였다. 소국(小國)의 일개 판서 부인에게 당한 대국의 치욕을 참을 수 없었기 때문이다.

"과인이 조선을 쳐서 항복 받으려 하는데, 누가 능히 선봉장이 되어서 대공을 세우겠는고?"

이에 두 명의 장수가 기다렸다는 듯이 앞으로 나오며,

"신등(臣等)이 비록 재주 없사오나 일지병(一支兵)을 주시면 조선을 쳐서 항복 받겠나이다."

그들은 용골대(龍骨大), 용홀대(龍忽大) 두 장수였다. 호왕은 크게 기뻐하여 큰 잔치를 베풀고, 스스로 황제(皇帝)에 오르는 즉위식(即位式)을 올린 후에 연호(年號)를 준치원년(准治元年)이라 고쳐 부르게 하였다. 그리고 곧 즉위 경축의 첫 사업으로 용골대와 용홀대로 좌우 선봉장(左右先鋒將)을 명하고 정병 삼만을 주면서,

"지금으로부터 조선 원정군을 거느리고 요동(遼東)으로 돌아서, 병자년(丙子年) 십이월 이십 팔일에 한양에 도달하되 기약을 어기지 말라."

용골대 형제는 왕명을 받고 군사를 교련하여 조선으로 행군을 개시하였다.

이때 박씨가 시백에게 심상치 않은 말을 하였다.

"호국의 공주 기룡대가 쫓겨 들어간 후에, 호국의 병세가 점점 강성하여 조선침범의 야망을 버리지 않고 군사를 내어 임경업을 죽이고 위로 상감의 항복을 받고자, 용골대 형제를 좌우선봉장을 삼아서, 금년 십이월 이십 팔일에 동대문을 부수고 물밀듯이 들어올 것이옵니다. 부디 그날을 어기지 마옵시고 상감을 모시고 광주산성(廣州山城)으로 급히 피하여 급화(急禍)를 면하소서. 그 뒷일은 제가 이곳에서 방비하겠나이다."

이시백의 부자는 본디 박씨의 말을 신명하게 믿기 때문에 그럴 줄 알고 그때를 기다리면서 그렇게까지 되지 않도록 만반의 방어태세를

갖추려고 힘썼다. 그러나 이 병자호란을 서울 이북에서 막아내지 못한 채, 십이월 이십 사일이 되었다. 시백은 상감께,

"신의 처 박씨의 말이 금년 이십 팔일 밤에 호병이 북으로 돌아 동대문을 깨뜨리고 성 안에 침입할 것이니 상감과 왕대비와 세자(世子), 대군(大君) 삼형제분을 모시고 광주산성으로 피화(避禍)하시게 하라 하옵니다. 신이 신의 처의 신명함을 아온즉 상감께 고하나이다."

상감이 깜짝 놀라며 시백의 말에 따라 산성으로 피난하려 하시니, 영의정 김자점(金自點)과 좌의정 박운학(朴雲學)은 천만부당하다고 반대하였다.

"병조판서 이시백이 이런 패악(悖惡)한 말을 감히 하여 조정을 놀라게 하고 성심(聖心)을 요동케 하오니, 이시백의 벼슬을 빨리 삭탈하셔서 후인(後人)을 징계하옵소서."

이런 반대론에 대하여 상감이 판단을 내리지 못하고 주저하고 있는데, 공중에서 홀연히 옆에 비수를 낀 선녀가 내려와서 뜰아래 배알(拜謁)하였다.

상감이 놀라서 그 선녀에게 물으셨다.

"선녀는 무슨 일로 과인을 찾아왔느뇨?"

선녀는 재배하고 상감에게 내의(來意)를 아뢰었다.

"신은 병조판서 이시백의 부인 박씨의 시비인 계화라 하옵니다. 박씨부인이 저에게 전갈하시기를 지금 성상(聖上)이 간신 김자점의 참소를 들으시고 유예미결하시니 네가 급히 가서 아뢰어 곧 산성으로 동가(動駕)하시게 하라 하더이다."

하고, 빼어들고 온 칼을 칼집에 꽂고 앞에 있던 큰 망두석을 번쩍 들어서, 피난을 반대하는 재상 김자점과 박운학을 겨누고 큰 소리로 꾸짖었다.

"김자점과 박운학은 보라. 너희들 벼슬이 인신(人臣)의 극위(極位)인 일품(一品)에 처하여 일인지하(一人之下) 만인지상(萬人之上)이 되었으되, 국은(國恩)에 보답할 생각은 없고, 나라에 직간(直諫)하

는 충신을 상감께 참소하여 도리어 모해하려하니 너희들 같은 간신을 어찌 세상이 용납하겠느냐. 그러나 너희들 죽을 기한이 아직 안 되었으니 우리 주인 말씀이 죽이지는 말고 저희 등의 죄과(罪過)만 수죄(數罪)하고 또 조선의 국운이 장원(長遠)하니 불측(不測)한 뜻을 품지 못하게 하라 하시더라."

하고, 상감 앞에서 엄혹하게 꾸짖었다. 김자점과 박운학은 얼굴을 들지 못하고 무료(無聊)히 어전을 물러나갔다.

계화는 다시 상감에게,

"만일 이 밤을 지체하시면 큰 화를 당하실 것이오니 저의 주인 박씨의 말을 범연히 듣지 말으시옵고 곧 피난하옵소서."

재삼 아뢴 후에 계화는 표연히 몸을 날려서 공중으로 사라져 버렸다. 상감은 신기하게 여기시고, 이시백을 이조판서 겸 광주유수(廣州留守)로 하시고 왕족(王族)을 거느리고 그의 호위 아래 산성으로 피난의 길을 떠나려 하였다.

박씨의 시비 계화가 번쩍 들어서 김자점 박운학을 치려고 위협한 거대한 망두석은 이태조가 즉위하실 때에 일등석수(一等石手)의 솜씨로 만들어 세운 것인데, 그 무게가 천근이라 세상엔 들려고 엄두를 내는 사람이 없었다. 그것을 하늘에서 날아온 소녀가 번쩍 드는 것을 보고, 만조백관이 놀라서 그 소녀가 박씨의 시비라는 말로 미루어 그 상전의 도량과 힘을 어찌 가히 측량하겠느냐고 하여 김자점 일파의 간신들이 무색해서 퇴정한 후, 남은 여러 신하들은 어가(御駕)를 호위하고 산성으로 피난해 갔다.

어가가 산성에 이르자 백성들의 말을 들으니, 과연 호병이 이미 서울에 침입하여 살육과 약탈을 자행한다는 흉보(凶報)였다. 그리고 유직관(留職官)들과 재상가 부녀를 탈취하므로, 성 안의 백성들은 병화(兵火)를 피해서 우왕좌왕하는 혼란으로 길을 메웠다. 상감이 이런 보고를 듣고 대경창황하신 중에도, 박씨부인의 예언을 신기하게 여기시며 충성을 기특히 여기시고, 시백을 불러서 현부인을 두었다고 칭찬하셨다.

이때 호장(胡將) 용골대가 대병을 거느리고 한성에 침입하여 보니, 국왕이 이미 광주로 피난하고 대궐에 없으므로 분격하고 아우 용홀대 장군에게 서울을 점령케 하고 스스로 기병 오천을 거느리고 폭풍처럼 송파(松坡)를 건너서 광주산성으로 추격하였다. 그들 호병은 산성의 북문을 둘러싸고 크게 외치며 위협하였다.

"이 싸우지도 못하고 도망쳐온 비겁한 놈들아, 죽음이 두렵거든 빨리 성문을 열고 나와서 항복하라!"

수문장(守門將)이 황급히 상감 어전에 달려가서,

"호장 용골대가 성문에 육박해서 문을 열라고 성화같이 위협하고 있나이다. 상감께서는 빨리 군졸을 풀어서 도적을 방비하소서."

하고 아뢰었다. 상감이 놀라시고,

"이것은 하늘이 과인을 망하게 하는 국운인가 보다. 삼백년 기업(基業)이 과인에 이르러 망할 줄을 어찌 알았으랴."

하시며, 용루(龍淚)가 흘러 소매를 적시었다. 이때 모시고 있던 이시백이 상감을 위로하여 태연한 말로 아뢰기를,

"전하는 지나치게 염려마옵소서. 이런 환란이 모두 천수(天數)로서 인력으로 어찌하오리까. 호병의 기세가 아무리 강성하고 난폭하여도 산성의 네 문이 견고하오니 쉽게는 범하지 못하리이다."

이에 따라서 호위 중의 모든 신하가 상감을 위로하였다.

이때 별안간 방포(放砲)소리가 천지를 진동하면서 무수한 기마병이 사면에서 철통같이 포위하고, 성벽에 사다리를 걸치고 일시에 올라서 성중을 향하여 활을 쏘매 화살이 비오듯하였다. 이에 놀란 성중의 인마가 풍비박산하는 비명소리가 처참하였다.

상감도 이 혼란으로 어쩔 줄을 모르고 망연실색하고 있을 때, 공중에서 돌연 큰 소리가 들려왔다.

"상감께선 과히 걱정마시고 항서(降書)를 써서 용골대에게 주소서. 용골대가 세자 대군 삼형제를 볼모〔人質〕로 잡아 가면 난리는 일단 종식될 것이옵니다. 비록 망극한 일이오나 무엇보다 사직의 위태함을 면하도록 하소서. 국운이 불길하와 호국의 속지(屬地)가 되어 조

공(朝貢)하라는 운수이오니 면할 수가 없나이다. 신첩(臣妾)은 다른 사람이 아니오라 광주유수 이시백의 처이옵니다. 신첩이 한번 나아가 칼을 들면 용골대의 머리와 호병 삼만을 풀베듯할 것이오나 천의(天意)를 어기지 못함이오니, 신첩의 죄를 사하옵소서."

상감이 신기하게 여기고 뜰에 내려가서 하늘을 향하여 무수히 칭사하시고 항서를 써서 용골대에게 보냈다. 용골대는 그 항서를 받은 후에 세자 대군과 왕대비전을 데리고 광주를 떠나갔다.

이때 박씨는 모든 친척과 충신열사(忠臣烈士)의 집에 통첩하여 자기 집 후원의 피화정(避禍亭)으로 피신케 하여 호병의 피해를 면하도록 보호하였다.

그런데 용골대의 아우 용홀대가 박씨가 있는 후원에 들어가서 경치를 두루 구경하다가 북쪽을 살펴보니 담 안에 갖은 신기한 꽃이 만발하였고 초목이 무성한 곳에 초당이 청결하고 당상에 한명의 가인이 홍상채의(紅裳彩衣)를 선명히 입고, 삼사세 되는 아이들을 좌우에 앉히고, 이마에 수심이 가득찬 채 아이들을 희롱하고 있었다. 용홀대는 그 여인을 보고 정신이 황홀하여 생각하되,

'장부가 세상에 났다가 저런 미인과 동침하여 홍을 풀지 못하면 어찌 원통하지 않으랴.'

하고, 본진으로 돌아가서 수백 명의 기병을 거느리고 다시 그곳에 와서 본즉 아까 본 화초와 초목이 모두 변하여 수천기(數千騎)의 병정이 되어서 기치와 창검을 들고 있는 듯이 보였다. 이상히 여긴 용홀대가 점점 깊이 들어가 보니, 울안에 영채(營寨)를 세우고 진문(陣門) 밖에서 미인 한명이 지키고 있다가 큰소리로 꾸짖었다.

"너는 호국의 장수 용골대의 아우 용홀대가 아니냐? 네가 본디 오랑캐의 종자로서 천의를 모르고 우리나라를 침노해 왔거니와, 도성(都城)을 지키는 중이면 조용히 있다가 네 형 오거든 함께 네 나라로 돌아갈 것이지 네 어찌 사부가(士夫家)의 규문(閨門)을 당돌히 들어오려고 하느냐? 너 같은 불학무례(不學無禮)한 놈은 죽여서 후일을 징계하겠다."

하고, 용홀대 앞으로 서서히 다가서면서 또 꾸짖었다.

"네가 선봉장이 되어 멀리 우리나라에 왔다가 내 손에 목숨을 잃을 줄은 몰랐을 것이다. 나는 다른 사람이 아니라 광주유수 이시백공의 부인 박씨의 시비 계화다. 너로서는 그래도 일국의 선봉장으로서 삼척 여자의 손에 목없는 귀신이 되니 불쌍하지만 네 죄를 생각하여 원망치 말고 내 칼을 받아라."

하는 호통이지만, 여자의 맑은 목소리라 옥쟁반에 구슬을 굴리는 소리와 같았다. 용홀대가 정신이 몽롱해서 바라보니 그 미인은 머리에 태화관을 쓰고 몸에 홍금사화의(紅錦賜花衣)를 입고 허리에 축금사만대(縮金紗幔帶)를 두르고 손에 용문자화검(龍文字華劒)을 들고 엄연히 서 있는데, 그 정중동(靜中動)의 기상이 나는 제비와 같이 경쾌하고 요염하기까지 하여 황홀하였다. 그러나 정신을 바짝 차리니 우선 분한 생각이 치밀었다. 그는 큰 소리로 꾸짖으며,

"조그만 계집이 장부에게 무슨 무례한 욕설이냐. 내가 너를 잡아서 분을 풀지 못하면 어찌 대국의 장군 체면을 차리랴!"

하고 와락 달려들었다. 계화가 자기를 잡으려는 용홀대를 흘겨보니, 머리에 용봉쌍학(龍鳳雙鶴) 투구를 쓰고 몸에 황금사문갑(黃金四紋甲)을 입고, 허리에 진홍보호대(眞紅保護帶)를 두르고, 손에 삼백근 금강도(金剛刀)를 들고 있었다. 이에 서로 소리를 치면서 싸우기 시작하여 십여 합에 승부를 결하지 못하다가 용홀대가 아무리 용맹스럽게 덤비며 칼재주를 다 부려도 박부인의 도술이 시키는 계화의 분투는 당하지 못하였다. 어느 결에 계화의 칼이 번득이더니 용홀대의 머리가 잘려서 말 아래로 떨어지고 말았다. 계화가 그 머리를 창끝에 꽂아들고 좌충우돌 동서남북으로 달리며 호병을 무찌르자, 장수를 잃어서 오합지졸이 된 호국의 장병들이 혼비백산하여 일시에 항복하였다.

계화가 용홀대의 머리를 박부인에게 갖다드리자, 부인이 그 놈의 머리를 높은 나뭇가지에 달아매어 두었다가 그 놈의 형 용골대가 와서 낙망케 하도록 하라고 일렀다. 계화가 부인의 분부대로 용홀대의 목을 후원의 전나무에 높이 달아매어 두었다. 그후 여러 날 만에 용골

대가 산성에서 조선왕의 항복을 받고 의기양양하게 인마를 거느리고 한성으로 돌아와서 승전고를 울리며 왕십리를 지나서 동대문으로 들어오다가 제 아우 용홀대가 박씨의 시비 계화에게 죽었다는 소문을 듣고 노기충천하여 곧 박씨를 찾아가서 벽력 같은 호통을 쳤다.

"박씨는 어떤 계집인데 대국의 대장을 당돌히 죽이고 그 머리를 그런 높은 나무에 매달았으니, 무슨 곡절이냐 어서 나와서 내 칼을 받아라!"

그 호통소리에 산천이 무너지듯 하였다. 박부인이 그 소리를 듣고 분함을 참지 못하고 계화를 불러서 명하였다.

"네가 가서 저놈을 죽이지는 말고 간담을 서늘케 해서 우리 도술의 솜씨를 보여라."

계화가 명을 받고 용골대를 맞아 싸우러 나갈 제, 일월 국화관(日月菊花冠)을 쓰고, 몸에 홍금수라의(紅錦繡羅衣) 오색채의(五色彩衣)를 입고, 손에 삼척 비수를 들고 문밖으로 비호같이 내달아서, 용골대의 거동을 흘겨보았다. 용골대의 얼굴은 무르익은 대추빛 같고, 눈은 번개 같아서 흉악하기 형용할 수 없었다. 계화는 목청을 가다듬어서 엄연히 꾸짖었다.

"너, 용골대야, 네 오랑캐 나라의 대장으로 우리나라에 왔다가 작은 여자에게 욕을 보고 돌아가려고 하니 어찌 가엾지 않느냐."

용골대는 눈을 부릅뜨고 우레 같은 소리로 계화를 꾸짖기를,

"천한 계집이 당돌 무례하게 대장부 욕하기를 능사(能事)로 하니 너를 단칼에 죽여서 아우의 원수를 갚겠다."

하고, 칼을 휘두르고 달려들었다.

계화가 맞아 싸운 지 십여 합에, 용골대가 비로소 계화의 무술 실력에 당하지 못할 것을 알았으나 허세를 부리려고 큰 소리로 꾸짖었다.

"내 너를 죽이려 하였지만, 계집으로 그만한 재주를 지닌 게 기특하여 차마 죽이기 아까우니, 내 아우의 머리만 내어라. 그러면 목숨은 살려주마. 그렇지 않으면 너를 죽이고 저 화원과 정자를 쑥밭으로 짓밟아 버리겠다."

"네가 아무리 용맹하여도 나는 당하지 못하리라. 다만 우리나라의 운수가 불길하여 너희들 오랑캐에게 욕을 봤거니와 너의 형제가 천하 명장이 된 듯 허풍을 치기로 우리 주인의 신명한 도술로 너의 형제 중 한 놈을 죽여 우리나라의 위엄을 빛내보인 것이다. 내가 아우의 머리는 주지 못할 곡절이 있으니, 무식한 너는 들어보라. 옛날에 조양자(趙襄子)가 지백(知伯)을 죽여 그 머리로 요강을 만들었으매, 우리 주인도 네 아우의 머리로 그릇을 만들어서 성상께 진상(進上)하여 위엄을 빛내고자 하시니 너는 그런 망령된 떼를 쓰지 말고 빨리 도망해서 네 아우같이 죽지 말아라. 다만 세자 대군을 모셔가는 것은 국운이 불행하여 상감께서 허락하셨으니 하는 수 없지만 왕대비 전하는 모셔가지 못하리니, 빨리 피하정으로 모셔두고 가거라. 네가 만일 이 명대로 하지 않으면 네 목숨을 보전하지 못할 것이다."

용골대가 분노하여 삼백 근 철퇴를 둘러메고 계화를 치려고 달려들었다. 이때 계화가 거짓 패하는 척하고 꽃밭을 헤치고 달아나자, 용골대는 의기양양하게 쫓으며 호통을 쳤다.

"이년, 네가 달아나면 안 잡힐 줄 아느냐?"

하고, 추격하여 거의 잡히게 되었을 때에, 계화가 잡았던 칼을 공중에 휘저으며 진언을 외우매 모래와 돌이 날리고 사방에서 어두귀면(魚頭鬼面)의 병졸이 아우성을 치고 에워싸 들어오고, 눈·비가 크게 퍼부어서, 순식간에 물이 한길도 넘었다. 용맹을 뽐내던 용골대도 박부인의 요술을 어찌 당하겠는가. 수족도 놀리지 못하고 혼비백산하여 마침내 애걸하였다.

"소장(小將)이 눈이 있어도 눈동자는 없어서 존위(尊位)를 범하여 죽을 죄를 지었으니 측은히 여기시고 잔명을 살려주면 이 길로 귀국하겠나이다."

"네가 그럴 뜻이라면 왕대비 전하를 이곳으로 모셔오너라."

용골대가 황망히 부하 군졸을 불러서 왕대비 전하를 빨리 이곳 피화정으로 모셔오라고 명하였다. 왕대비전을 모시러 간 장병으로부터 석방된다는 말을 듣고 희비의 회포가 교차하여, 호국으로 끌려갈 세자 삼형제를 붙잡고 눈물을 흘리면서 이별을 슬퍼하셨다.

"세자를 비롯한 삼형제는 부디 몸조심하고 호국에 갔다가 빨리 환국하기를 바라노라."

세자 대군 삼형제 엎드려서 눈물을 흘리며 하직하자 이윽고 왕대비전은 호국 군졸의 인도로 박씨의 피화정에 이르시었다. 박부인이 급히 뜰로 내려와서 왕대비전을 맞아 통곡하며 나라의 불행을 위로하고, 계화에게 명하여 용골대를 석방시켜 보내라 하였다. 계화가 박씨의 명을 받고 나와서 용골대에게,

"너를 여기서는 용서한다. 그러나 돌아가는 길에 의주에서 한번 죽을 고비를 당할 것이니, 의주에 도달하는 즉시로 의주부윤 임경업 장군에게 배례하고 이 글을 보여드려라. 그러면 임장군이 너를 용서하시고 돌려보낼 것이다."

용골대는 계화에게 백배고두(百拜叩頭)하고 본진으로 돌아가서 곧 귀국 준비를 한 뒤에 군대를 거느리고 북행하여 의주에 이르렀다. 의주부윤 임경업은 용골대가 우리나라에 침입하여 인민을 많이 살육하고 세자 대군 삼형제를 잡아가는 것을 보고 노기가 충천하여 필마단창(匹馬單槍)으로 비호같이 달려가며 벽력 같은 소리로 용골대를 질타하였다.

"이 무도한 오랑캐 장수야, 어서 목을 내밀어 내 칼을 받아라!"

용골대는 황망히 말에서 내리며,

"장군은 노기를 풀고 잠깐 이 글을 보십시오."

하고, 이시백 부인 박씨의 편지를 두 손으로 올렸다. 임경업 장군이 칼끝으로 편지를 받아서 펴본즉,

'이조판서 광주유수 이시백의 처 박씨는 임장군 좌하에 한 장의 글월을 올리나이다. 이번 우리 조선의 국운이 불길하여 이런 일을 당하였으나 하늘이 호국과 조선 두 나라가 종속(從屬)관계가 되라고 정하신 운수이오니, 용골대가 상감의 항서를 가지고 세자 대군 삼형제분을 모시고 귀국하는 것이니, 장군은 분한 마음을 진정하시고

이 일행을 무사히 가게 하여 삼년 후에 세자를 무사히 환국하시게 함이 상책이오니, 부디 이 말씀을 신청(信聽)하시기를 바라옵나이다.'

임경업 장군이 이 편지를 끝까지 본 뒤에 억지로 분함을 참고 말에서 내려 세자 대군을 뵙고 울면서 아뢰었다.

"복망(伏望), 전하는 망극함을 참으시고 호국에 가셔서 평안히 계시오면 삼 년 후에 신이 죽기로써 호국에 가 모시고 올 것이오니, 신의 말을 헛되이 생각지 마옵소서."

세자 대군 삼형제는 할 수 없이 조국의 땅을 떠나서 호국으로 들어가셨다.

상감은 산성에서 항서와 함께 왕대비 전하와 세자 대군을 호국에 잡혀 보내시고, 성심(聖心)이 망극하사 침식이 불안하시었는데, 하루는 공중에서 선녀 한 명이 내려왔다. 머리에 일월국화관(日月菊花冠)을 쓰고, 몸에 오색 운무채화의(五色雲霧彩華衣)를 입은 그 선녀는 하늘에서 내려오자 엎드렸다.

상감이 놀라서 급히 물으셨다.

"선녀는 누구신데 과인의 처소에 왔느뇨?"

선녀가 다시 일어나 재배하고,

"신첩은 광주유수 이시백의 처 박씨이나이다."

상감이 더욱 놀라시고,

"경의 지략을 매양 탄복하던 중, 이제 경의 신형(身形)을 보게 되니 과인의 마음이 매우 기쁘오."

하고, 뒤에 있는 이시백을 돌아보시면서 말씀하시기를,

"경의 충성이 쌍전(雙全)하여 저런 부인을 두었으니 이 얼마나 기특한 일이오."

유수의 벼슬을 올려서 세자사(世子師)를 삼으시고, 부인 박씨로 정경부인(貞敬夫人) 직첩을 내리시고, 시백의 부친 귀(貴)로 보국숭록대부(輔國崇祿大夫) 봉조하(奉朝賀)를 삼으시고 그 부인 박씨로 정경부인을 봉하셨다.

이에 감격한 시백이 머리를 조아려 사례하고,

"신에게 촌공(寸功)이 없사온데 외람한 관직을 주시니 황공무지하여이다."

"경이 나라의 위란지시(危難之時)를 당하여 과인을 호위하고 충성을 다하였으며 경의 부인이 여러번 과인의 위급을 구하고 용골대의 방자함을 꾸짖고 왕대비 전하를 경의 집에 편히 모셨으니 이는 과인의 뼈에 새길 은혜인데, 조그만 관직과 부인에게 내린 직첩으로 어찌 백분지 일이나 은혜를 갚으리요."

하시고, 서울로 향발하여 환궁(還宮)하셨다.

이때 연도(沿道)의 거리거리에는 경하하는 백성들이 도열(堵列)하여 성하(聖賀)를 영접하였다. 이윽고 서울에 입성하여 대궐에 들어가시자 박씨의 피화정에서 보호받던 왕대비 전하도 환궁하셨다. 이튿날에는 백관의 진하(進賀)를 받으시고 모든 죄수에게 대사령(大赦令)을 내려서 자유의 몸으로 풀어주었다.

왕대비 전하는 조용한 때를 타서, 상감께 박씨의 은덕으로 피화정에서 무사히 피난하다가 돌아오신 경위를 자세히 말씀하셨다. 상감은 또다시 박씨의 일을 아름답게 여기시고 예부(禮部)에 분부하여 박씨의 충신문(忠臣門)을 세우시고 피화정 옆에 아담한 정자를 세워서 일가정이라고 부르게 하신 뒤, 상감이 일년에 한번씩 춘삼월에 행차하시어 화류(花柳)를 완상(玩賞)하셨다.

그후에 상감은 이시백을 의정부(議政府) 우의정(右議政)에 대광보국(大匡輔國)을 제수하시고, 부인 박씨로 충렬정경부인을 봉하시고, 그 부부의 충성을 항상 칭찬하여 마지않으셨다.

어느덧 세자가 호국에 잡혀간 지도 삼년이 되었으므로 왕대비전과 상감이 곧 환국하게 될지 어떨지 소식을 몰라서 주야로 근심하고 계시었다. 이때 신하 하나가 어전에 나와서 아뢰었다.

"신이 비록 재주 없사오나 호국에 가서 세자 대군 삼형제분을 모시고 돌아올까 하나이다."

상감이 기특히 여기시고 보시니, 전임(前任) 의주부윤 임경업이었으므로 매우 기뻐하시고 즉일로 병조판서 훈련대장을 겸임시키시고 상사(上使)로 삼아서 곧 호국으로 떠나라는 분부를 내리셨다. 경업이 재배 사은하고 어전에서 물러나와 발정한 후 두 달 만에 호국에 이르렀다.

호왕이 조선에서 사신이 왔다는 말을 듣고 기뻐하며 인견하였는데, 사신으로 온 인물이 다름아닌 임경업 장군이라 더욱 반가워서,

"경은 왕년에 가달의 침노를 물리쳐서 짐의 나라를 구해 준 공신이었는데, 이제 수천 리의 멀고 험한 길에 이처럼 왔으니 무슨 급한 일이라도 있소?"

하고, 위로하면서 공무를 물었다.

"신이 이번에 귀국에 온 것은 다른 일이 아니오라 조선왕이 예물을 갖추어 폐하께 올리고, 겸하여 세자궁(世子宮) 삼형제를 환국시켜 주십사하는 청원으로 왔나이다."

하고, 준비해온 금, 은, 보배를 표문(表文)과 함께 올렸다. 호왕이 표문을 받아서 보니, 조선왕의 말씀이 온공하고 또 예물이 마음에 흡족하므로 흔연히 웃으면서,

"조선왕은 예의를 아는 임금이매 과인의 마음에 흡족하오."

하고 곧 세자궁 삼형제를 환국시키라는 분부를 내렸다.

임경업 배석하에 하직하는 자리에서 호왕은 위엄을 보이면서,

"왕자들의 나라에서 사신이 와서 본국으로 인도해 돌아가겠다 하므로 이제 짐이 쾌히 허락하니 각각, 무슨 소원이 있으면 꺼리지 말고 말하오."

"신의 소원은 귀국의 금은보화를 주시면 가지고 가서 부왕께 보이고자 하옵니다."

하고, 세자가 먼저 말하였다.

"신은 본국에 그냥 돌아가는 것이 서운하오니, 이미 와서 있는 수백 명 되는 본국의 인민을 주시면 이 기회에 데리고 갈까하옵니다."

둘째 대군이 동포를 사랑하는 마음을 아뢰었다. 셋째 대군은 말하기를,

"신은 오직 기다리시는 인자한 부왕을 만나고자 하는 인자(人子)의 정이 간절하오니 빨리 환국하기를 바랄 뿐입니다."

호왕은 세 왕자의 소원을 다 들어주었으며 무사히 귀국시켰다.

곧 대궐로 들어가 복명하자 상감이 크게 기뻐하시고, 삼형제가 타국에서 고생한 것을 가엾이 여기셔 위로하신 뒤에 다시 조용히 물으셨다.

"돌아올 때에 호왕이 무슨 말을 하더냐?"

"소원을 묻기에 신은 금은보화를 달라 하였나이다."

세자가 먼저 아뢰었다.

"소원을 묻기에 신은 우리 인민 수백 명을 호지(胡地)에 남겨두기가 애처로워서 함께 데리고 가겠다고 청하여 뜻을 이루었나이다."

둘째 왕자가 아뢰었다.

"신의 소원은 본국에 돌아가 부왕을 뵈옵기 일각삼추 같다고 하였나이다."

셋째 왕자가 아뢰었다.

상감이 둘째 왕자를 칭찬하여,

"너는 일국의 창생을 거느릴 도량이 있다."

하시고, 세자를 꾸짖어,

"너는 금은보화를 가져다가 나에게 주면 무엇이 좋겠느냐? 그것을 효도로 생각하느냐?"

하시고, 벼루를 들어서 첫째 아들을 치셨는데, 벼루에 맞은 다리가 부러져서 절름발이의 종신 병신이 되었다.

이때 전임 영의정 김자점이 이시백과 임경업을 시기하여 해치려고 기회를 노리고 있었다.

그리고 마침내는 어명(御命)이라고 거짓말을 하고 먼저 임경업을 잡아서 옥에 가두고 역적으로 몰아서 죽이려고 하였다. 세자가 임경업이 김자점의 해를 당할 줄 아시고 가엾게 여겨서 옥으로 친히 위문하려고 하였다. 그리고 옥문 앞에 홍선문을 중수하여 세우게 하고 동가(動駕)하려고 하였더니 조정의 모든 신하들은 옥중의 신하를 보시려고 세자께서 친히 옥에 행차한 전례가 없다고 반대하였다. 이로써 세자가 옥으로 가서 임경업의 억울한 사정을 친히 들을 기회를 잃고 말았다. 이때 임경업은 따로 형벌을 더하여 기묘(己卯) 삼월 이십육일 해시(亥時)에 명이 다하니 이때 임경업의 나이가 오십삼세였다.

하루는 상감이 침석에 의지하여 계실 때, 비몽사몽간에 임경업이 온 몸에 피를 흘리며 걸어와서,

"신이 생전에 지성으로 상감을 섬기고자 하였더니, 시운이 불길하여 간신 김자점의 독수로 전신에 성한 곳 없이 맞아 중상을 입어 몸을 망치었으니 어찌 통분하지 않으리이까. 상감께서는 신의 충성을 가긍히 여기시고 역적 김자점을 죽여서 신의 원수를 갚아주옵시고 나라의 화근을 없애주시옵소서."

하고, 울면서 쓸쓸히 어디론지 사라져 갔다.

상감이 놀라서 부르려 할 때에 깨어나니 잠깐 조는 동안의 꿈결이었다. 상감이 몽사(夢事)를 이상히 여기시고 이시백을 불러서 임경업의 일을 물으셨다. 시백이 어전에 엎드려서 눈물을 흘리면서 자점이 음흉한 모함으로 옥에 가두고 매를 때리매 장독(杖毒)이 나서 원통히 죽었음을 아뢰자, 상감이 대로하시고 곧 김자점을 금부(禁府)에 구속하고 엄중히 문초하시매, 전후의 죄상이 명백히 드러났다. 상감은 마침내 자점의 목을 베어 전국 각읍(各邑)에 돌려서 역적의 말로(末路)를 널리 알려서 경계하시고, 경업의 유가족에게는 자점의 시체를 내주어 임의로 복수케 하고, 처자를 목메어 죽이게 하고, 가장집물(家藏什物)을 적몰(籍沒)해 버리셨다.

실로 통탄할 일이다. 저 김자점이 일국의 영의정으로 부귀가 족한 줄 모르고 흉모를 꾸미다가 제몸도 온전히 죽지 못하였으니 혼백인들 어디서 용납하랴.

처음에 이시백이 칙지를 받자와 김자점의 죄목을 폭로하고, 그의 몸을 결박하여 신전에 세우고 우선 목을 베고 전신을 점점이 저미고, 임경업의 유족이 달려들어서 울면서 자점의 살을 씹고, 간을 꺼내다가 임경업의 영위(靈位)에 제사지내서 원한을 풀었다.

상감은 임경업의 억울한 죽음을 가엾게 여기시고 예부에 분부하여 충신문을 세우라 하시고 벼슬을 추증(追贈)하여 대광보국(大匡輔國) 영의정 세자사(世子師)를 삼고, 시호(諡號)를 충렬공(忠烈公)이라 하며 국구(國舅)의 예장(禮葬)을 하라 하시고, 그의 아들에게 벼슬을 주어 기복출사(起復出仕)케 하셨다. 그리고 상감이 친히 제문을 지어서 예관을 보내어 제사를 지내게 하고, 경업이 죽은 후 십 년까지 영의정의 녹(祿)을 누리게 하시는 하해 같은 은총에 유족과 모든 백성이 감격하였다.

그해 가을 구월 초순에 상감이 승하(昇遐)하셨는데 재위(在位) 실로 삼십이년이었다. 조야가 국상을 입고, 세자가 십구 세로 즉위하셨다. 선왕(先王)의 유덕(遺德)을 이어서 인정(仁政)이 베풀어졌으므로 산에는 도적이 없고 길에 떨어진 남의 물건을 줍지 않아서, 밤에도 문을 닫지 않고 편하게 잘 수 있어서 이읍(里邑)이 양순하며 백성이 모두 인의(仁義)의 생활을 하였으므로, 연소한 임금을 보필하는 이시백 재상의 높은 이름이 일국에 진동하였다.

그리고 그의 아들 희기와 희인 형제가 모두 과거에 급제하여 하나는 평안감사를 하였고 하나는 송도유수(松都留守)를 지냈는데 각각 애민(愛民)의 정사를 하여 청렴하였다. 그리고 그들 형제의 자녀가 십여인에 이르렀는데 모두 옥수(玉手), 기린(麒麟)같이 조부와 부친 앞에서 즐거운 유희로 세월을 보냈다.

이윽고 노승상이 세상을 떠나며 시백공 부부가 호천망극하여 주야로 애통해하더니, 대부인도 이어 별세하니 향년이 팔십삼 세였다. 시백공은 천붕지통(天崩之痛)을 일시에 당하며 더욱 애통하여 혼도(昏倒)했다가 겨우 정신을 차려서 선산에 합장하고 삼년상을 극진히 지냈었다.

상감이 들으시고 비감하사 예관을 보내어 문상하시고, 다시 이공을 편전(便殿)으로 불러서 용모가 갑자기 쇠로(衰老)함을 보시고 매우 근심하시어,

"경의 고임(苦任)을 갈아서 봉조하(奉朝賀)로 삼으니 조회(朝會)에

참례하지 말고 고당(高堂)에 한가롭게 누워서 자손의 영효(榮孝)를 받도록 하라."

하고, 노신(老臣)의 공을 위로하셨다. 그리고 그의 맏아들 희인의 벼슬을 이조판서로 승진, 둘째 아들 희기의 벼슬을 도승지 형조참판으로 승진시키시고, 곧 상경하여 조정으로 불러 올리셨다. 형제가 입궐 사은하자, 상감께서는 기쁘게 맞으시고,

"경들은 충성으로 직책을 다하라."

고 분부하셨다. 형제는 사은 퇴조(退朝)하여 집으로 돌아와서 부모를 뵙고, 잔치를 베풀고 내외 친척을 청하여 여러 해 동안 격조하였던 정회를 풀었다.

그후로부터 삼부자가 함께 조정에서 나라에 진충(盡忠)하고 자손을 교훈하여 부귀를 더하며 가문의 영광을 빛내었다. 세월이 흘러 이시백공의 나이가 팔십이 지났으나 기운이 강건하여 청소년을 당할 정도였다.

어느해 가을 구월 보름 때 달빛이 휘황하게 밝으므로 공이 부인과 더불어 완월대(玩月臺)에 올라서 남녀 자손을 좌우에 앉히고 즐거운 잔치를 베풀었다. 공이 손수 잔을 들어 두 아들에게 주면서 뜻밖의 유언을 하였다.

"내 소년시절이 어제같이 생각되는데 어느 사이에 팔십이 지났으니 세상 일이 일장춘몽이로구나. 우리 부부는 세상 명분이 다하였으니, 너희들과 영결코자 한다. 금체로 너희들 형제는 조금도 슬퍼하지 말고 자손을 거느리고 길이 영화 부귀를 누리라."

아들 형제는 졸연히 망극한 말을 듣고 황황망조(遑遑罔措)하여 슬픈 눈물이 흘러 앞을 가려서 부친이 주는 잔을 받아 마시려 하여도 가슴이 막혀서 잔을 놓고 몹시 느껴 울었다. 그러자 부부는 정색을 하고,

"사람이 세상에 나면 일생일사(一生一死)는 면하지 못하는 천명이다. 네 아비 나이 팔십을 지나고 관록이 일품(一品)에 이르렀고, 자손이 번성하여 가문을 빛내니, 우리가 지금 죽은들 무엇이 원통하랴. 너희들은 공연한 비색(悲色)을 동하여 자손의 민망한 정상을 돌

아보지 않느냐?"
하고, 꾸짖으며 안색을 매우 언짢아 하였다. 형제가 황공하여 사죄하고 다시 기쁜 얼굴로 양친을 모시자, 공이 모든 손주를 일일이 어루만지고 상을 물리게 한 뒤에 부부가 나란히 누워서 자는 듯이 운명하였다.

이판서 형제가 발상(發喪)하고 애통함을 마지아니하고 일가 종친이 모두 통곡하니 슬픈 기운이 천지에 진동하였다.

상감이 이시백의 별세를 들으시고 또한 비감하사 예관을 보내어 영전에 조문하게 하고, 부의(賻儀)를 후히 내리시며 시호를 문충공(文忠公)이라 하셨다. 그리고 박씨 부인에게는 충렬비(忠烈妃)를 봉하여 추증(追贈)하셨다. 박씨 부인의 시비 계화도 상전을 따라서 역시 병없이 자는 듯이 죽었으므로 이판서 형제가 더욱 비감하였으나, 상례를 존절하여 입관(入棺) *성복(成服)하고 길일을 택하여 선산에 안장(安葬)하고, *여막(廬幕)을 짓고 살면서 조석 곡읍(哭泣)으로 삼년상례를 지성으로 모셨다.

상감이 이런 형제의 충효를 아름답게 여기시고 다시 이부 중임을 맡기시니, 공의 형제가 더욱 극진한 충성으로 임금을 섬겨서 작위가 일품에 이르고, 자손이 계계승승하여 대대로 충성을 다하였다. 이 사적이 매우 희귀하기로 대강 기록하여 후세에 전한다.

---

*성복(成服)——상복을 처음으로 입는 일.

*여막(廬幕)——무덤 가까이에 상제가 거하기 위해 지은 움막.

張國振傳

대명 성화연간(大明成化年間)의 일이다. 명나라 강임이란 곳에 한 재상이 있었는데, 성은 장이요, 이름은 경구라 했다. 장경구는 일찍 용문에 올라, 벼슬이 좌승상 복야에 이르렀으나, 시운이 나빠서였던지 간신의 참소를 당하여 고향으로 내려오게 되었다.

고향에 돌아와서는 농업에 힘쓰고 가사를 살피며 넉넉한 생활을 누렸으나, 슬하에 일점 혈육이 없어서 그것이 매양 그의 마음을 슬프게 하였다. 그러던 어느날 장경구는 부인 왕씨를 향해 이렇게 말했다.

"내 마음을 좀 위로해주시오."

왕씨도 남편에게 언제나 민망했던지라, 이 말을 듣자 시비를 시켜서 주안을 들여다가 승상에게 술을 권했다.

술은 조용히 몇 잔 돌았다. 그러다, 장경구는 별안간 무거운 한숨을 내쉬며,

"내 팔자 기박하여 *연기(年紀)가 진명하도록 일점 혈육이 없으니 선영 봉사를 뉘게 전하리요."

하였다. 그러자 왕부인 눈물을 흘리며,

"첩의 죄가 무쌍하와 칠거지악을 범하였사오니 처분대로 하옵소서."

하고, 절망해서 말했다.

그때, 시비가 들어와 웬 중 하나가 승상을 뵈옵고자 한다고 여쭈었다. 장경구는 무언가 막연한 기대에 끌리면서 중을 중당으로 맞아들이었다. 초대면의 인사를 하고 자리에 앉아 자세히 관찰한즉 노승의 골격이 청수하여 일점의 진애도 없고 머리위엔 상운(祥雲) 서기(瑞氣)가 은은하니, 과연 보통 사람이 아닌 것 같았다. 장경구는 경의를 다해서 중에게 물었다.

"존사는 어디 계시며, 무슨 일로 이렇듯 누지에 왕림하셨소이까?"

노승은 답하길,

"소승은 사해 팔방을 집을 삼아 거처없이 다니는 빈승이옵는데, 상공께서 자손이 없어 한탄하시기로 귀동자를 점지하고자 왔나이다."

---

*연기(年紀)——대강의 나이.

이에 장경구는 감격하여 말을 잇지 못하다가 정신을 가다듬어 왈,

"세존님 덕택으로 혈육을 점지받기를 천만 바라옵니다."

"적선지가에 필유여경이라 하오니 상공께서도 적선하옵소서. 지성이면 감천이라 하오니, 명산대찰에 정성껏 *발원(發願)하옵소서. 그러하시면 귀자를 보실 것이오니, 부디 소승의 말을 허하게 여기지 마옵소서."

하고, 말하고 나서 섬돌에 내려 두어 걸음 걷는가 하더니, 오운이 일어나 그를 감싸곤 어디로 없어졌는지 망망했다.

장경구는 이상히 여기며 무수히 사례하고 하늘이 자기를 도왔다고 생각했다.

그는 이날로 금화산에 들어가 퇴락한 절을 *중수(重修)하고, 목욕재계한 후 제물을 차려놓고 부처님 앞에 정성껏 빌었다. 날이 저물어서야 집으로 돌아온 장경구가 부인에게 이러한 이야기를 자세히 들려주자 부인 왕씨는 남편의 정성에 그저 감사할 뿐이었다.

그날 밤 장경구는 일몽을 얻었는데 하늘에서 청룡이 내려와 그에게 오더니 난데없는 선동으로 변하는 것이었다. 그리고 그의 앞에 절을 하고 말하길,

"소자는 천상 벼락송이옵는데 옥제께 득죄하여 인간에 내침을 당하매 갈 바를 모르옵다가, 마침 세존님이 승상께 지시하옵기로 왔으니 어여쁘게 여기소서."

하고 품속으로 들어오거늘 놀라 깨어보니 침상일몽(枕上一夢)이라. 꿈이 하도 신기하고, 그 자신의 눈으로 본 듯하게 선명해서 그는 눈을 뜨고도 한동안 꿈인 줄 모르고 기괴한 망상에 잠겨 있었다. 그러다 정신을 차려 즉시 내당에 들어가 부인에게 꿈 얘기를 하니, 왕씨 역시 그와 비슷한 꿈을 꾸었다는 것이었다.

부부가 대희하며 그날부터 무슨 영험(靈驗)이 있을까 바랐는데 과연 왕씨에게 태기가 있었다. 만삭이 되던 달, 하루는 집에 오운(五雲)

---

*발원(發願)——어떤 것을 바라고 원하는 생각을 빎.

*중수(重修)——낡고 헌 것을 다시 손을 대어 고침.

이 돌고 기이한 향기가 그윽해지며 한쌍의 선녀가 하늘에서 내려와 말하길,

"오늘은 부인이 해산하실 날이니 보중하소서."

하였다. 과연 그날 부인은 옥동자를 분만했다. 선녀들은 옥병의 향수를 기울여 갓난아기를 씻겨주고, 그것이 끝나자 조심스럽게 아기를 눕혀 주며,

"우리는 천상에서 해산 소임을 맡고 있는데, 상제의 명을 받자와 부인의 해산을 보러 왔삽나이다."

했고, 그 중 또 한 선녀가 이렇게 말했다.

"이 아이는 천상 선관으로 인간에 적강하였사오니 귀히 길러 후일에 영귀를 보옵소서. 그리고 이 아기 배필인 두 선녀도 인간세상에 내려왔사온즉 하나는 월중 항아요, 하나는 동정호 용왕의 딸이니, 이 두 선녀를 찾아 배필을 정하옵소서."

하고, 말을 마치매 공중에서 청학이 내려와 선녀를 태우고 올라가니 부인이 신기히 여기고 공중을 향하여 무수히 사례한 후 정신을 진정하여 아기를 살펴보니 *옥골선풍(玉骨仙風)이라, 기뻐하기를 마지 않았다.

한편 부인의 해산함을 들은 장경구는 기뻐하며 내당으로 달려들어갔다. 아기는 과연 기남자였다. 어린 아들을 안고 등을 살펴보니 검은 점이 이십팔수(二十八宿) 있었고 가슴에 붉은 점이 일곱 있으니 천지조화를 지니고 있는 일대 영웅이었다.

장경구는 아들의 이름을 국진(國振)이라 지어주고, 자는 용성(龍星)이라고 부르기로 했다.

세월이 여류하여 국진의 나이 세 살이 되자 벌써 장래를 알아 볼 수 있었고 일곱 살이 되자 기상과 풍채가 아름다웠다. 장경구 부부는 대희하여 국진 사랑하기를 보옥(寶玉)같이 하였다.

이렇듯 천하 태평하여 백성이 병혁(兵革)을 모르는데 어느 해 부쩍 강성해진 흉노 달마국이 명나라를 침노했다. 이 때문에 백성들은 혼

---

*옥골선풍(玉骨仙風)——살빛이 희고 고결하여 신선과 같은 풍채.

란과 도탄에 빠져 피난하느라고 정신이 없었다. 장경구 또한 부인과 어린 아들을 데리고 산중으로 난을 피해서 도망쳤으나, 불행히도 도중에 아들 국진이 적병들에게 잡혀 갔다. 장경구와 왕씨는 그 자리에 털썩 주저앉아 땅을 치며 통곡했으나, 아무 소용없는 일이었다.

이때 어린 국진은 적병에게 끌려 가면서도 흐트러지지 않는지라 적병의 선봉장 은통이란 자가 국진을 보고 말하길,

"이 아이는 후일에 반드시 명장이 되리라."

하고 국진을 달마왕에게 바쳤다. 달마왕 또한 국진을 보고,

"잘만 기르면 후일에 대장이 되고 주석지신이 되고, 또한 훌륭한 충신이 되리라."

하며 백원도사를 모셔다가 보였다. 원래 백원도사는 천문 지리에 능통하고, 육도삼략을 무불통지하고, 게다가 구궁팔괘니 육정육갑이니 하는 천지간의 오묘한 진리에 아니 통하는 것이 없었다. 달마왕이 도사를 청해 온 것도 바로 이러한 점에서인 것이었다.

백원도사는 국진을 한번 쓱 훑어 보더니 놀라면서 이렇게 말했다.

"천상 벼락성이 대명에 떨어져 자취를 몰랐는데, 이제 보오니 이 아이가 이십팔수를 응하고, 칠성을 타고나 만고충신이 될 것이요, 백이숙제의 충성을 가졌으니 아무에게나 항복하지는 않을 것이옵니다. 살려두면 목전에 큰 환을 볼 것이니 빨리 내어다가 베소서."

달마왕은 대경하여 즉시 선봉장 은통에게 국진을 참하라고 엄명을 내렸다. 은통은 국진을 끌고 나가더니 한 칼에 베려고 하였다.

그러나 국진은 은통에게 배례하며 말하길,

"부모 골육이 소인뿐이오니 장군은 대은을 베푸셔서 죽어도 육신만이라도 온전하게 물에 넣어 죽이옵소서."

하였다. 이에 은통이 불쌍히 여겨 맨 것을 풀고 국진을 물에 던지니 물 속에서 별안간 배 하나가 솟아 올라 국진을 받치고 그대로 말없이 사라져 갔다. 주위에는 오운이 모락모락 일고, 은통이 정신을 차려 칼을 빼어 들었을 때에는 그 배는 오운 속에 숨어서 종적조차 알 수가 없었다.

은통은 그런 뒤에도 한참 동안 그곳에서 멍하니 서 있었다.

오운에 싸여 가던 배는 어느 사이엔가 망망한 바다에 들어와 있었다. 그 배는 이어서 섬인 성싶은 육지에다 장국진을 내려놓고 없어졌다. 육지에 내려 좌우를 살펴보니 하늘에 맞닿을 것만 같은 기암괴봉이 자랑스럽게 솟아올라 푸른 하늘의 하얀 아름다운 구름과 희롱하고 있는 듯하고 거창하게 지축을 울리는 폭포의 물소리와 참새 소리와도 같은 아름다은 골짜기의 물소리가 이따금 대조적으로 들려오기도 했다.

장국진이 이러한 자연의 신비에 감탄하며 한없이 걸어 들어가니 백운이 깊은 곳에 수간 초옥(數間草屋)이 있고 한 노인이 갈건야복을 입고 한 손에는 오현금을 들고, 또 한 손에는 청학선을 들고 있었다.

장국진이 반가운 마음으로 나아가 재배하자 노인은 오현금을 밀치고 국진을 마치 기다렸노라는 듯이 말했다.

"천상에서 득죄하여 인간세계에 내려와 고락이 어떠하며, 달마왕에게 잡혀 욕을 보고, 삼만리 동정호를 건너왔으니 차역천의(此亦天意)라."

장국진이 답하길,

"무지한 인간 아이가 선경에 들어와 존안을 뵈오니 소자의 죄 적지 아니하오나 선생은 자비지심을 드리워 돌아갈 길을 가르쳐주소서."

"이 산 이름은 연학산이요, 내 별호는 여학도사로 이 산중에 들어온지 이미 육만 삼천 년이라. 이제 십년이 지나면 길시가 올 것이니 너는 고생으로 생각지 마라. 자고로 영웅호걸이 초년에 곤함은 예사라. 네 부모 이별하기도 천수요, 적병에게 잡혀가기도 천수요, 삼만리 건너와서 나 만난것도 연분이라. 남아가 세상에 나매 태평시절에는 학업에 힘써서 용문에 올라 국정을 다스리고, 난시를 당하매 육도삼략과 손오병서를 배워 절월을 앞세우고 손에 창검을 잡아 적병을 물리치고 천자의 근심을 덜고 이름을 기린각에 올려 천추에 전함이 소임이라."

"선생이 이런 소임을 소자더러 배우라 하시니 황공합니다. 부디 재학을 가르쳐주소서."

하고, 장국진은 절을 올리었다.

노승은 다과를 내어 관대하였고 국진은 인간의 음식은 아니고 분명 선인의 음식이려니 생각하며,

"무지한 아이가 선찬을 먹사오니 황공하여이다!"

하였다.

이튿날부터 도사의 엄격한 가르침은 시작되었다. 그 대충을 추려 보더라도 육도삼략, 육정육갑, 천문지리, 둔갑장신, 풍운조화, 육출기계 등등, 이러한 어려운 병서 무예와 변화 술법을 장국진은 척척 익혀갔다. 하나를 가르치면 열 가지를 아는 그의 총명과 노력은 스승이 오히려 놀랄 정도였다.

한편 장국진의 부모는 산중에 몸을 감추고 때를 보내나 이따금 국진을 부르며 절망해서 땅을 치고 통곡하였다. 그러나, 언제까지 그렇게 주저앉아 울고만 있을 수는 없었다.

그것은 과연 절통하였고, 아들을 잃어버린 승상 부부는 도저히 살아갈 것같지 않았다. 그래서, 밤 늦게까지 산에서 울다가 이슬이 축축히 젖어 오고 어디선가 짐승의 우는 소리도 들려왔을 때, 절망한 부부는 퉁퉁 분 다리를 이끌며 산길을 더듬어서 집으로 돌아왔다.

죽어도 아들의 소식을 알고 죽어야 했고, 또 행여나 집에 가 있으려니 하는 막연한 기대 때문이었다. 그리고 좀더 잔인한 춘추의 필법으로 말한다면, 그들도 약한 인간이었기에 무서운 산중에서 밤을 보낸다고 하는 것은 도저히 죽기보다도 어려운 일이었을 것이리라.

이러한 가지가지 이유를 들어서 집으로 돌아오자, 적병은 깨끗이 철수하고 보이지 않았다. 그러나 집은 불탔으며 재물도 적병이 죄다 가져가 버렸고 남은 것이라곤 잿더미가 되어 버린 빈 폐허 뿐이었다. 그들 부부는 잠시 망연해 있다가 아들을 찾으러 나서기로 결심을 하고 구걸의 길에 올랐다. 변성명하고 옷도 거지처럼 차리고 이 마을 저 마을로 다니며 유일한 희망인 아들을 찾아다녔으나, 찾을 길이 없으매 강주 주점 김생에게 의지하였으니 장경구 내외의 고생이 어느 정

도라는 것은 가히 짐작할 수 있는 일이리라. 그런 중에도 그들은 희망을 버리지 않고 있었다.

이러구러 세월은 흘러 칠년이 지났다. 장국진은 그 동안 주야로 도술을 학습하여 그 재주가 비할 데 없는지라 하루는 도사가 시험하여 보고 크게 기뻐하며 말하길,

"네가 이제 도학을 통하였으니 세상에 나갈 때라. 네 운수도 진(盡)하고 부모와 만날 때가 되었으니, 나가서 배운 재주를 베풀고 부모 거처를 찾되 부디 남을 업신여기지 마라."

"선생님의 가르치심을 들으려니와 언제 부모를 만나오리까?"

"천기는 누설치 못할 것이니 자연 만날 날이 있으리라. 장부 공명을 이루려 할진대 때를 잃지 마라. 내가 간밤에 옥경에 올라가니 옥제께옵서 '취성이 자미성을 침노할 마음이 있나니' 하시거늘 네가 대공을 이룰 때라."

하고, 도사는 차고 있던 칼을 끌러 주며,

"이 칼이 비록 작으나 적장을 만나면 자연 팔척장검이 되나니 천하 보검이라. 산이나 물을 만나 한 번 가르면 길이 절로 열리고 구름과 안개를 걷히게 하니 이 칼 이름을 절운검이라 하니라. 또 이 부채는 청학선이니 수해를 당해도 한 번 부치면 범치 못하는지라. 천하 보배라. 이 두 가지만 있으면 족히 두려울 게 없느니라. 그러나 부디 조심하여 쓰고 인명을 과히 살해치 마라."

장국진은 감동해서 재배사례했다. 그는 절운검과 청학선을 간수해서 강변으로 내려왔다. 강변에는 그를 기다리기라도 한듯이 선동 하나가 편주를 물가에 대놓고 있었다.

"선동은 그 배로 어디 가시나이까?"

"나는 용왕의 시종이옵는데, 폭포동으로 약을 캐러 갔삽다가 길에서 여학도사를 만나니 분부하시되, 사형을 건네주라 하시기로 왔나이다. 빨리 오르소서."

국진은 고마워서 어쩔 줄을 몰랐다.

배는 순식간에 반대쪽 육지에 닿았다. 국진은 선동에게 인사를 하

고 배에서 내려 옛집으로 향했다.

그러나 집은 간 데 없고 집터만 남았으니 국진이 하늘을 부르고 땅을 두드려 호곡(呼哭)하는데 웬 노인이 지나갔다.

국진은 노인을 붙들고 옛날 이곳에서 살고 있던 장승상은 어디로 갔느냐고 물었다.

"그대는 어찌 묻나뇨?"

노인은 소년을 잠시 훑어보다가 의아스러운 듯이 반문했다.

"좀 알 일이 있나이다."

그러자, 노인은 소년의 옆에 자리를 잡았다. 노인은 긴 한숨부터 짓고, 서서히 입을 떼었다.

"그 장승상이라면 가엾게 되었느니라. 난시에 아들을 잃고 종적을 감추었는데, 나중에 들으니, 장사도 하고 구걸도 하다가 강주 주점 김생의 집에서 부인은 물을 긷고 승상은 말을 먹인다 하더니 근일에는 소식을 듣지 못했다."

하며 노인은 슬픈 한숨을 지어 보이며 말을 하였다.

국진은 노인에게 짤막하게 인사를 하고 강주 주점 김생의 집으로 줄달음질을 쳤다.

주점은 이내 찾을 수가 있었다. 말을 먹이는 장승상도 이내 만날 수가 있었다. 그러나 칠년이라는 시간이 이 불행한 부자의 상봉을 더디게 하였다. 노인은 아들이 딴 사람처럼 자라서 알 수가 없었고, 아들은 말을 먹이는 아버지의 변모를 보고 잠시 긴가민가 했다. 몇 마디의 거북한 문답이 오고 가고, 끌어 안고, 감격의 눈물을 쏟았다.

어머니 왕씨가 집 안에 있다가 언뜻 국진이라 부르며 우는 소리를 듣고 달려나가 통곡하였다. 이때 점주 김생이 나와 전후사정을 듣고는,

"승상을 아지 못하옵고 막하로 대접하였사오니 불승 황공 무지로소이다!"

하고, 꿇어 엎드리며 사죄했다.

이렇게 해서 세 사람은 칠년 만에 감격의 해후를 하고, 김생의 주선

에 의해 편안하게 집도 갖추었으며 게다가 점주 김생이 조석으로 지성을 다하니 세 사람 감탄하였다.

이때, 근처 마을에 소녀 하나를 데리고 사는 춘운이라는 여자가 있었다. 춘운은 원래 시비로, 볼 것이 없었으나 그 여자가 데리고 있는 소녀만큼은 절세가인이라고 해도 좋을 정도였다. 소녀의 이름은 계양으로 원래 병부상서 이창옥의 무남독녀였다. 그러나 계양이가 네 살 되었을 때 이상서는 간신의 악독한 참소로 역률에 처해져 죽었다. 남편이 죽는 것을 본 부인도 절망해서 그 뒤를 따랐다. 남은 것은 나이 어린 계양과 시비 춘운뿐이었다.

이렇게 해서 춘운은 양친을 다 잃어버린 어린 주인을 데리고 이상서의 무덤이 있는 이곳으로 와서 그날그날 살아가고 있는 것이었다.

원래 좋은 피를 이어받은 계양은 차차 자라면서 그 혈통의 우수성이 뚜렷하게 증명되기 시작했다. 비록 유족하지는 못할망정 아버지가 남겨놓고 간 재산이 있어서, 그것으로 그날그날 걱정없이 지냈으며, 책도 많고 무기 병장도 있어서 그런 것에 취미를 두며 자라왔다. 춘운도 옛 주인을 생각해서 이 새로운 주인의 장래를 위해 온갖 성의와 노력을 아끼지 아니했다.

그리하여 계양은 시서는 물론 천문지리와 손오병법에도 능통하고, 게다가 창 쓰기도 잘해서 동네 사람들이 규중호걸이라고 일컫는 판이었다.

이때 국진의 부모가 국진을 위하여 배필을 구하던 중 하루는 부인이 꿈을 얻었는데 금화산 노승이,

"국진의 배필은 춘운의 집에 있으니 빨리 구혼하여 기회를 잃지 마라."

하였다. 그러나, 계양의 정확한 혈통을 알지 못하는 왕씨는 아들의 혼사에 적극성을 띠지 못하고 주저했다. 또한 장경구도 그 점을 들어 반대하였다. 그러자 국진이 직접 찾아가서 본인을 보고 그 결과에 따라 근본 여하를 닥론하고 결정을 짓겠노라고 하였다.

그러나 규방처녀인지라 만날 길이 없어 고민하다가 국진은 여장을

하기로 하였다.

여장한 국진은 손에 삼척탄금을 들고 계양 소저의 집으로 향했다. 문전에서 줄을 퉁기자 춘운이 나와 중당에까지 인도하였다.

국진은 계양 앞에 여자답게 앉아서 한 곡을 골랐다. 계양은 이 알 수 없는 여류 악사의 탄금을 감동해서 듣고 이따금 국진의 얼굴과 몸을 주의 깊게 지켜 보기도 했다. 시비 춘운은 음률보다도 악사의 미모에 반해서 어쩔 줄을 모르는 듯했다. 만일 이 여자가 남자라면 우리 계양 소저와 좋은 배필이 될 수 있건만, 하고 이유 없는 망상에 젖기도 하는 것이었다.

국진은 봉구황곡을 탔다. 봉이 황을 구하고, 황이 봉을 구하는 곡조다. 계양은 이내 의미를 알아채고는 얼굴이 빨개지며 당돌하게 일어서서 안으로 들어갔다.

영문을 모르는 춘운은 부리나케 주인의 뒤를 좇아 까닭을 물으니,

"그 손을 어서 보내라."

하고 말했다. 상대방에게 자기의 정체가 발각된 것을 깨달은 국진은 얼른 나와 버렸다. 집으로 돌아온 국진은 즉일로 매파를 청해서 계양 소저의 집으로 보냈다.

장승상 댁에서 매파가 왔다는 말을 듣고, 계양은 여전히 냉정한 태도로 시비에게 쫓으라고 분부했다. 이 소식을 들은 장승상은 어쩔 줄을 몰라 하였다.

이때, 널리 천하의 인재를 구하기 위해 천자가 과거를 베푼다는 이야기가 돌았다. 학문하는 젊은 선비들의 운명을 결정할 때가 온 것이다.

용문에 올라 높은 벼슬을 하고, 요조숙녀를 얻어서 기남을 낳고, 대대손손으로 부귀영화를 누린다는 것, 그것은 얼마나 아름다운 꿈인가. 모든 인간을 유혹하는 강한 욕망이다. 그 첫 출발이 장원급제다. 어머니도 그렇고 아버지도 그렇고 국진도 또한 그러했다. 그들은 행장을 차려 황성을 향해갔다.

과거날 천자는 황극전에 전좌하시고, 글제를 내걸었다. 과장제구를

갖추고 장중으로 들어간 국진은 시지(試紙)를 펼쳐서 일필휘지하여 선장했다.

글을 본 천자는 친히 *비봉(祕封)을 뜯어 그 소년이 강임 땅에 있는 장경구의 아들 장국진이란 것을 아셨다. 이번 장원은 장국진이란 커다란 방이 붙자, 국진은 탑전(榻前)으로 들어가 숙배를 했다.

"짐이 불명하여 경의 아비를 수십년이나 잊고 있었으니, 그대와 같은 귀자를 둔 줄 알았으리요!"

국진의 인물을 보신 천자는 더욱 감탄하신 듯했다.

국진은 감격했다. 또한, 자기 가정의 고생담을 짤막하게 설명하자, 천자는 더욱 측은히 생각하시어 즉시로 장경구를 좌승상의 옛 벼슬로 회복하시고 이것을 거행하도록 분부하시었다.

장원한 국진은 홍포관대에 어사화를 꽂고, 좌수에 옥홀, 우수에 *홍기를 들고, 백마 위에 높이 앉아, 어전풍악을 앞세우고 청개홍개를 앞세워 유가삼일의 즐거움을 맛보기 위해 대로상으로 나아갔다.

장차의 충신을 아끼는 천자는 국진의 혼사를 묻고 그것을 실행해 주시었다. 또한 계양 소저의 선친 이창옥을 *신원(伸冤)하시어 영양공으로 추증하시고 계양 소저를 *명초(命招)하시어 친히 *납채(納采)를 차려 금주 보패를 상사하시기까지 했다.

한편 장경구 역시 교지를 받고 즉시 황성으로 올라왔다. 천자는 그를 위로하시고 그는 황은에 감사하였다. 또 천자는 국진에게 별궁을 사송하셨다. 이렇게 해서 국진은 계양과의 혼사를 거행하였다.

병부상서에 유봉이란 자가 있었다. 그도 슬하에 혈육이 없다가 늦게서야 딸을 두었다.

이러한 무남독녀인지라 남자 중에서도 최고의 남자인 장원을 택할

---

*비봉(祕封)——남에게 보이지 않으려고 엄중히 봉함. 또 그렇게 봉한 것.

*홍기——붉은 기.

*신원(伸冤)——원통한 일을 풂.

*명초(命招)——임금의 명령으로 신하를 부름.

*납채(納采)——신랑 집에서 신부 집으로 혼인을 청하는 의례.

것을 상서부부는 굳게 다짐하고 있었다. 그러나, 이번 장원이 이미 취혼을 하자 부부는 며칠을 두고 고심을 하였다. 그러다 좋은 방법을 생각해냈다.

천자도 부인을 몇 분 두셨고, 고관대작은 누구나 이 천자의 도덕적 모범을 본떠서 부인을 몇씩 두고 있다. 게다가 수를 헤아릴 수 없을 만큼 첩과 후궁도 있다. 공맹의 높은 학설에서도 이것만은 인정하고 있는 형편이니, 장원한 청년에게 또 하나의 부인을 제공한다는 것은 오히려 도덕적일지도 모른다. 도덕과 정의의 산 표본인 천자의 모범을 본받기 때문이다.

유봉은 자기의 처남인 복야 이윤과 이것을 의논한 뒤 황제께 주달했다. 천자는 이것을 허락해주셨을 뿐만 아니라, 거기에 더 명예를 붙여서 장국진에게는 간의대부를 봉하시고, 유봉에게는 상서의 벼슬을 높여서 상을 내리시었다.

장국진은 제이 부인과도 즐거운 첫날밤을 보내고 곧 예궐하여 황은에 감사했다. 천자는 그것을 기특히 여기시어, 그에게 또 서주어사를 제수하고 백성을 안무하라 하시었다.

국진의 즐거움은 한이 없었다.

어전을 물러나온 그는 집으로 돌아와 부모전에 하직하고, 부인 둘과도 각각 이별한 다음 지체없이 서주로 향해서 떠났다. 서주에 도착한 것은 그로부터 며칠이 지난 날이었다. 밤이 어두워 그는 가까운 주점을 찾아들었다.

이날 밤 국진은 이상한 꿈을 꾸었다. 한 젊은 여자가 들어와 그에게 엎드리며,

"첩은 황어사 딸이옵더니, 부공이 죽으매 외로이 시녀를 데리고 지내옵다가 모월 모일에 도적이 돌입하여 나를 업어다가 제 계집으로 삼으려고 탈취하여 가옵기로 첩이 스스로 죽었사옵니다. 이에 명찰하신 어사께 상달하오니 원수를 갚아주옵소서."

하고 문득 간 데 없거늘 그가 놀라서 눈을 떠 보니 남가일몽이라. 이튿날 해가 오르기도 전에 그는 주인을 찾아,

"월전에 이곳에서 도적에게 죽은 여자가 있느냐?"

하고 물었다. 그러자,

"도적이 어디선가 여자 하나를 탈취하여 오다가, 그 여자가 스스로 죽었기로 앞길에 묻었사외다."

하고 대답하는 것이다.

국진이 그곳으로 가보니 과연 갓 묻은 무덤이 있거늘 정의감에 불타 오른 국진은 본주에 특별 발령하여 부중의 도적을 오늘 중으로 죄다 잡아들이라고 하였다.

국진이 친히 도적을 문초하매 일시에 *개개승복(個個承服)하는지라 우두머리는 처치하고 나머지는 경중(輕重)을 헤아려 소탕하니 그날 밤 꿈에 여자가 나타나서,

"신명하신 어사께옵서 원수를 갚아주셨으니, 은혜 백골난망이로소이다."

하며, 갑주 한벌을 그에게 내놓았다.

"이 갑옷은 천중 조화지갑으로, 이름은 풍운갑이라 하오며 입으면 날래옵고, 창검이 불범하오니 천하 보갑이라. 이것으로나마 은혜를 만분지 일이나 갚고자 하나이다."

한 후 여자는 간 곳조차 알 수 없었다. 그는 놀라 눈을 떴다.

그의 옆에는 갑옷과 투구가 놓여 있었다. 국진은 신기해 하며 그것을 행장에 수습해 가지고 나섰다.

국진이 각도 각읍의 정사를 살피며 창곡을 헐고 가난한 백성들을 구제하니 그의 이름은 온 나라에 떨치었다.

이때의 명나라는 도술에 능한 예의 백원도사를 군사로 삼고, 선봉장 은통을 비롯한 군사 수십만을 거느려 몇년 전보다 몇배나 강력한 달마왕의 침공을 받았다.

각도 자사의 위급한 장계를 받고 어전에는 만조 제신이 긴장한 표정으로 모여 있었다. 이때 한 신하가,

"소장이 비록 재주 없사오나 한번 나아가 달마왕에게 항복받고 도

*개개승복(個個承服)——지은 죄를 낱낱이 자백함.

적을 한칼로 소멸하여, 폐하의 근심을 덜어드리겠사옵니다."
하고 아뢰는데 정서장군 상양이란 사람이었다.

장군의 용력을 잘 아는 천자는 매우 기뻐하시었다. 천자도 이내 그에게 원수를 제수하시고 명장 천여원과 군사 수십만을 내리시었다. 그리고, 인검을 주고, 어주도 하사하시어 그의 장도를 위로해주시었다.

상양은 순금 투구에 황금갑을 입고 비용마를 탔다. 그의 좌우 선봉에는 우길과 지형이란 명장이 각각 삼만을 거느리고 대명나라의 대원수다운 위풍으로 전군과 후군을 맡았다. 이쯤되고 보니, 달마국의 침략군을 물리치는 것쯤은 아무것도 아니라고 백성들은 믿었다.

그러나, 선량한 백성들은 신뢰하기가 쉽고 또 바로 이 점이 그들의 어리석음이기도 했다.

상양의 빛나는 대군이 이로부터 며칠 뒤에 적군과 대진하여 완전 궤멸 상태로 돌아왔을 때 백성들은 비탄에 빠지지 않을 수 없었다.

그것은 천자나 조정의 제신들도 똑같았다. 상양을 비롯해서 우길 등, 전 장군이 그들의 칼에 목이 달아나고 이어 수십만 군사가 백원도사의 도술에 의해서 그야말로 추풍낙엽처럼 쓰러지고, 이어서 달마국의 무서운 군사가 일시에 밀어닥쳤을 때, 천자와 제신들의 놀라움은 실로 이만저만이 아니었다. 누구 하나 선뜻 나서서 적을 물리치리다 하고 아뢰는 자도 없었다.

이때 장국진은 서주를 순행하고 소주로 들어갔다. 소주 자사인 손경자라는 자가 주색에만 골몰하고 백성들을 괴롭힌다는 얘기를 들었기 때문이었다.

국진은 소주에 들어서기가 무섭게 이 만고의 악덕한 벼슬아치 손경자를 잡아다가 죄목을 들어 문죄하고 목을 베어 백성들을 위로해 주었다. 그리고, 이날 밤 사처에서 쉬려 했으나 좀처럼 잠이 오지 않아 밖으로 나왔다. 황성에서 떠난 지 오래 되어 자신도 모르게 강한 향수에 젖은 때문이리라.

국진은 뜰을 배회하며 깊어가는 밤하늘을 올려다보았다. 구름 한점

없이 별이 반짝반짝 빛나고 있었다.

그때 천문을 볼 줄 아는 그의 눈에 달마왕의 주성이 자리를 떠나 광채 찬란하고 천자의 주성은 희미해지는 것이 보였다. 국진은 황성에 변란이 일어난 줄 알고 급히 무장을 갖추었다. 머리에 황금 투구를 쓰고, 몸에 풍운갑을 입고, 좌수에 절운검, 우수에 청학선을 갖추자 잠시도 지체없이 말에 뛰어올랐다.

그리하여 *필마단기(匹馬單騎)로 나는 듯이 달리었다. 그의 빛나는 준마는 순식간에 그를 황성으로 운반해 주었다. 그의 마음과 몸과 말은 실로 혼연일체가 된 듯했다.

아니나 다르랴, 그의 천문학은 정확했다. 달마국의 수십만 대군은 상양군을 무찌르고 황성으로 쳐들어와 황성의 운명은 경각에 있는 듯했다. 국진은 즉시 궐내로 들어가 어전에 꿇어 엎드리며,

"소신이 중임을 맡아 원방에 갔사와 폐하께 근심을 끼쳤사오니 이것은 모두가 신의 죄인줄로 아뢰오. 적병을 파한 후에 죄를 당하여지이다."

하고 아뢰었다. 절망한 천자는 그것이 처음에는 누군가 잘 모르는 듯하시다가 장국진이란 것을 아시곤 그의 손을 잡고 반가워서 어쩔 줄을 몰라 하였다.

"경이 있었으면 무슨 근심을 하리요. 경은 힘을 다하여 사직을 안보하고 짐의 근심을 덜라."

하고 애걸하듯이 하교하시었다.

달마군은 어느새 도성에 육박했고 백성들은 아우성을 치니, 그야말로 아비규환이었다.

장국진은 말에 오르자, 한 손에 절운검, 또 한 손에 청학선을 흔들며 성문을 빠져나가 물밀듯 밀려드는 수십만 적군의 진영으로 비호처럼 달려갔다. 그의 절운검이 닿는 곳마다 번갯불이 번쩍 일며 적장과 군사들은 추풍낙엽같이 쓰러져 갔다. 전혀 예상치도 못한 일대 혼란이 적진에서 일어난 것이다.

---

*필마단기(匹馬單騎)——혼자 한 필의 말을 타고 감.

백원도사는 온갖 재주를 부려 이 좌신과 다름없는 용감무쌍한 장군을 막고 또 사로잡으려 했으나, 그때마다 장국진은 절운검을 휘두르고 청학선을 까불면서 가볍게 빠져나오고 또 공격하곤 했다.

이러는 동안 천자는 제신과 더불어 장대에 올라 천추에 빛날 장국진의 용전분투하는 광경을 바라보고 계시었다. 해가 저물어 적병은 물러서고, 장국진도 돌아오게 되었다. 감격한 천자는,

"국진은 하늘이 내셔서 대명을 보중함이라!"

하고, 장국진을 보며 찬탄하시었다.

천자는 그에게 대원수를 제수하시고, 또 친필로 '한림학사겸 대원수 서주어사 장국진'이란 글을 기(旗)에 써주시었다. 천자와 제신들의 기쁨은 말할 것도 없고, 백성들도 장국진의 이름을 부르며 만세를 불렀다.

그러나, 적이 완전히 궤멸된 것은 아니었다. 아직도 주력부대만은 남아 있었다. 장국진은 내일은 반드시 그들을 물리치리라고 결심하였다. 그리하여, 이날 밤 명나라 군사를 독촉하여 만반의 준비를 갖추었다.

한편 달마군의 백원도사는 난데없는 천신의 출현에 놀라 그의 지식을 총동원해서 이를 막으며, 또 자세히 관찰하기도 했다. 그는 자기의 도술을 막을 수 있는 자는 천신이 아닐 수 없다고 굳게 믿고 있었다. 그래서, 달마왕과 그들의 장대에 올라 최후의 관찰을 끝내고 나서 이렇게 물었다.

"칠년 전에 그 소년을 죽였나이까 살렸나이까!"

달마왕은 곧 선봉장 은통을 불러서 이 질문에 명확한 대답을 하라고 명령했다. 은통은 그때의 소년에 대한 것을 까마득하게 잊고 있었기 때문에 백원도사의 물음에 매우 당황하였다. 그러나 곧 표정을 바꿔,

"물에 던져 죽였나이다."

하고, 대답했다. 백원도사는 얼굴이 굳어지며 달마왕을 향해 말했다.

"팔괘를 벌여 보니 그때 물에 던진 소년은 용왕의 구함을 입어 여학

도사의 제자가 되어 갔나이다. 거기서 칠년 동안 재주를 배우고, 겸해서 여학도사의 절운검과 청학선을 얻었는데 이 두 가지는 천하 보배인지라. 이제 그 소년을 당치 못할 것이니 차라리 퇴병하여 본국에 돌아가 계교로써 그를 죽이고 대명을 침이 쉬울까 하나이다."

달마왕은 용력이 과인한 반면, 또 솔직한 인간이었다. 그는 백원도사의 충고를 받아들여 깨끗이 물러가 다음 기회를 보기로 했다. 그도 승산이 없는 것을 알고 있었기 때문이었다.

이렇게 해서 달마국의 수십만 대군은 상양의 명나라 군을 전멸시키고 도성에 육박하여 명나라의 운명을 손에 쥐고 흔들려 할 때, 생각지 않은 절세의 명장 장국진의 출현으로 거의 그 반수를 잃고 물러가지 않으면 아니 되었다. 통분의 눈물을 머금으며 그들은 이날 밤중으로 진을 거둬 물러가기 시작했다.

이날 새벽 급보를 받은 장국진은 휘하의 대군을 재촉하여 그들을 추격해 갔다. 거의 뒤를 쫓아 국진은 적에게 머리를 남겨놓고 가라고 소리쳤다. 위험을 느낀 백원도사는 선봉장 은통에게 뒤를 막으라고 했다.

은통은 뒤에 남아 형세 급하게 달려드는 장국진과 맞붙어서 싸웠다. 장국진은 이를 순식간에 쳐 없애고, 도망치는 달마왕과 백원도사의 목을 베려고 결심했다. 그의 절운검이 번쩍하고 허공에서 빛나는 듯했다.

그러나, 웬일일까. 다른 때라면 분명 그 날카로운 검광과 함께 적장의 머리가 땅으로 굴러떨어질 일이었으나, 장국진은 절운검을 거두고 재빨리 말에서 뛰어 내리었다.

"나를 아나이까?"

하고, 장국진은 옛 은인을 만난 기쁨에서 그렇게 말을 건네었다.

은통도 말에서 내려왔다. 그도 반갑다고 했다. 얼굴은 그때와 달라서 잘 알 수 없었으나, 어젯밤 백원도사의 이야기도 있었고 해서 그는 이내 알아볼 수 있었다. 어쨌든 자기와 인연이 있었던 장군이고 보니 적이기 이전에 반갑지 않을 수가 없었다. 더구나 상대방은 자기를 죽일 수 있었는데도 칼을 거둬들이지 않았던가.

장국진은 또한 그의 손을 잡았다.

"장군의 어진 덕으로 살아났으니 어찌 장군을 해하리요."

하고, 진중으로 돌아와 소와 양과 술을 내어서 이 옛 은인을 위로해 주었다. 그것은 전장을 넘어선 실로 뜨거운 우애의 발로였다.

이렇게 해서 장국진은 추격전을 포기하고, 옛 은인을 목을 베는 대신 후히 대접해서 보낸 다음 말을 돌려세웠다. 휘하의 군사와 도성으로 돌아오자 천자와 제신들은 멀리 환영나와 주었다. 이 위대한 장군과 환궁한 천자는 이내 즐거운 태평연을 배설하시었다.

천자는 원수의 아버지 장경구를 우복야 연왕에 봉하시고, 장국진은 벼슬을 높여 승상으로 봉하시었다.

그리고 겸해서 그의 제일부인 계양을 정렬부인, 제이부인 유봉의 딸을 숙렬부인으로 각각 봉하시었다.

이쯤 되고 보니, 장국진의 용맹은 천지를 진동하고 그와 그의 일가의 영귀는 실로 천자의 다음에 가게 되었으니 뉘 아니 칭찬할 사람이 있을 것인가.

한편 달마왕의 욕망은 여전히 식지 않고 있었다. 장병을 이끌고 본국으로 돌아가자, 그는 예의 백원도사와 명나라를 정복할 깊은 계교를 의논했다.

백원도사는 자기의 약속대로 명나라를 정복하려면 힘으로는 아니되고 비계를 써서 우선 장국진을 잡아 없애고 그 다음에 천자를 잡아 버리는 것 외에는 방법이 없다고 또다시 강개했다. 그러면서 그는 자기보다 지혜가 월등한 한 도사를 소개했다.

"황산에 한 도사 있사오되 기묘한 술법과 신병 부리는 술법 등의 재주가 나에 비하여 백배나 더하오니 대왕은 친히 가셔서 그 황도사를 청해오사이다."

하고, 달마왕을 재촉했다.

백원도사의 지혜만 하더라도 존경하고 있는 터에, 그보다 백배나 더하고, 또 그가 성의를 가지고 소개하는 황도사인지라 왕은 즉시 유비(劉備)의 예의를 갖추어 황산으로 황도사를 방문했다.

황도사는 아닌 게 아니라 제갈량만한 모사와 지혜보따리인 모양이었다. 천하의 험산인 황산에 깊숙히 자리잡고 앉아, 달마왕이 방문해 온다는 것을 이미 정확하게 예견하고, 그를 맞이하기 위해 일부러 동자를 보내기까지 했으니 말이다. 그리고, 그를 청해오는데 유비의 인내력과 성의와 예의가 똑같이 필요했기 때문이었다.

성에 당도한 황도사는 백원도사와 수인사를 마친 후 한 가지 계교를 말하였다.

"나 있는 산중에 기묘한 짐승이 있으되 별호는 구미호라. 수만월을 산중에서 지낸지라 재주와 술법이 기기묘묘하니 불러다가 약조를 정하사이다."

하고 진언을 외우니 이윽고 그 짐승이 당하에 이르러 꿇어엎드리거늘 황도사가 위엄을 갖추며 말하길,

"네 재주가 비상하기로 너를 부른 바라. 너는 대명에 들어가 공주로 변해서 부마를 충동하여 장국진을 잡되, 역률로 몰아 죽인다면 네가 비록 짐승이나 공이 적지 아니하리라."

하였다. 구미호는 간단히 허락하고 일어섰다. 재주가 비상한 구미호는 순식간에 명나라로 들어가 공주를 죽인 다음 공주의 시체는 아무도 모르게 황학루 밑에다 감추어 버리고, 자신이 그 공주의 모습으로 변했다.

궁으로 들어온 구미호는 날마다 단장을 곱게 하고 부마에게 은정(恩情)을 요구하니 부마가 대희하며 그 정이 갈수록 열렬하더니 하루는 부마에게 장국진을 참소하는 상소를 올리도록 요구했다. 이에 부마가 대경하여 상소를 두번 올렸으나, 장국진에 대한 천자의 신뢰가 신뢰인지라 아무런 효과도 얻지 못했다. 그러나, 천자로 보면 이쪽도 똑같이 사랑하는 처지여서, 세번째의 상소를 받았을 때에는 마음에 흔들림이 있어 장국진을 불러 부마의 상소를 보이고 서로 만나서 오해를 풀라고 뜨거운 정의마저 표시해 주시었다.

장국진은 곧 부마를 찾아갔다. 천자께 올린 상소를 본인에게 내어

보였을 때, 부마는 할 말이 없었다. 상소의 내용을 입증할 만한 심증도 없으려니와, 사실상 장 승상과 그는 아무런 적도 아니었기 때문이었다.

그래서 서로는 거북한 웃음으로 결론을 맺고 술로써 우정을 맹세하기로 했다. 이때 구미호는 이것을 이용하여 국진이 마시는 술에 독약을 타니 그것을 마신 국진은 갑자기 강취가 돌기 시작하여 신체의 불안을 느끼고 일어섰다. 부마와 이별한 후 수레에 오르려 하니 난데없는 동자 하나가 그의 앞으로 걸어오며,

"지금 잡수신 독주에 이 술이 효력이 있나이다."

하고, 옥병을 기울여 한 잔을 주었다.

장국진이 그것을 먹고나니 신기하도록 전신의 고통이 사라지고 정신은 맑고 몸이 회복되어 왔다. 이 어찌된 일일까.

장국진이 놀라서 쳐다보자, 예의 동자는 그의 손에 서간 한 통을 놓고 가 버리었다. 그는 더욱 의아스러워 그것을 집어들고 펼쳐보았다.

국진은 또 한번 놀라지 않을 수 없었다. 그것은 여학도사의 필적이었다. 그는 반가운 마음을 누르지 못하며 그것을 읽어 내려갔다.

'금일 먹은 술이 독약주라, 전신이 온전치 못할 듯하여 약을 보내어 구하노라. 이는 본래 구미호의 간사한 꾀로 달마왕이 백원도사와 간사한 꾀를 내어 함께 의논하고, 황산에서 수만년 묵은 구미호를 대명에 들여보내어 공주를 죽여 시체는 황학루 하에 감추고, 구미호는 공주 허물을 쓰고 부마를 충동하여 너를 죽이려다가 사불여의(事不如意)한 고로 독약을 술이라 하고 먹여 죽이려 한즉 어찌 너를 구하지 아니하랴. 잡담 제하고, 그러한 일이 무수할 것이니 몸을 조심하여 지내라.'

읽기를 마치매 그는 일어서서 하늘에 대고 스승에게 감사를 하고 나서 절운검을 뽑아들기가 무섭게 내전으로 줄달음질을 쳤다. 그러나 부마의 무릎에 앉아 있던 공주는 벌써 이것을 눈치채고 재빨리 빠져나와 허공으로 솟아올랐다. 분노로 전에 없이 긴장한 장국진은 몸을 솟구쳐 올리며 휙하고 절운검을 휘둘렀다. 그러자, 공주의 몸이 지상

으로 떨어졌고 땅에 내려왔을 때는 구미호로 변해 있었다. 궁중의 놀라움은 말이 아니었다.

천자가 부마궁의 소동을 전해 듣고, 승상을 명초하여 연유를 물으시었다. 장국진은 사건을 자세히 설명하고 또 여학도사의 교시를 그대로 주달했다. 천자는 친히 황학루에 가서 공주의 시체를 확인하시고 일장통곡(一場痛哭)하시었다. 그리고 장국진의 공로를 치하하시고, 벼슬을 더욱 높이시었다.

구미호의 소식을 들은 달마국에서는 상하가 낙심천만이었다. 그러자 황도사가 결심한 듯 입을 열며,

"내 비록 무재하오나 대명에 들어가 국진을 베어오리다."

하였다. 달마왕과 백원도사가 칭사하며,

"선생이 한번 가면 대공을 이루리이다."

황도사는 즉시 나비로 변하여 명나라로 향했다. 이때 명나라 황성에서는 장국진의 용맹이 또한번 떨쳐서 도성인들은 그가 구미호를 베었다는 이야기로 밤을 새웠다.

장국진의 처인 이부인과 유부인은 서로 형제처럼 위로하고, 동무처럼 의지하며 살아갔다. 망루에 올라 명월을 완상하는 것도 언제나 같이 했고, 하나가 빠지면 오히려 그만 두어 버리곤 했다.

이날도 이부인과 유부인은 망루에 나란히 서서 달구경을 했다. 그런데 북쪽 하늘을 보고 있던 유부인이 별안간 이렇게 물었다.

"저 기운이 무슨 징조니이까?"

"달마국에서 자객을 보내어 우리 승상을 해코자 오나 보오."

이부인은 잠시 생각하다가 그렇게 대답했다. 그녀는 학문과 병법 이외에 천문지리에도 능통한 여자였다.

"그러할진대 승상께 주달함이 어떠하나이까?"

"그만한 일을 가지고 어찌 승상께 아뢰리요."

하고, 이부인은 말하고 나서 무언가를 생각한 듯이 유부인을 끌고 내당으로 들어왔다.

이부인은 허수아비를 만들어 진언을 외어 남편과 똑같은 모습으로

해놓았다. 그리고, 남편이 언제나 앉는 상좌에 그것을 좌정시켜 놓고 유부인과 함께 병풍 뒤로 숨었다.

그러자, 아니나 다르랴, 명나라에 숨어 들어온 황도사가 변신술을 써서 몸을 감춰 가지고 내당으로 들어왔다. 장국진의 초인이 거기 앉아 있는 것을 본 그는 그답지 않게 진짜 장국진인 줄로만 알고, 비수를 내어 목을 베었다. 황도사가 제 홍에 겨워서 한바탕 재주를 부리며 초인의 머리를 장국진의 머리라고 베어서 가지고 가 버리자 두 부인은 한편으론 웃고 한편으론 분히 여겼다.

이날 밤 예궐했던 장국진은 늦게서야 승상부로 돌아왔다. 이부인으로부터 전후 이야기를 들은 그는 이튿날 예궐했을 때 이 사실을 천자에게 주달하고, 적의 재침에 대비하도록 힘썼다. 천자는 기뻐하며 양(兩) 부인에게 상을 내리시었다.

얼마 후 장국진의 예상은 틀림이 없었다. 황도사가 돌아가 그의 성공을 보고하자, 달마왕과 백원도사의 기쁨은 이만저만이 아니었으며, 즉시 기병하기로 결심했다. 황도사를 대원수로 삼고, 백원도사는 진문공, 달마왕 자신은 영군장이 되어 행군하기로 했다. 이번에도 지난번과 다름없이 맹장 천여원에다가 군사가 수십만이나 되는 대규모의 병력 동원이었다. 게다가, 장국진이 죽었다는 말에 그들의 사기는 그 때보다 몇배로 강성했다.

명나라에서는 물론 장국진 이외엔 이것을 당할 사람이 없었으므로 천자는 그에게 대원수를 봉하고, 군사 팔십만을 내리시는 한편, 군사의 온갖 권력을 맡겨 버리었다. 그는 자신만만해서 대군을 이끌고 성문을 나아갔다. 그의 위엄은 실로 태양처럼 빛날 정도였다.

십여 일 후 그들은 강남 땅에서 적과 대진했다. 달마국의 장수들은 이쪽을 물론 얕보고 있는 듯했으나, 적어도 백원도사만큼은 명나라 진(陣)의 교묘한 진법을 무시해 버릴 수는 없었다.

그는 지금의 진법이 전일 장국진의 진법과 같은 것에 의심을 품고 있었다. 그리고, 황도사는 황산에서 내려올 때의 신중한 태도를 전혀 잃고 있었다.

드디어 피차의 진문이 열려 전투가 벌어지고, 선봉장의 머리가 칼끝에 꿰어져서 왔다갔다하자, 별안간 성급해진 황도사가 싸움을 청하고 나갔을 때 그는 비로소 놀라지 않을 수 없었다. 죽었다고 생각한 장국진이 대원수로 당당히 서 있었던 것이다.

그러나 흥분한 황도사는 자신의 도술만을 믿고 무적의 적장 장국진에게 달려들었다.

하지만 절운검과 청학선의 위력 앞에서는 황도사의 가지가지 신기한 도술도 죄다 흩어져 맥을 못췄고, 결국 장국진이 그의 머리를 칼끝에 꿰어들고 본진으로 돌아오자, 이것을 보고 미칠 듯이 격분한 달마왕이 팔십근짜리 철퇴를 휘두르며 달려나왔다. 그러나, 재주가 비상한 황도사조차 당하지 못한 장국진을 그가 무슨 힘으로 당할 수 있을 것인가.

달마왕은 백원도사의 만류도 뿌리치고, 미친 사람처럼 달려 나왔으나, 그 역시 얼마 가지 않아서 장국진의 날카로운 칼끝에 머리만 남는 가엾은 운명이 되어 버리고 말았다.

백원도사는 남은 군사를 돌려세워 달아나 버렸다. 장국진은 뒤를 쫓지 않고 승전고를 울리며 잔치를 베풀어서 군사들을 위로했다.

그리고, 회군하기에 앞서 그는 이러한 승전의 표를 천자에게 올리었다.

'좌승상겸 대원수 장국진은 돈수백배하옵고 글월을 올리나니 하감하옵소서. 신이 황은을 입사와 한번 북을 쳐서 달마왕과 황도사의 머리를 베어 좌하에 올리나이다.'

이에 천자는 밖까지 나가, 승리의 환희에 도취한 장국진과 그의 군사들을 환영해 주시었다.

천자는 환궁하기가 바쁘게 택일하여 대연을 배설하시고 장군들의 벼슬을 돋우셨다. 장국진에게는 물론 최고의 벼슬을 내리시었다. 좌복야 우도독을 봉하시고, 또 상사를 많이 하시었다. 그의 영귀는 점점 높아졌다. 누구 하나 그를 부러워하지 않는 사람은 없고, 또 그의 덕을 칭찬하지 않는 사람이 없었다.

한편 남은 군사를 이끌고 본국으로 돌아간 달마국의 백원도사는 죽은 달마왕의 뒤를 이어 태자를 즉위시켰다. 하늘에 태양이 없어서는 아니 되는 것처럼, 나라에 왕이 하루라도 없어서는 아니 된다는 그의 확고한 신념 때문인 것이었다.

새로 즉위한 달마왕은 이제 겨우 나이 열한 살이었다. 그 또한 어린 나이에도 욕심이 많고 복수를 좋아하고 남을 지배하며 정복하기를 좋아했다. 부왕이 명나라 군에 죽었다는 말을 들었을 때 그는 자기가 군사를 지휘하여 가겠다고 호령했다. 아버지의 목에 칼을 댄 자는 간을 내어 씹으리라고 장담했다.

이에 백원도사는,

"왕은 아직 분노를 그치소서. 천의를 살펴보온즉 오년 후면 장국진의 운수가 진(盡)할 것이오니, 그때를 당하여 대왕의 원수를 갚으시이다."

하고 간언하였다. 그리고 그는 이율과 이심 등을 명나라에 보냈다. 이들에게 간교한 비계를 일러주었음은 더 말할 나위도 없다.

드디어 백원도사가 예언한 때가 왔다. 때는 성화 사십팔년, 천자의 춘추도 팔십삼 세의 고령이어서 우연 득병한 병환은 백약이 무효하여 세상을 뜨고 말으셨다. 조정 제신과 백성들의 슬픔은 말이 아니었다. 그중에서도 장국진의 비탄은 옆에서 보는 사람들의 가슴까지도 울렸다.

새로 즉위한 천자는 이제 나이 열다섯이었다. 그러나, 장국진의 충성과 노력은 선황제 때와 다름없이 정사를 잘 되게 하고, 백성들도 여전히 태평한 시절을 즐기면서 평화롭게 살아갈 수 있게 하였다.

태자의 장인, 일각로 부윤은 태자가 즉위하여 국구가 됨에 따라 그의 장자 이침을 병부상서라는 요직에 앉혀놓았다. 이침은 점점 교만해졌으며 그의 권세는 누구도 당할 사람이 없었다. 그러나 장국진만은 어찌할 수가 없어 그는 장국진을 시기했고, 그를 어떻게 해서라도 없애 버리려고 애를 썼다. 이때 장래에 대비하기 위해 명나라로 보내졌던 이율과 이심은 이침에게 붙어 좌익 장군이라는 튼튼한 자리를 차지하게 되었다.

이침은 우선 이율을 시켜 장국진을 모함하는 상소를 어린 황제에게 올리도록 했다.

이렇게 한 다음, 병부상서 이침은 위엄과 권세를 십분 이용하여 황제에게 주달하길,

"장국진이 밖으로는 대공을 세우고 안으로는 배반할 마음이 있사온데, 실례로 저번 싸움에 달마국 선봉장 은통을 대연으로 배설하여 관대히 위로해 보냈었고, 또 그 다음 싸움에 황도사와 달마왕만을 죽이고 다른 사람들은 항복도 받지 아니 하였으니, 신의 생각에 일이 수상하오니 바라옵건대 폐하는 살펴보옵소서."

이에 나이 어린 천자는 대번에 분격하여서 금부도사를 명하여 장국진을 잡아다가 멀리 귀양 보내라고 호통을 쳤다.

조정의 늙은 신하들이 놀라고, 백성들이 아우성을 쳤으나 그것이 무슨 소용이 있으랴.

이침과 이침 일파를 대번에 죽이고 싶은 충동을 꾹꾹 참으면서 장국진은 만고역적이라는 죄명을 뒤집어 쓰고, 어명에 복종하기 위해 묵묵히 적소로 향해 갈새 부모께 하직을 고하고 양(兩) 부인을 위로하니 이 부인이 침착히 말하길,

"운수 불길하와 이 지경을 당하였으나, 오래지 않을 것이오니 승상은 부모를 생각지 마옵시고 천금 같은 몸을 원로에 보중하옵소서."

하였다. 장국진은 감격하며 적소로 향해 갔다.

이침과 이율은 이러한 사실을 은밀히 본국에 알려 두었다. 주야로 노심초사하던 백원도사와 달마왕이 이 소식을 듣고 즉시 용장 천여원과 군사 수십만을 동원해서 죄인이 되어 귀양오는 장국진을 중도에서 잡아오라고 명령을 내리었다.

도중에서 결박당한 장국진은 이들에게 끌려서 달마국의 대궐로 들어갔다. 달마왕은 부왕의 원수를 갚겠노라고 미친 듯이 흥분하였고 굴복하지 않는 장국진을 무사에게 명하여 죽이라 하는데, 백원도사가 이것을 필사적으로 만류하며 말했다.

"장국진은 천상의 벼락성이라 옥제가 극히 사랑하시니 죽이면 대왕에게 큰 환이 있으리이다. *천길지함을 파 거기에 집어 넣으면 자연 주려 죽으리이다."

하고 백원도사와 달마왕은 안심하고 명나라 정복의 길에 올랐다. 이제는 확고한 승산이 있었기에 그들은 무인지경을 달려가는 것만 같았다. 용장이 천여원인 데다가 군사도 지난번보다는 훨씬 많은 일백만이었다.

한편 이 소식을 들은 천자는 깜짝 놀라, 이를 막아낼 장군을 찾았다. 병부상서 이침이 대담하게 나섰다. 천자는 기뻐하시며, 그를 대원수에 봉하시어 군사 백만과 장수 천여원을 주시었다. 이침은 이율을 선봉, 이훈을 우선봉으로 각각 정하였다.

명군이 행군하여 낙양성하에 이르니 이미 이율 등이 내통한 고로 달마왕은 성문을 열고 이침을 맞아들였다. 이율·이훈은 대군을 거느리고 성 밖에 진을 쳤고 이침이 의아해할 새에 달마왕이 주연을 배설하고 말하길,

"명제를 사로잡은 후에 강산을 반분하여 한가지로 태평을 누림이 어떠하오."

하였다. 이에 이침이 허락하거늘 즉시 전군을 수습하여 명으로 향했다.

장국진은 지함에 갇혀진 이후, 달마국의 침략이 있으리라는 것을 본능적으로 예감하고 있었다. 달마국의 백원도사가 자기로 해서 이때까지 명나라에 쳐들어오지 못한 것을 그는 잘 알고 있었다. 그런 고로 그는 하늘에 온 정성을 다해서 빌었다. 지성이면 감천이라던가 별안간 무서운 폭우가 쏟아지기 시작했다. 홍수는 삽시간에 달마국을 바다로 만들어 버렸고, 사람들은 물난리로 수없이 죽어갔다. 집은 뜨고 성벽은 무너져 물 속에 잠겼다.

그러나 천길 지함의 암흑 속에 갇혀 있던 장국진은 이 틈에 물에 떠서 밖으로 나왔다. 그는 지상으로 나오자 하늘과 스승에게 무수히 치

---

*천길지함 —— 지하실.

하했다. 다시 햇빛을 보게 된 그는 무한한 감동에 젖어 들었다. 말을 구해 탄 장국진은 그 길로 황성을 향해 바람처럼 올라갔다.

그러나, 막상 황성에 와 보니, 현실은 예상보다 더욱 심했다. 도성 인민의 곡성은 말이 아니었고, 그 처절한 광경도 차마 눈뜨고 볼 수 없었다. 그러나 다행히도 대궐안은 무사했다.

장국진은 우선 여왕부로 양친을 찾아가 돌아온 인사를 하고, 승상부로 가서 양 부인을 만났다. 이부인은 이때 어젯밤의 꿈에서 남편을 만난 이야기를 유부인에게 하면서 오늘은 필경 남편이 돌아오리라고 유부인을 달래고 있었다. 이 때문에 정작 남편이 나타나자 서로의 감격은 형용할 도리가 없었다.

장국진은 곧 갑주와 무장을 갖추고 대궐로 들어갔다.

"죄인 장국진은 국사가 급한 고로 미처 명초(命招)를 기다리지 못하고 스스로 나아왔으니 도적을 파한 후에 죄를 당하여지이다."

이에 황제는 계하로 내려가 그의 손을 잡고 그저 눈물만 뿌리시었다. 그리고 전과를 뉘우치시며, 적을 물리치고 역적 이침을 잡아 천하를 평정해 달라고 무수히 탄원하시었다.

장국진은 어전을 물러나와 말에 오르자, 곧장 적진으로 향해 달리었다. 한 손에 절운검을 잡고 또 한 손에 청학선을 들고 있는 그의 용감한 모습은 천신 그대로이며 옛날 그대로였다.

그는 순식간에 이백만 대군을 시체의 산으로 만들어 놓고, 이침의 머리를 칼끝에 꿰어 들고 나왔다. 백원도사와 달마왕은 장국진의 재현을 믿으려고 아니했으나, 이때 그들의 본국에서 급한 통문이 날아들자 비로소 장국진이가 살아 왔다는 것을 알고, 그대로 남은 군사를 이끌고 도망쳐 버리었다. 힘으로는 도저히 당할 수 없다는 것을 그들은 잘 알고 있기 때문이었다.

이 소식을 들은 천자는 자신의 위엄조차 잊고 아이처럼 기뻐하며, 한편으로 이침 일당과 그들의 구족을 잡아 처형하게 하고, 또 한편으로 즐거운 태평연을 배설해서 출전 장군의 벼슬을 돋우시고 장국진의 벼슬을 옛날로 돌리시고 그것을 더욱 올리시었으나, 장국진은 굳이 사양을 했다. 그러나, 천자의 권고가 너무나 간절하시어서 그는 마지못해 사은숙배하고 이 기회에 달마국을 멸하기로 결심하니 천자도 이를 허락하고, 용맹한 장수 천여원과 군사 백만을 주시었다.

장국진은 어전을 물러나와 부모께 하직 인사를 한 후 아내들과 작별하고 곧 원정의 길에 올랐다.

달마국에서는 이러한 장국진의 원정을 전해 듣고 놀라서 어떻게 할 줄을 몰랐다. 이때 백원도사가 한 가지 꾀를 내어 달마왕에게 말했다.

"이제 생각하온즉 우리 장수 중에는 장국진을 대적할 장수가 없사오니 천원국과 협력하여 잡아지이다."

달마왕은 기뻐하며, 즉시 청병의 글을 만들어 천원국으로 보냈다. 청병패문을 받아본 천원왕은 오금도사를 불러 이 문제를 의논했다.

오금도사는 즉시 반대했다. 그의 얘기에 의한다면, 장국진 같은 천하제일 명장을 잡는다는 것은 도저히 불가능한 일이라는 것이었다. 그는 여학도사의 이야기를 하고 자기는 그분의 제자이고 더구나 장국진은 그분의 특별한 제자이며 그분에게서 천지조화의 보배인 절운검과 청학선을 받아 가지고 있어서 누구도 그를 당할 수 없다고 하였다.

그러나, 천원왕은 오금도사의 이렇듯 신중한 충고를 무시해 버렸다. 힘이 있고 자신이 있는데도 약자의 청을 들어주지 않는다면 그보다 더 불명예스러운 일이 없다고 생각했기 때문이다. 천원왕은 직접 대원수가 되어 군사를 지휘하고, 오금도사는 모사가 되어 그를 돕기로 했다. 도사는 왕명에 의해 할 수 없이 따르기로 한 것이었다.

천원왕이 이끄는 군사는 자그만치 이백만에다가 용맹한 장군만도 수천이나 되었다. 또 오금도사 외에도 온갖 술법이 무궁무진한 네 도사가 있었다. 천원왕 자신은 순금투구에다 황금갑옷을 입고 왼손에는 용철금을, 오른손에 삼천근 철퇴를 비껴 잡고, 만리 용총에 의지하고 있었다. 오금도사는 철륜도복에다 팔룡관을 쓰고 좌수에 복미선, 우수에 홀기를 잡고 윤거에 앉아 지혜로운 군사의 풍모를 십이분 갖추고 있었다.

이들의 이백만 대군은 며칠 만에 달마국에 도착했다. 백원도사와 달마왕은 기뻐하며 즉시 대연을 베풀어 놓고 장국진을 잡을 계책을 의논하기 시작했다. 오금도사는 역시 장국진의 비범한 점을 들어 잡기는 매우 어려우리라고 난색을 표했다. 그러나 백원도사는 일축하며,

"이제 대왕의 비상한 무예와 금술로써 선봉이 되어 국진을 대적하면 우리 대왕은 뒤를 도울 것이니 국진이 천병만마지술이 있으나 미처 손을 놀리지 못하고 사로잡히리라."

하고, 결론을 내렸다.

장국진은 진중에서 달마국에 구원병이 오는 것을 알고 있었다. 그동안 성문을 굳게 지키며 대적해 나오지 않던 달마왕이 이러한 꾀를 부리고 있었구나 하고, 그는 속으로 코웃음을 쳤다.

그러나, 사태가 매우 심각해졌다는 것을 그는 직감하지 않을 수가 없었다. 천원왕은 천하 명장이고, 그를 당할 사람은 자기밖에 없다. 이 싸움이 천하를 가르는 싸움이라고 그는 솔직하게 시인했다. 그래서, 그는 더욱 신중하게 전략을 군중(軍中)에 명령해 두었다.

그리고, 국진은 하늘에 빌고 스승에 빌어 결의를 더욱 굳게 한 다음, 말에 올라 적진으로 향했다. 적진에서 천원왕이 대담하게 내달아 왔다. 오금도사의 조심하라는 말에도 불구하고, 그는 그를 뿌리치고 격분해서 달려 나오는 것이었다.

과연 천하무쌍의 적수였다. 한쪽에서는 절운검을 휘두르고, 한쪽에서는 용천금을 저으며 진종일 싸웠으나 결과가 없었다. 저녁 때가 되어 천원왕에게 혹 실수가 있을까 겁을 낸 오금도사는 징을 쳐서 그를 맞아들였다.

이튿날 아침, 분을 이기지 못하는 천원왕은 다시 달려 나오려 했으나, 이번에는 달마왕이 그를 대신해서 나갔다. 이 달마왕도 아직 나이는 어리나 용맹이 대단한 자였다. 그는 순금투구에다 황금포를 입고, 천리 대왕마에 의하여 천하명보의 하나인 청사금을 유일한 무기로 하고 있었다.

그러나, 그의 힘으로 장국진 같은 천하명장을 어찌 당할 수 있으랴.

보다 못해 천원왕이 다시 뛰어나왔고, 또 이번에는 오금도사와 백원도사가 뒤에서 그들을 도우며 천지조화를 부리기 시작했다. 장국진은 청학선으로 이것을 막고 절운검으로 이것을 치면서 점점 거세게 육박해 갔다.

최후로 달마왕이 말에서 뚝 떨어져 버리었다. 장국진의 절운검에 말이 얻어 맞은 것이었다. 그러자, 천원왕이 재빨리 달려들어 달마왕을 구해 왔다.

싸움은 연 사흘 계속되었다. 적은 사기를 꺾이고 말았으나, 이쪽도 지칠대로 지쳐 있었다. 더구나 장국진은 혼자서 싸웠기 때문에 피로가 예상외로 컸다. 그는 병을 얻어 눕지 않으면 아니 되었다. 이것은 전투 중에 치명적인 것으로 장국진은 군중에 엄명을 내려서 진문을 굳게 닫게 하고 곤란을 극복해 볼 심산이었다. 적은 몇번이고 이쪽의 진전에서 호통을 지르다가 가곤 했다.

그러나, 며칠이 지나도 장국진의 신병은 조금도 차도가 없었다. 아! 이 위급을 무엇으로 건져야 좋을 것인가. 이때 황성의 하늘 아래서 천기를 보고 있던 이부인은 이런 사실을 깨닫고 깜짝 놀랐다. 그녀는 천문지리에 누구보다 능통했고 육도삼략과 손오병법에도 능통했으므로 생각한 끝에 달마국 전장으로 달려가 병든 남편을 구해서 싸움을 승리로 이끌 결심을 하였다.

남달리 용감한 여장부 이부인은 즉시 남장을 하여 머리에 용인투구를 쓰고, 몸에 청사전포를 입고 좌수에 비린도, 우수에 홀기를 들자, 시부모와 유부인과 주위 사람들에게 이별을 하고 필마단기로 달마국을 향해 집을 떠났다. 유부인은 멀리 전송나와 이부인의 전도를 근심하며 봉서 한 통과 바늘 한 쌍을 품속에서 얼른 내어 주었다.

그리고, 이부인에게 이렇게 말했다.

"이것을 가지고 동정호를 건널제 물에 던지면 용왕부인이 청할 것이니 들어가 보옵소서. 동정호 용왕은 첩의 전생 부모이니 보오면 반가워할 터인즉, 이제 제일 좋은 선약을 얻어가야 승상을 구할 것이요, 다음은 선녀 한 쌍을 얻어가야 천원왕과 달마왕을 잡으리라."

이부인은 그것을 받아 가지고 질풍처럼 달려갔다.

동정호에 왔을 때 이부인은 유부인이 시킨 대로 하여, 이윽고 용궁에 인도되어 들어가자, 용왕 내외가 반가워하며 만년주를 권해주었다. 그리고, 최후로 유부인 말대로 선약과 선녀 한쌍을 부인에게 내리시며 용왕부인은 이렇게 교시했다.

"천원왕과 달마왕은 욕이나 뵈이옵고, 죽이진 마옵소서. 두 사람은 천상 선관으로 인간에 적거하였으니 만일 죽이면 일후에 원이 되리라."

또, 용왕 부인은 선녀들에게 분부하여 이부인을 잘 모시고 가서 공을 이루라고 특별히 당부하였다.

이렇게 해서 이부인은 용궁에서 나와 전장으로 또 질풍처럼 달리었는데, 전보다 훨씬 마음이 든든했다. 더구나 양편에 붙어 있는 선녀들은 신기하게도 이부인의 눈에는 보이나, 다른 사람의 눈에는 전혀 보이지 않았다.

이때 명나라 진영은 적병들에 의해 완전히 포위되고 있었다. 진문은 굳게 닫혀 있었으나, 적병들은 이제야 이것을 깨칠 심산으로 그 준비에 분망하고 있는 듯했다. 명나라군의 운명은 경각에 있다고 해도 좋았다.

잠시도 지체할 여유가 없었다. 이부인은 투구를 고쳐 쓰고, 비린도를 높이 들어 만리청총의 고삐를 바싹 죄어잡고, 좌우에 붙어 온 선녀들보고 앞에 서서 길을 인도하라고 분부하고, 급하게 채찍질을 하기 시작했다. 만리청총마는 화살처럼 적의 포위를 일직선으로 밟아 넘어서며 명나라 진영의 진문으로 향해 달렸다.

적병들은 이 돌연한 사태에 어안이벙벙했다. 비린도가 머리 위에서 번쩍번쩍하건만 그들은 그것을 바라보며 쓰러져갈 뿐이었다. 만리 청총은 그들을 갈대밭을 헤치듯 참으로 신속하고 명쾌하게 통과해 버리었다.

그들이 한숨을 돌렸을 때 이부인은 명나라 진영으로 벌써 자취를 감추고 없었다.

이부인은 의병장 이모라고 자기를 밝히며 명나라 진영으로 인도되어 갔다. 국진의 병세는 너무나 위중했다. 이 부인은 사촌 처남이라고 자기를 소개하였다.

장국진이 의아해하며,

"어찌 전일에 보지 못하였느뇨?"

하고 묻자,

"장군이 청하지 않아서 나오지 않았습니다."

하며 약을 내어 물에 타 드리며 말하길,

"이 약을 잡수셔야 차도가 있으리다!"

하였다.

약을 마신 장국진은 얼마 지나지 않아 얼굴의 혈색을 되찾고 원기를 회복하였다. 이때 달마군측에서는 천기를 관찰한 두 도사가 장국진의 병이 다 나았음을 알고 진세를 바꾸지 않으면 아니 된다고 주장했다. 이렇게 해서 달마왕과 천원왕은 포위진을 풀어 다시 원래의 진형으로 자기의 군사들을 재정리했다.

한편, 장국진의 진에서는 이부인을 부원수에 임명하고 달마군을 잡음을 의논하였다. 이윽고 이부인이 천원왕과 마주 싸웠다. 보이지 않는 선녀들이 비호하고 있는 이부인의 민첩하고 용맹한 몸놀림에는 장국진조차 감탄하였다.

이러한 놀라움은 적진에서도 마찬가지였다. 백원도사와 오금도사는 천원왕의 위험을 간파하고 재빨리 징을 쳐서 군사들을 불러들였다.

지쳐서 돌아온 천원왕은 자기의 피로도 잊고 적장을 칭찬하기에 정신이 없었다. 날은 벌써 깜깜하게 어두워왔다.

이튿날 동이 트기도 전에 천원왕은 어제의 분패를 씻으려고 나가려했다. 그러자 젊은 달마왕이 그를 밀고 앞질러 나갔다. 이부인은 어느새 그들의 앞으로 육박해 오고 있었다.

달마왕이 이것을 맞아 격전을 벌이었다.

서로의 싸움은 한동안 승패 없이 계속되는 듯했다. 좋은 적수인 성

싶기도 했다. 그러자 얼마 가지 않아, 지난번 장국진과의 싸움에서와 마찬가지로 달마왕은 말에서 뚝 떨어져 하마터면 이부인의 비린도에 맞아 머리통이 흙덩이 부서지듯 부서질 뻔했다. 이것을 천원왕이 재빨리 구출하여 돌아갔다.

그런 후, 분격한 천원왕은 급히 말을 몰아 이부인과 싸웠다. 얼마간 싸웠을 때, 천원왕의 용천금이 허공에서 번쩍하고 불이 나는 듯했다. 그는 혼신의 힘을 다해서 용천금을 내리친 것이었다. 이 때문에 이부인의 비린도가 부러져 버렸다.

그러나 이부인은 부러진 비린도를 어루만지며 입속으로 진언을 외었다. 그러자 비린도는 대번에 칠척 장검으로 화해 버렸다. 천원왕은 투지를 잃어버리고 말았다. 장대에서 이것을 보고 있던 오금도사와 백원도사는 각각 그들의 최후의 무기인 물병과 화전을 손에 내어 들었다.

백원도사가 먼저 필사의 힘을 다해서 적장을 향해 화전을 흔들었다. 그러자 이 천지조화의 신기한 무기가 대번에 불로 화하며 이부인을 감싸버렸다. 이부인은 불에 싸이자 선녀에게 명해서 폭포를 내려 불을 끄라고 하였다.

두 선녀는 허공으로 솟아 올라 신기한 폭포수를 한동안 힘차게 쏟아 부었다.

오금도사는 이때라고 생각하고 물병을 온 힘을 다해서 기울이었다.

그러자 순식간에 홍수가 되어 명나라 진영으로 그 물은 흘러갔다. 이부인은 다시 선녀를 불러 이 물을 적진으로 돌리라고 명령했다. 두 선녀는 순식간에 그것을 바다로 만들어서 적진으로 향하게 했다. 달마국의 백만 군사와 천원국의 이백만 군사는 삽시간에 형체조차 알길이 없게 되었다.

장국진은 천원왕을 뒤쫓고, 이부인은 달마왕을 뒤쫓아 달리었다. 백원도사와 오금도사와 또 숱한 도사들은 제각기 술법을 다해서 이들을 막으며, 두 왕을 멀리 화룡산으로 보호해 들어갔다. 그들은 전쟁을 단념할 수밖에 없었다.

이부인은 선녀들에게 명령하여 화룡산을 철망으로 싸서 그리로 도망친 천원왕과 달마왕과 도사들을 생포해 놓으라고 했다. 남의 눈에는 보이지 않는 용궁의 선녀들은 거뜬히 그 일을 해치우고 돌아와 부인에게 보고해 주었다. 천원왕은 이때 그의 유일한 천하 보배인 용천금이 장국진의 절운검에 맞아 아무 작용도 못하게 되어 있었다.

현명한 도사들도 이제는 아무런 힘도 없고 꾀도 없고 반항도 못하는 것이었다.

이부인은 선녀들에게 치하하고 이제는 일을 다했으니 그만 돌아가라고 한 후 자신은 남편에게로 향해 갔다.

"그대가 와서 나를 살리고 적왕과 도사들을 격파하여 감사하오만, 아직도 그 놈들이 살아 있거늘 가려 하오이까?"

하고, 여전히 처남으로 믿고 있는 장국진이 이부인의 인사를 듣고 그렇게 말했다.

"양국왕과 도사들을 다 잡아 화룡산 어귀에 가둬 두었사오니 임의로 처리하시고, 다만 양국왕은 범인이 아니온즉 욕이나 뵈옵시고 죽이지는 마옵소서. 도사들은 임의로 처치하옵소서."

하고, 이부인은 굳이 하직하며 남편에게 이렇게 말했다.

"승상은 군사를 거느리시고 곧 회군하옵소서. 그때를 손꼽아 기다리겠나이다."

하자 장국진은 할 수 없이 그를 떠나보냈다. 장국진은 장수와 군사들을 화룡산으로 보내어 적왕과 도사들을 잡아오라고 명령했다. 그리고 그들이 잡혀 왔을 때, 그는 또 다시 처남의 위대함에 새삼스럽게 놀랄 뿐이었다.

그는 장대에 높이 앉아 먼저 천원왕과 달마왕을 문죄했다. 그리고, 최후로 그들에게 항서를 받으며 이렇게 훈계했다.

"너희를 죽여야 마땅할 것이로되, 내 호의를 생각하여 살려두나니 너희들은 황은을 축수하라."

장국진은 이런 정도로 적당히 곤장을 쳐서 그들을 방송했다. 이부인의 특별한 간청이 있었기 때문이었다.

그러나, 지혜를 믿고 그들에게 악독한 죄악을 가르쳐 준 간악한 도사들만은 죄다 처참해 버리었다. 인류에게 죄악을 뿌리고 다니는 그들을 용서해 줄 수는 없는 것이었다. 이런 일이 끝나자, 장국진은 우선 천자에게 승리의 글월을 올리고 서서히 회군의 길에 올랐다. 천자는 만조 제신들을 거느리고 멀리 십리 밖까지 환영나와 주었다. 백성들의 즐거운 만세소리는 거리거리마다 그칠 줄을 몰랐다.

천사와 백성들과 여러 신하들의 이러한 물끓듯 하는 감격의 환영을 받으며 대궐로 돌아온 장국진은 천자에게 또 한번 자세히 전쟁의 결과를 설명하고 나서, 제 집으로 돌아갔다. 집으로 온 장국진은 부모를 뵈온 뒤 양부인을 불러 처남에 대해 물은즉 어머니 왕씨가 시치미를 떼며 짐짓 화난 듯하며 말하길.

"그래, 네 부모껜 인사만 하고 들어 오더니, 사촌 처남은 그리 귀하길래 안부를 묻느냐?"

하였다. 이에 당황한 장국진이,

"이번에 소자 죽게 되었삽더니 처남의 힘을 입사와 대공을 세우고 돌아왔나이다."

"그러시다니 승상은 처남이 제일 반가울 것이 아니겠나이까. 유부인은 어서 처남을 뵈옵게 해주사이다."

하고, 이부인이 시치미를 뚝 떼며 유부인을 향해서 말했다.

유부인은 미소를 띠고 투구와 갑옷 따위를 내어와 이부인에게 입혀주고, 최후로 비린도와 홀기를 그녀의 양손에 쥐어 주었다. 그리고 나서 장국진을 향해,

"자, 승상 보사이다! 승상이 찾고 계시는 사촌 처남이 아니오니까?"

장국진의 감격은 말할 수가 없었다. 왕씨도 아버지도 유부인도 거기에 모여 앉은 전부가 이부인께 다시 한 번 감사했다.

그러나 이부인은 용궁 선녀의 이야기를 하며 자기의 공로를 유부인에게 돌리었다. 장국진은 대궐에 들어가 천자에게 이러한 사실을 주달했다. 천자는 감격하여, 장국진을 승상에다 초왕으로 봉하시고, 이

부인은 정렬왕비, 유부인은 숙영왕비에 각각 봉하시는 한편, 많은 상사를 하시었다.

그후 이부인은 삼남 이녀, 유부인은 삼남 일녀를 두어 장국진의 후손은 대대로 부귀영화를 누렸다. 부모가 돌아가신 후 삼년거상에 효도도 지극했으니, 백성들은 장국진을 송덕하며 격양하기를 마지않았다.

壬辰錄

1. 최일령(崔一令)

어느 날 조선대왕(朝鮮大王)께서 한 몽사(夢事)를 얻었으니 어떤 계집이 기장〔黍〕을 자루에 넣어 이고 그대로 들어와 내려 놓으니 상(上)이 놀라 깨고보니 일장춘몽(一場春夢)이었다. 상이 제신(諸臣)을 불러 몽사를 말하고 제신을 돌아보며 말씀하시기를,

"경들은 이 몽사를 해득(解得)하라."

하시니, 영의정(領議政) 최일령이 아뢰기를,

"신이 해득하온 바로는 가장 불길하옵니다."

하니, 상이 말씀하시기를,

"길흉간(吉凶間)에 말하라."

하시니, 일령이 엎드려 아뢰기를,

"신이 잠깐 해득하온바, 인(人)변에 벼화(禾)하고 그 아래 계집여(女)자 하면 이 글자는 왜(倭)자 오며 아마도 왜놈이 들어올 듯하옵니다."

하니 상이 대로하사 꾸짖기를,

"시절이 태평한데 경은 어찌 요망한 말을 하여 인심을 요란케 하고, 짐(朕)의 마음을 불안케 하는고."

하시며,

"일령을 *원찬(遠竄)하라."

하시니 일령이 엎드려 사죄(謝罪)하기를,

"소인 지식이 없사와 요망(妖妄)한 말을 하였사오니 그 죄 만사무석(萬死無惜)이오나 복원(伏願) 폐하(陛下)는 죄를 용서……."

하며 머리 조아려 애걸하니, 상이 대로하시며,

"여러 말 말고 적소(謫所)로 가라."

하시니, 일령이 할 수 없이 적소로 가서 주야로 임금과 처자를 생각하고 탄식하니 이때가 임진년(壬辰年) 춘삼월이었다. 백화(百花)가 만발

---

*원찬(遠竄)——먼 곳으로 귀양보냄.

하고 방초(芳草)는 요요(嫋嫋)한데 고향을 생각하니 마음이 산란하여 누각(樓閣)에 올라 산천을 구경하니 문득 광풍(狂風)이 일어나며 삼척 돛대를 단 배 천여 척이 바다 위에 떠 들어오니 일령이 대경(大驚)하여 동래부사(東萊府使)를 불러 말하기를,

"적선(賊船)이 들어오니, 바삐 군사를 거두어 도적을 막으라."

하니, 부사 황급하여 일변 군사를 집소하며 일변 장계(狀啓)하니 이미 왜적이 배를 강가에 대고 왜장(倭將) 소섭(蘇攝)이 칼을 들고 강가에 달려나와 벽력같이 소리를 지르며 외치기를,

"조선 동래부사는 빨리 나와 내 칼을 받아라."

하고, 달려들어 부사 이순경(李順敬)을 베어 들고 칼춤 추며 재주를 부리며 희롱하니, 왜국장 청정(淸正)이 대희(大喜)하여 북을 울리고 억만장졸이 불일 듯 살〔矢〕같이 들어오니 군사가 칠십만이요, 용장(勇將)이 수만여 명이다. 청정이 장대(將臺)에 앉아 제장 군졸에게 각각 소임(所任)을 맡기니 소섭에게는,

"강원도 원주(原州)를 치고 이어 평안도를 치라."

하고, 동경청(東京淸)에게는 정병(精兵) 일만과 용장 천여 명을 주며 말하기를,

"그대는 전라도를 치고 김해(金海) 군량을 수운(輸運)하라."

하고 문경(文京)을 불러 정병 오만과 용장 수천여 명을 주며 말하기를,

"충청도 영동(永同)을 치고 함경도 이십육 주를 치라."

하고, 부경(府京)을 불러 정병 이십만과 용장 삼천여 명을 주며 말하기를,

"그대는 강원도 십팔 주를 치고 군량이 다하거든 강원도로 군량을 수운하라."

하고, 마룡(馬龍)을 불러 정병 일만과 용장 천여 명을 주며 말하기를,

"그대는 전라도로 가서, 황해도를 치라."

하고, 평수길(平秀吉)을 불러 군사 오만과 명장(名將) 수천여 명을 주며 말하기를,

"경상도를 치라."

하고,

"청정은 남은 장졸을 거느리고 경상도를 치고 경기도에 당도하여 조선왕을 항복받은 후에 내가 스스로 조선왕이 되어 그대들을 일품(一品) 벼슬을 주리라."

하니, 제장 군졸이 일시에 영을 받으니,

"만일 군중에 영을 어기는 자(者) 있으면 군법으로 엄단하리라."

하니, 수만여 명의 제장이 청령(聽令)하고 군사를 반분하여 팔도(八道)에 흩어져 쳐들어가니, 고각함성(鼓角喊聲)은 천지에 진동하고 기치창검(旗幟槍劍)은 햇볕을 희롱하니 어찌 망극지 아니하리.

팔도 백성이 난(難)을 보지 못하다가 뜻밖에 난을 당하니, 남녀노소 없이 서로 붙들고 통곡하며 피난하니 어찌 살기를 바라리.

이러한 울음 소리 산천에 은은하니, 불쌍하고 또 불쌍한 모습은 차마 눈 뜨고는 볼 수 없으리라.

차설, 이때 왜장 소섭이 바로 군사를 몰아 강원도로 향하더니, 왜국에서 소섭의 매씨(妹氏) 편지가 왔으니,

"제번(除煩)하고, 소나무송(松)자 있는 곳을 가면 대패할 것이니, 부디 가지 말라."

하였기로 청송(青松)과 송도(松都)를 가지 않고 강원도로 들어가 강원감사(江原監司) 이래(李來)와 평안감사 이공태(李公太)를 베었으나, 그 골 기생 월천(月川)은 천하의 절색(絶色)이라 죽이지 않고 첩을 삼아서 주야로 연광정(練光亭)에 놀며 풍류로 세월을 보냈다. 이때 왜장들이 군사를 몰아 좌충우돌한다. 선봉장(先鋒將) 청정이 경상도를 치고 조령(鳥嶺)을 넘었으니, 조령 별장(別將)이 방어하지 못하여 청정의 칼에 죽으니, 그 위험을 막을 자가 없었다.

2. 이순신(李舜臣)

이때 이순신이 이런 변고를 당할 줄 알고 거북배 수천 척을 물에 띄

우고 그 안에 수만여 군사를 싣고 배 위로 구멍을 무수히 뚫고 배안에서 밥을 지어 먹게 하고, 연기는 배 입으로 나오게 하니, 큰 거북이가 물 위에 떠 다니며 안개를 토하는 것 같은지라 왜장 등이 바라보고 대경하여 활과 총으로 무수히 쏘니, 거북 등에 살이 무수히 박혔으나, 안은 뚫지 못하였다.

수천 척 거북이 창망해상(蒼茫海上)에 떠다니며 방포소리 나고 살이 비오듯하며 군사가 무수히 죽으니, 청정이 대경하여 활과 총이 빗발치듯해도, 거북은 달려들어 입으로 안개를 토하며 살이 비오듯하며 군졸이 분분이 넘어지니, 왜장이 당치 못할 줄 알고 적기(赤旗)를 두르며 또한 산으로 올라가니, 순신이 급히 쫓아 군사와 배를 재촉하여 적진(敵陣)을 쫓아 조선 한산도(閑山島)에 다다르니, 좌우 산세는 울울한데 반석 상에 철쭉, 진달래, 두견화는 반만 피어 반기는 듯하고 온갖 비조(飛鳥)가 날아들어 춘몽을 희롱하니, 슬픈 마음이 절로 난다. 경개(景槪)를 구경타가 홀연(忽然) 깨달아 좌우 산천을 바라보니, 산세가 험악하여 갈 길이 없으니, 제장 군졸이 함지(陷地)에 빠져 죽는 줄 알고 서로 붙들고 통곡하며 살펴보니, 벌써 죽는 자 태산 같고 흘린 피는 내를 이루었다.

이순신이 중군(中軍)에 분부하여 남은 군사를 매복하였다가 급히 내려가 적진을 쳐들어 가니 적졸(敵卒)의 주검이 태산 같으매, 순신이 승전고(勝戰鼓)를 울리며 본진으로 들어갈 때 한 군사 아뢰기를,

"적병이 무수히 온다."

하니, 순신이 군사를 재촉하여 급히 들어가 대적하니, 적진으로부터 방포소리 나며 화살이 순신의 어깨를 맞히니, 순신이 황급하여 선창 밖에 나와 하늘께 축수하고, *왜전(矮箭)을 자르고 종일토록 싸우다 기운이 쇠진하여 죽으니, 제장 등이 군중에 전령하기를,

"순신이 죽은 기색을 내지 말라."

하고 장의를 뱃머리에 세우고 적진을 쫓아 가며 고함하니, 왜장 등이 배를 물에 띄우고 달아나는지라, 순신의 시체를 빈(殯)하고 이 연유를 나라에 상달코자 하나, 도리어 왜적이 침노하기로 상달치 못하고 왜

장이 순신이 죽었단 말을 듣고 대희하여 말하기를,

"이제는 조선에 명장이 없으니, 조선을 함몰(陷沒)하리라."

하고, 바로 경성(京城)으로 향한다. 당초에 청정이 십만 대군을 거느려 경상도를 칠 때, 진주병사(晋州兵使) 양익태(梁益台)와 경상감사 이짐(李朕)을 항복받고 선봉을 삼아 길을 갈라 치게 하고 청정은 우도(右道)를 치고 상주(尙州)를 치니, 상주 목사(牧使) 남덕천(南德天)이 방어치 못하여 청정의 칼에 죽으니,

경상도를 파(破)하고,

"칠십일 주 수령으로 군량을 수운하라."

하고, 조령을 넘어 충청도를 치니, 이때 신립장군(申砬將軍)이 충청도 군사를 거두어 조령산성에 유진코자 하다가 계집의 간계에 빠져 군사를 퇴진하여 탄금대(彈琴臺)에 유진하고 기다리더니, 청정이 조령을 넘어 신립의 진을 바라보고 대희하여 말하기를,

"조선에 명장이 없음을 알도다. 신립이 우리를 막지 아니하고 강변에 배수진을 쳤으니, 우습도다. 옛날 한신(韓信)은 배수진을 쳐 조군(曺軍)을 파하였으나 이제 신립(申砬)이 배수진을 치고 어찌 나를 당하리요."

하고, 일시에 군사를 재촉하여 쳐들어가니 신립이 미처 손을 놀리지 못하여 십만 대병을 순식간에 함몰하고 신립도 할 수 없어 하늘을 우러러 탄식하고 물에 달려들어 빠져 죽으니, 주검이 강수(江水)를 막아 물이 흐르지 못하는지라 청정이 승전고를 울리며 군사를 퇴진하여 충주목사(忠州牧使) 지군(池君)과 병사(兵使) 문명(文名)을 베고 제장이 순신을 탐지(探知)하고 경기도로 향하니 그 형세를 당할 자 없다.

3. 정출남(鄭出男)

차설, 때는 임진년 사월이다. 충청도에서 장계가 올라왔거늘 *개탁(開坼)하니 씌어 있기를,

---

*개탁(開坼)——봉한 편지나 서류를 뜯어봄.

"왜적이 강성하여 칠십만 대병을 총독(總督)하여 동래부사를 죽이고 각도를 쳐부수니, 청정과 소섭은 삼국 조자룡이라도 당치 못한다."

하고,

"경상도 칠십일 주를 항복받고 충청도로 와서 신립과 합전(合戰)하여 신립의 십만 대병을 함몰하고 신립도 물에 빠져 죽사오니, 왜적이 승전하여 충주 목사와 병사를 죽이고 경도(京都)로 향하오니, 복원 전하는 급히 도적을 막으시옵소서."

하였거늘, 상이 대경하여 최일령의 몽사 해득한 것을 그제야 아시고 원찬 보내신 것을 한탄하시며, 더욱 생각하시며 좌우 제신을 둘러보며 말씀하시기를,

"뉘 능히 왜적을 대적하리요."

하시매,

"안으로 용장이 없고 밖으로 적세 위급하니, 뉘라서 도적을 함몰하고 종묘사직(宗廟社稷)과 도탄(塗炭)에 든 백성을 구하여 짐의 근심을 없게 하리요."

하시니, 포도대장 정출남이 출반주(出班奏) 왈,

"신이 비록 재주 없사오나 한 칼로 왜적을 함몰하고 전하의 근심을 덜리라."

하니, 상이 대희하며 군사 오만과 용장 오십여 명을 주며 말씀하시길.

"경이 나가 조심하여 왜적을 함몰하고 짐의 근심을 없게 하라."

하시니, 출남이 수명(受命)하고 남대문을 나와 제장을 불러 소임을 맡기니, 김여춘(金如春)으로 선봉을 삼고, 백여철(白如喆)로 중군장(中軍將) 삼고, 남익신(南益信)으로 우익장(右翼將)을 삼고, 양희발(梁喜勃)로 좌선봉을 삼고, 김치운(金治雲)으로 후군장 삼고, 그 남은 장졸을 각각 소임을 정한 후에 정출남은 청총마(青驄馬)를 타고 칠십 근 장창(長槍)을 좌우에 갈라 쥐고 군중에 하령(下令)하기를,

"군중에 만일 영을 어기는 자 있으면 군법으로 다스리리라."

하고, 행군하여 충주로 내려와 적진을 살펴보니, 진세 대단하거늘,

출남이 싸움을 돋우니, 청정이 운천동(雲天東)으로 좌익장을 삼고 제장의 소임을 각각 맡긴 후에 방포 소리 나며 *팔만금사진(八萬禁巳陣)을 치거늘, 정 원수(元帥) 또한 방포 일성에 오행진을 치고 중군장 백여철로 진세를 지키게 하고 병창(竝唱) 출마하여 크게 외치기를,

"적장은 들어라. 네 아무리 무도(無道)한들 천의(天義)를 모르고 외람히 남의 예의지국을 침범하여 불쌍한 백성만 죽이지 말고 빨리 나와 내 칼을 받아라. 우리 전하께서 나로 하여금 너희들을 함몰하라 하옵기에 왕명(王命)을 받아 왔으니, 빨리 나와 내 칼을 받아라."

하니, 적진에서 한 장수 내달아 외치기를,

"조선 정출남은 들어라. 나는 왜국 선봉장 청룡(淸龍)이다. 조그만 네가 당돌히 우리를 능욕하여 우리 대군을 희롱하기로 네 목을 베어 분함을 풀리라."

하고, 달려들어 합전하니, 양진의 고각함성은 천지를 흔드는 듯 분분한 창빛은 일월을 희롱하는 듯한다.

이십여 합에 승부를 결단치 못하여 양장(兩將) 싸우는 모양은 두 범이 밥을 다투는 듯, 청황룡(靑黃龍)이 여의주(如意珠)를 다 토하듯 하는지라 출남이 기운을 내, 소리를 지르며 칼을 날리어 청룡을 치니, 청룡의 머리 말 밑에 떨어지니 칼 끝에 꿰어 들고 크게 외치기를,

"청정도 빨리 나와 내 칼을 받아라."

하니 청정이 제 아우 주검을 보고 분기충천하여 쫓아오거늘 바라보니, 신장이 구척이요 보신갑(保身甲)을 입고 일백 근 철추를 들고 오른손〔右手〕에 일백 근 명천검(鳴天劍)을 들고 적토마(赤兎馬)를 타고 살같이 달려온다.

정출남이 한번 바라보니, 정신이 아득하여 말 머리를 돌리어 본진으로 들어오더니, 청정이 천동(天動)같이 달려오며 외치기를,

"조선 장군 정출남은 달아나지 말고 내 칼을 받아라. 네가 내 아우를 죽였것다!"

---

*팔만금사진(八萬禁巳陣)——진법(陣法)의 한가지.

하며, 오른손의 명천검으로 정출남을 내리치니 출남의 머리가 말 밑으로 댕강 떨어진다.

명천검으로 출남의 목을 꿰어 들고 십만 대병을 한 칼로 순식간에 함몰하고 횡행하며 베니, 주검이 태산 같고 유혈이 강물같이 흐른다. 청정이 승승하여 승전고를 울리며 본진에 들어오니, 모든 장수들이 치하하며 말하기를,

"장군 용맹 아니면……."

하니, 청정이 웃으며 말하기를,

"대장부 세상에 나서 용맹이 없으면 만리타국에 나와 남의 나라를 어찌 치리요."

하고, 군사를 재촉하여 도성을 향하여 치니 그 형세를 당할 자 없었다.

차설하고 이때 전하께옵서 정출남을 전쟁터에 보내시고 십여일 동안 소식을 몰라 근심하시더니 뜻밖에 양주(楊州) 땅에 장계가 와 급히 개봉하여 보니,

"정출남은 양주에서 왜장과 합전하여 왜장 청룡을 베고 도리어 청정의 칼에 죽고 그로 인하여 십만 대병이 함몰하옵고 또 적이 도성을 범하니, 복원 전하는 급히 도적을 막으시옵소서."

하였거늘, 상이 놀라며 여러 신하들을 모아 탄식하여 말하기를,

"적세가 위급하니, 무슨 계교를 내어 종묘사직을 안보하리요."

하시며, 용안에 눈물을 흘리시니, 좌우 신하들이 황급하여 어찌할 줄을 모른다.

수문장이 급히 아뢰기를,

"도적이 벌써 한강(漢江)을 건넜다."

하거늘, 상이 망극하사 어영대장(御營大將) 최달성(崔達性)과 금위대장(禁衛大將) 백수문(白壽文)을 불러 말하기를,

"성중(城中)의 백성을 총독하여 동서남북 사대문을 굳게 지키게 하라."

하시고, 남문으로 나와 갈 바를 알지 못하시더니, 김원동(金元東)이

말하기를,

"평안도는 아직 도적이 아니 들어왔다 하오니, 복원 전하는 그리로 가옵소서."

하고, 전하를 모시고 평안도로 떠났는데 이때 도적이 조선왕이 피난한 줄 모르고 도성만 에워싸고 지키며 크게 외치기를,

"조선 왕은 빨리 나와 항복하라."

하는 소리 도성이 무너지는 듯하니, 성중에 있는 사람이야 그 아니 망극할까. 서로 붙들고 통곡하며 물끓듯 하더니, 문득 남대문으로 오색 구름이 일어나며 일원 대장이 대병을 거느리고 왜진을 헤쳐 우레같은 소리를 지르며 청정을 불러 말하기를,

"우리 조선국 사직이 사백 년이 넉넉하거늘, 너는 방자히 천운을 모르고 불쌍한 백성만 죽여 시절을 요란케 하느냐? 바삐 물러가라. 나는 삼국적 관운장(關雲長)이라."

하거늘, 청정이 대경하여 바라보니, 일원 대장이 적토마를 타고 삼각수(三角鬚)를 거느리고 봉(鳳)의 눈을 부릅뜨고 청룡도(靑龍刀)를 빗겨들고 천병만마(千兵萬馬)를 거느리고 섰으니 완연한 관운장이다.

황급히 말을 몰아 평안도로 향하다.

4. 김덕령(金德齡〔原文, 金德陽〕)

이때 평안도 평강(平康 : 사실 평강은 강원도임) 땅에 김덕령이라 하는 사람이 있는데, 연광(年光)이 십오 세요, 힘은 능히 천 근을 들고 일두(一斗) 밥을 먹고 둔갑장신(遁甲藏身)은 삼국적 제갈량(諸葛亮)에 더하다 하고 시절이 태평하기로 농사를 일삼더니, 가운이 불행하여 부친 상사를 당하매, 애통으로 세월을 보내더니, 뜻밖에 왜적이 조선을 둘러싼단 말을 듣고 모친 앞에 나가 여쭙기를,

"소자가 듣사오니, 왜적이 가까이 왔다 하오니, 복원 모친은 허락하옵소서. 부친 상복을 벗어 상문에 사르고 왜적을 쳐 물리치고, 국가의 근심을 덜고, 시절이 태평하오면 소자의 이름이 죽백(竹帛)에

올라 부모에 영화를 뵈옵고 복록(福祿)을 받을 듯하오니, 모친은 허락하옵소서."

하되, 모친이 꾸짖어 말씀하시길,

"우리집 사람은 너 하나뿐이다. 선영(先塋) 향화(香火)를 받들 것이어늘, 어찌 이런 말을 하느뇨? 옛날 명나라 호왕(胡王)이 둔갑을 이루어 소대성(蘇大成)을 유인하여 장운동에 불을 질렀으나, 소대성을 잡지 못하고 도리어 대성의 칼을 면치 못하여 죽고 초패왕(楚覇王)의 역발산(力拔山) 기개세(氣蓋世)로도 오강(烏江)을 못건너서 머리를 베어 정장(亭長)을 주었으니, 너 무슨 재주로 왜적을 물리치리요. 속절없이 전장 백골이 될 것이니, 이런 말 내지 말고 농업이나 힘쓰라."

하니, 덕령이 모친의 영을 거역할 수 없어 탄식만 하다가, 도적이 가까이 왔단 말을 듣고 모친 모르게 상복을 벗어 상문에 걸고 집을 나와 순식간에 왜진에 들어가니 청정이 김덕령을 보고 놀라 수문장을 불러 호령하기를,

"진문(陣門)을 허술하게 하여 조선 사람을 들어오게 하느냐?"

하고 군중에 하령하기를,

"활과 총으로 쏘아 잡으라."

하니 활과 총이 비오듯 하거늘, 김덕령이 몸을 피하였다가 총과 화살이 그친 후에 다시 진중에 들어가 청정을 보고 불러 말하기를,

"나는 평안도 평강 땅에 사는 김덕령이다. 네가 천운을 모르고 외람한 뜻을 가져 의기양양하기로 내 왔으니, 내 재주를 보라. 내일 오시(午時)에 수만 명 군사 머리에 백지 한장씩을 붙일 것이니, 그리 알라."

하고, 문득 간 데 없거늘,

청정이 이상히 여겨 제장에게 분부하여 말하기를,

"내일 총과 활을 많이 준비하였다가 사시(巳時) 말이나, 오시 초 되거든 일시에 짐승이라도 쏘아 죽이라."

하니, 그 이튿날 사시 말 오시 초쯤 되어 사면으로서 채색 구름이 일

어나며 지척(咫尺)을 분별 못하고 눈을 뜨지 못하더니, 이윽고 하늘이 청명하고 덕령이 들어와 청정을 불러 꾸짖기를,

"나의 재주를 보라."

하고, 백지를 던지니, 억만 군사 머리에 감기거늘, 억만 군사가 백화(白花) 밭이 되었다.

청정이 그 재주를 보고 크게 실색하여 말하기를,

"내 팔 년을 공부하였으나, 저러한 재주를 배우지 못하였으니, 어찌 하리요. 저 사람을 유인하여 선봉을 삼으면 염려없이 대사를 이루리라."

하고 자탄(自歎)하니, 덕령이 머리에 달린 백지를 일시에 걷어 치우고 청정을 불러 말하기를,

"나도 운수 불길하기로 재주만 뵈었으니 빨리 돌아가라. 만일 듣지 아니하면 부친 상옷을 상문에 사르고 너희를 한 칼로 무찌를 것이니, 부디 잔명(殘命)을 보전하여 급히 돌아가라."

하고 간 데 없거늘, 청정이 의심하여 급히 성중으로 돌아갔다.

차설, 이때 전하께옵서 영의정 정현덕(鄭玄德)을 데리시고 평안도로 가셨다. 이때 소섭이 평양(平壤) 성중을 함몰하고 근처에 온단 말을 들으시고, 평안도 토곡(土谷) 성중에 유하시니, 십구세 된 아이가 있으되, 힘은 천 근을 들고 재주와 용맹이 무궁하나 기개가 없기로 소섭을 대적지 못하였더니, 하루는 한 양반이 들어와 그 아이를 보며 말하기를,

"네 기상을 보니 재주를 미간(眉間)에 나타낸지라. 군사를 거느려 도적을 멸하고 대공을 세움이 네 마음에 어떠하냐?"

그 아이 생각하기를,

"이 양반이 혹시 누구신가?"

하고, 복지하여 아뢰기를,

"소신이 재주는 없사오나 국병(國兵)이 이러하온데 어찌 노약(老弱)한들 도적을 치지 아니하리까."

하매 전하 말씀하시기를,

"네 성명은 뉘라 하느냐?"

그 아이 아뢰기를,

"소신의 성은 김이요, 명은 고원(古元)이로소이다."

상이 즉시 편지를 써 주며 말하기를,

"내 말을 타고 곧 관에 가 부윤(府尹) 한성록(韓成錄)을 주라."

하시되, 고원이 *봉명(奉命)하고 곧 관에 가 부윤을 보고 편지를 드리니, 부윤이 대경황망(大驚遑忙)하여 즉시 떠나 평안도 토곡 성중으로 들어와 땅에 엎드려 사배하되 상이 반가워서 용안에 용루(龍淚)를 흘리시며 탄식하며 말씀하시기를,

"국운이 불행하여 왜적이 허를 짓치니, 선조대왕의 종묘를 어찌 안보하리요. 평양으로 향하여, 소섭이 평양 성중에 웅거(雄據)하였기로 이곳에 유한다."

하고 통곡하시더니, 한성록이 복지하여 아뢰기를,

"소신은 국변(國變)이 이러하였으되, 대왕께옵서 이리와 계신 줄 알지 못하옵고 태만(怠慢)히 있다가 조서(詔書)를 받으러 왔으나, 신의 죄는 만사무석(萬死無惜)이로소이다. 복원 전하는 근심치 말으소서."

하되, 상이 눈물을 거두시고 한성록에 장계하시기를,

"군사 모아 도적을 막으라."

하셨다.

이때 조선의 삼백육십 주(州) 중에 삼백 주는 왜놈의 땅이 되고 육십 주만 남았으며, 함경도 천북(天北) 군사만 남았으니, 길이 막혀 왕래치 못하고 황해도 군사는 산곡으로 피난가고 경기도 군사 팔십 명은 도성을 지키게 하고 다만 평안도 군사만 거두니, 겨우 일만 명이라. 상이 말씀하시기를,

"군사도 부족하거니와 장수도 없으니, 도적을 어찌 막으리요."

하시며, 최일령을 생각하시며, 제신을 둘러 보시고 탄식한다.

차설, 이때 귀향 갔던 최일령이 동래 적소에서 생각하되,

---

*봉명(奉命)——임금의 명령을 받듦.

"이제 왜적이 사방에 흩어졌으니 어찌 길을 통하여 왕명을 구하리요."

하고, 즉일 길을 떠나 몸을 감추어 경성으로 향할 때, 도적에게 잡힐까 하여 낮이면 숨어 있고 밤이면 행하여 십여일 만에 도성에 이르니 대왕은 피난가시고 장안에 들어선즉 장안이 적적하고 국궐(國闕)이 소슬(蕭瑟)하매, 문득 전하께서 평안도로 피난하시었단 말을 듣고 토곡성에 이르러 전하께 뵈옵고 복지 통곡하니, 상이 대경 대희하시며, 일령의 손을 잡으시고 눈물을 흘리며 말씀하시기를,

"짐이 경의 말을 들었으면 이런 환(患)을 아니 당할 것을 도시(都是) 짐이 불명하여 경을 멀리 귀양보냈으나, 경은 옛일을 생각지 아니하고 짐을 찾아 오니 더욱 불인(不忍)하도다."

하시며,

"경은 연전사(年前事)를 생각지 말고 선조공 창건하신 나라를 위하여 도적 막을 모책(謀策)을 가르치라."

하시니, 최일령이 땅에 엎드려 아뢰기를,

"본도(本道)에 김응서(金應西)라 하는 사람이 있는데, 힘은 삼천 근을 들고 재주와 용맹은 삼국적 조자룡을 압도(壓倒)한다 하오니, 급히 그 사람을 명초(命招)하여 도적을 막으소서."

하니, 전하 기꺼이 사신(使臣)을 보내시더라.

5. 김응서(金應西)

차설, 이때 김응서는 본도에 있어 왜난을 당하여도 왕명이 없기로 사직(社稷)을 받들지 못하여 탄식을 마지 않더니, 하루는 사신이 와서 왕명을 받고 전하거늘, 김응서 즉시 *갑주(甲冑)를 갖추고 천리준총마(千里駿驄馬)를 달려 토곡성에 도달하여 전하께 뵈오니, 상이 대희하사 바라보니, 눈은 소상강(瀟湘江) 물결같고 신장 팔 척이요, 황금 투구에 순금 갑옷을 입고 구십 근 장창을 좌수에 들고 팔십 근 철추를

---

*갑주(甲冑)—— 갑옷과 투구.

우수에 들었으니 짐짓 영웅이라.

상이 만심환희(滿心歡喜)하시며 일령더러 말하기를,

"이제 명장을 얻었거니와 군사가 부족하니, 어찌하리요."

일령이 아뢰기를,

"조선 군사로서는 당치 못할 것이옵고 조선 장수 김웅서는 왜적을 당하지 못할 것이오니, 복원 전하께서는 중국청병(中國請兵)을 보내옵소서."

상이 옳게 여기고 청병 사신을 택출하려 할 즈음에 병조판서 유성룡(柳成龍〔原文, 柳石龍〕)이 땅에 엎드려 아뢰기를,

"신이 청병 사신으로 가리이다."

하니, 상이 대희하사 즉시 유성룡으로 청병 사신을 정하여 보내더라.

일령이 응서더러 말하기를,

"왜적 소섭이 평양 기생 월천을 첩으로 삼았다 하오니, 월천과 약속을 하면 소섭을 죽이기는 그대 장중(掌中)에 있거니와 연광정 높은 뜰에 방울로 진을 쳤으니 소리 막을 재주 있느냐?"

응서 대답하기를,

"방울 소리는 둔갑으로 막으려니와 월천과 약속할 묘책을 가르치소서."

일령 말하기를,

"당태 한 근과 독한 술 백여 병을 가지고 십여 장성을 넘어가서 당태로 방울 소리를 막은 후에 연광정에 들어가면 자시(子時)초쯤 월천이 나올 것이니, 월천의 손을 잡고 입을 귀에 대고 일일이 약속을 단단히 정하고, 술을 먹인 후에 장군이 조심하여 소섭을 베고 즉시 정하(亭下)에 엎드려서 소섭에게 죽기를 면하라."

하되, 응서 대답하고 당태 한 근과 독한 술 백여 병을 가지고 평양 팔십 리를 진시(辰時)초에 떠나 유시(酉時)말에 도달하여 말을 문외(門外)에 매고 때를 살펴보니 초경이 되었는지라.

몸을 날려 십오 장 성을 뛰어 넘어 가서 신장(神將)을 불러 당태를 주며 말하기를,

"방울소리를 막으라."

하고 연광정에 들어가니, 소섭이 등촉을 밝히고 월천을 데리고 노래도 부르며 이렇듯이 희롱하거늘, 응서 몸을 날려 감추고 월천이 나오기를 기다리더니 자시초쯤 하여 월천이 나오거늘 응서 월천의 손을 잡고 말하기를,

"너는 비록 기생이나 조선 국록(國祿)을 먹고 왜놈을 섬겨 부부지예(夫婦之禮)를 행하는다? 나는 왕명을 받고 소섭을 죽이러 왔으니, 너의 뜻이 어떠하냐?"

월천이 말하기를,

"소녀는 계집이오며 비록 왜장 소섭의 첩이 되었사오나 장군같은 영웅을 만나지 못하여 주야로 원이 되옵더니, 명천(明天)이 감동하사 장군님을 만났사오니, 어찌 반갑지 아니하리요. 장군님의 약속을 가르쳐 주옵소서."

응서 대희(大喜)하여 독한 술병을 내어주며 말하기를,

"이리 이리 하라."

하고 소섭의 거동을 낱낱이 물으니, 월천이 대답하기를,

"소섭이 반만 잠이 들면 한 눈만 뜨고 잠이 다 들면 두 눈을 다 뜬다."

하고, 방으로 들어가 소섭더러 말하기를,

"소녀의 오라비가 있사와 지금 장군님을 뵈러 왔사옵니다. 문 밖에 있사옵니다."

소섭이 반겨 말하기를,

"너의 오라비 왔다 하니, 나와 남매간이라 어찌 반갑지 아니하리요."

하니, 월천이 즉시 문 밖에 나와 응서를 청하니, 응서 들어가 예필(禮畢) 좌정(座定) 후에 소섭이 김응서의 상을 보고 크게 기뻐하며 말하기를,

"재주 있고 여러 장수 죽일 재주 가졌으니 실로 영웅이로다. 그대는 나를 도우면 조선장수 팔장을 벤 후에 나는 청정의 부장(副將)이 되

고 청정은 조선 왕 되고 우리 둘이 대공을 이룬 후에 일등 공신(功臣)이 되어 국록을 먹고 이름을 후세에 빛낼 것이니, 그대는 나를 도움이 어떠한가?"

응서 거짓으로 기뻐하며 허락하더라.

이때 월천이 아뢰기를,

"소녀 오라비가 주효(酒肴)를 가지고 왔으니 장군님과 분배하여 잡수시길 바랍니다."

소섭이 허락하여 말하기를,

"너의 오라비가 제 누이를 위하여 주효를 가지고 왔다 하니 더욱 반갑도다."

하며 잔을 잡고,

"술 부어라."

하니 월천이 거동보소. 홍상(紅裳)치마 후리쳐 꿰고 술 부어 들어 두 손으로 한 잔 권코 두 잔 권코 일배일배부일배(一盃一盃復一盃)라. 한 병 술을 다 먹으니, 술이 대취하여 자리에 넘어지거늘 응서가 월천을 데리고 문외로 나와,

"다른 의심은 없느냐?"

하니, 월천 대답하기를,

"다른 의심은 없사오니, 급히 처치하옵소서."

응서 문을 열고 보니, 소섭이 눈을 부릅뜨고 이수(頤鬚)를 거사리고 잠이 깊이 들었거늘 응서 칼을 들고 칼춤을 추며 들어가니, 소섭의 칼 명천검 빛난 칼이 벽상에 걸렸다가 응서 들어옴을 보고 치려 하다가 칼 임자가 잠이 깊이 들었기로 용납만 할 뿐이러라. 응서에게 월천이 이왕에 그 칼재주는 아는지라,

"입으로 침 세 번만 뱉고 달려들어 치라."

하니 응서가 그대로 시행하고 후려치니, 소섭의 머리 검광(劍光)을 좇아 떨어지는지라 응서 칼을 던지고 즉시 땅에 엎드려서 엿보더니, 문득 목 없는 소섭이 일어나며 벽상에 걸린 칼을 들고 휘두르며 한번 들어 연광정 대들보를 치고 넘어지거늘, 응서 그제야 목을 칼 끝에 꿰

어 들고 월천을 옆에 끼고 십오 장 성을 넘어가 월천더러 말하기를,

"시운이 불행하여 너도 소섭의 첩이 되었으나 잠시라도 부부지예는 일반이라. 너로 하여금 소섭을 죽였으나 너를 살려 두면 나도 소섭 같이 환을 당하리라."

하고, 마지 못하여 월천의 머리를 베고 통곡하며 토곡성에 득달하여 전하께 소섭의 머리를 드린 후에 또 월천의 머리를 올리니, 상이 일변 대희하시며 일변 애련히 여기사 응서의 손을 잡고 칭찬하며 말하기를,

"월천이 비록 미천한 계집이나 일단 충성을 생각하고 소섭을 죽이고 또 저도 죽었으니, 월천은 천추만대(千秋萬代)에 이름이 빛나리라."

하시더라.

차설, 이때 유성룡이 중국 청병 사신으로 들어가 황제께 뵈오니 황제 묻기를,

"조선에 무슨 연고 있기로 짐의 나라에 들어 왔는고?"

성룡이 엎드려 아뢰기를,

"소신 나라 운수 불길하여 왜난을 당하여 종묘사직이 조모(朝暮)에 위태롭고 중지(重地)를 뺏기어 소신의 국왕이 평안도 토성중으로 피난하시고 적세가 위급하와 들어 왔나이다."

하고 패문(牌文)을 올리니,

천자 보시고 크게 놀라시며 만조(滿朝) 제신을 모아 말씀하시기를,

"조선 국왕이 왜난을 만나 구원병을 청하였으니, 경들의 뜻은 어떠한지?"

하고 물으니 좌승상(左丞相) 유필이 아뢰기를,

"하교(下敎) 지당하오나 지금은 농절(農節)이오니, 청병 보내기 불가한 줄 아룁니다."

하니, 천자 혼자 임의로 결정치 못하여 허락지 아니하시니, 성룡이 그저 돌아와 그 연유를 상달하니 상이 일령을 불러 말씀하시기를,

"청병 사신이 그냥 왔으니 어찌하리요."

하시니, 일령이 아뢰기를,

"전하는 근심치 말으소서. 청병은 스스로 오리이다."

하니, 상이 청병 오기만 기다린다.

차설, 이때 왜장 평수길(平秀吉)이 삼만 군졸을 거느려 경상우도를 짓쳐 진주(晋州 : 原文에는 陳州임)에 웅거하였으며, 이때 본읍 기생 모란(牡丹)이라 하는 기생이 한갓 충성만 생각하고 한 꾀를 내어 왜장 평수길을 데리고 촉석루(矗石樓)에 올라가 잔치를 베풀고 즐겨하니 분분한 풍류 소리는 바람을 좇아 반공(半空)에 자자(藉藉)하고 불빛 같은 홍상치마는 누상에 비쳤는데 향기는 십 리에 진동하니, 왜장이 묘함을 탐하는 중에 술이 대취하였다. 모란이 군졸 없는 때를 승시(乘時)하여 거문고를 놓고 섬섬옥수(纖纖玉手)를 넌짓 들어 탁문군(卓文君)의 봉(鳳)이 황(凰)을 구하는 곡조를 타다, 춤추며 홍상치마를 걷어쳐 안고 처량한 곡조와 슬픈 노래를 부르니, 그 소리 처량하여 단산(丹山) 봉황이 우는 듯하다. 모란이 충성만 생각하고 생사를 돌아 보지 않고 일평생에 이름만 빛내고자 함을 뉘 알랴. 그 모란의 태도는 사람의 정신이 아득하고 간장이 녹는 듯한지라. 평수길이 흥을 이기지 못하여 모란을 안고 칼춤을 추며 즐길 즈음에 모란이가 덥석 안고 촉석루 난간에 뚝 떨어져 만경창파(萬頃蒼波) 깊은 못에 속절없이 죽는다. 왜장이 대경하여 즉시 평수길의 시체를 건지고 즉시 또 모란의 시체를 건져 놓고 군사를 몰아 즉시 청정의 진으로 갔다.

차설, 이때 대왕이 청병 오기만 기다리시는 중에 진주목사로부터 장문(狀聞)이 와 즉시 뜯어보니,

"퇴재상 이순신이 왜장을 대적하여, 괴이한 묘책을 내어 한산도의 왜장을 무수히 죽이고 성공하여 돌아오다가 왜장의 살에 맞아 죽고 본읍의 모란이라 하는 기생은 다만 충성만 생각하고 왜장을 데리고 촉석루에 올라 춤추다 왜장을 안고 물에 빠져 죽었사오니, 과연 이런 충성은 전고(前古)에 없을까 하나이다."

라고, 씌었거늘 상이 보시고 크게 놀라며 말씀하시기를,

"시절이 태평하거든 순신은 충무공(忠武公 〔原文, 忠烈公〕)을 봉(封)

하여 서원 짓고 춘추로 제향(祭饗)을 받게 하고 모란은 촉석루 앞에 비를 세워 충렬(忠烈)을 표하라."
고 하셨다.

6. 이여송(李如松)

이때 중국 천자께서는 청병 사신을 그냥 보내고 밤낮으로 염려하였다. 어느 날 밤에 동대로서 일원 대장이 내려와 탑전(榻前)에 엎드려 아뢰기를,
"형님은 어찌 청병을 보내지 아니하십니까?"
하니, 천자 크게 놀라며 묻기를,
"그대가 귀신인가, 사람인가, 어찌 날더러 형님이라 하는고?"
장수 대답하기를,
"소장(小將)은 삼국적 관운장(關雲長)이옵고 형님은 유현덕(劉玄德)이 환생(還生)하여 천자가 되고 장비(張飛)는 환생하여 조선 왕이 되고 소장은 미부인(糜夫人)을 모시고 조조(曹操)에게 갔다가 무죄한 사람을 죽이므로 환생치 못하고 조선 지경을 지키는데, 지금 왜적이 조선을 덮어 거의 땅을 다 뺏기고 종묘사직이 경각간에 망하게 되었고 조선 왕명이 시각에 있사온데, 형님은 어찌 청병을 아니 보내십니까?"
천자 그 말을 들으시고 마음이 비창(悲愴)하여 대경 통곡하시고 그 장수를 살펴보니 신장은 구 척이요 손에 청룡도를 비껴 들고 봉의 눈을 부릅뜨고 삼각수를 거사리고 있으니, 분명한 관운장이라.
천자 용상에서 내려와 재배하고 말씀하시기를,
"장군은 누구를 보내라 하십니까?"
운장이 말하기를,
"청병은 팔십만만 보내고 장수는 당나라 이여송을 보내시면 왜적을 물리치고 조선을 구하오리다."
뜰 아래 내려서 말하기를,

"형님이 내 말을 아니 들으면 무사치 못하리다."
하고 문득 간 데 없거늘, 천자 대경하여 공중을 향하여 재배하고 이튿날 조회(朝會)에 백관(百官)을 모아 의논하기를,

"짐이 간밤에 일몽을 얻으니, 관운장이 나타나서 여차(如此)여차 하고 저리저리하고 청병을 보내라 하기로 청병은 못 보낸다 하였으나 제경(諸卿)들의 뜻이 어떠한지?"

제신이 아뢰기를,

"운장이 본디 충절있는 장수오니, 지휘대로 하옵소서."

천자 즉시 조서를 익주(益州)에 내려,

"군사 팔십만 명을 거두라."
하시고, 당나라 이여송을 명초하고 말씀하시기를,

"짐이 경의 재주를 아는지라 조선에 나가 왜놈을 물리치고 공을 세워 이름을 빛내고 들어오면, 이름을 죽백에 올려 대국의 일등공신이 되게 하리라."
하니, 이여송이 엎드려 아뢰기를,

"소신이 재주 없사오나 동국(東國)에 나가 왜적을 함몰하고 들어 오리다."

천자 크게 기뻐하며 대원수(大元帥)에게 *대장절월(大將節鉞)을 주었다.

이여송이 하직 숙배(肅拜)하고 행할 때 만조백관이 사십리에 나와 전송하기를,

"장군은 만리 밖의 동국에 나가 대공을 세우고 돌아오면 그 공을 치사(致謝)하리라."
하니, 이여송이 답하기를,

"조그마한 왜놈을 어찌 근심하리요."
하고, 익주로 향하여 팔십만 대병을 거느리고, 제장을 불러 소임을 맡기는데, 그 아우 이여백(李如栢)으로 선봉을 삼고 이여월(李如月 : 李如梧인 듯함)으로 후군장을 삼고 호령하기를,

---

*대장절월(大將節鉞)——대장(大將)이 도임할 때 임금이 주는 절(節)과 부월(斧鉞).

"만일 군 중에 태만한 자 있으면 군법으로 시행하리라."

하고 천리준총마를 타고 머리에는 구룡군관(九龍軍冠)이요 몸에는 홍황단전복(紅黃緞戰服)이요 우수에 팔각도(八角刀)를 들고 좌수에는 우모단수기(羽毛緞繡旗)를 들었고, 황금 대자(代赭)로 썼으니 '대사마(大司馬) 대장군 당나라 이여송'이라 하였다.

즉시 발행하여 조선으로 향하니 기치창검은 일월을 가리고 고각함성은 천지를 뒤흔드는 듯하여, 물결은 출렁출렁 압록강 건너와서 탐지를 보내니, 조선 왕이 제신을 거느리고 백리 밖에 나와 맞으며, 상이 두번 절하고 좌정 후 말씀하시기를,

"장군님이 황상의 명을 받아 원로에 수고를 하셨으니 과인(寡人)의 마음이 불안하옵니다."

하시니, 이여송이 두 번 절하고 말하기를,

"대왕은 뜻밖에 왜난을 당하시어 얼마나 근심하십니까. 황상의 명을 받고 와 대왕을 뵈오니, 대왕의 지성이 없사오니 아무리 생각하여도 돕지 못하고 그저 돌아갈 것 같습니다."

하니, 상이 근심하며 일령더러 여송의 하던 말을 낱낱이 이르니 일령이 아뢰기를,

"전하는 근심치 말으소서. 당장(唐將)이 있는 뒤에 칠성단(七星壇)을 모시고 독을 쓰고 축문(祝文)을 읽으시면 당장이 듣고 용서할 도리가 있으니 그대로 하십시오."

상이 즉시 영을 내려,

"단을 만들라."

하시고, 단에 올라 독을 쓰고 슬피 통곡하시니, 여송이 듣고 묻기를,

"우는 소리 어디서 나느냐?"

군사 아뢰기를,

"조선 왕이 이 장군님이 그저 회군하신단 말을 들으시고 우시옵니다."

하니, 이여송이 탄식하여 말하기를,

"슬프다. 상을 보니 왕후의 기상이 아니더니, 울음 소리를 들으니,

용의 울음 소리 분명하다. 사백 년 사직이 넉넉하다."
하고, 즉시 제장을 불러 소임을 맡기매 조선 장수 구름 모이듯 한다.

평안도 평강 땅에 사는 김응서(金應西)와 전라도 전주 사는 강홍엽(姜弘葉)과 황해도 사는 김승태(金勝台)와, 함경도 사는 유홍수(柳弘守)와 강원도 사는 백철남(白鐵南)과 경기도 사는 문두황(文頭黃) 등 여러 사람들이 모이되 모두 범같은 장수다. 각각 갑주를 갖추고 이여송을 뵙는데 이여송이 보고 칭찬하기를,

"조선 같은 편소지국(偏小之國)에 저러한 영웅호걸이 많거든 어찌 요란치 아니하리요."

하고 그 중에 재주를 보려 하고 높은 깃대 끝에 황금 일만 냥을 매달고 이르기를,

"제장 중에 저기 달린 황금을 떼어 오는 자 있으면 선봉을 삼으리라."

하니, 제장이 영을 듣고 한 장수 내달아 춤추며 몸을 날려 솟구쳐 황금을 철추로 치니, 황금이 떨어진다. 또 한 장수 내달아 몸을 솟구쳐 남은 금을 떼어 가지고 들어 오니, 이여송이,

"그대는 성명을 뉘라 하는고? 또 먼젓번 장수도 뉘라 하는고?"

장졸이 대답하기를,

"먼저 장수는 김응서요, 두번째 장수는 강홍엽이라 하옵니다."

하니, 응서로 선봉을 삼고 홍엽으로 후선봉을 삼고 유홍수로 좌익장을 삼고 백철남으로 우익장을 삼고 김일관(金一官)으로 군량장(軍糧將)을 삼고 그 남은 제장은 다 후군장을 삼아 제장이 군사를 몰아 강원도 왜장 청정의 진으로 향하였다. 이때 대왕께서 유성룡을 불러 말씀하시기를,

"조선 군사와 중국 군사의 군량장을 맡아 수운하라."

하셨다.

차설, 이때 이여송이 말하기를,

"좋은 술 천 독만 내일 식전에 대령하라."

하니, 응서 대답하고 나와 군중에 전령하기를, 땅 밑을 깊이 파고 술

천 독을 묻고 그 위에 백탄 숯을 피워 밤새 끓이게 하여 그 이튿날 술 천 독을 대령하니, 이여송이 보고 칭찬하기를,

"조선도 명인이 있다."

하고 또 분부하여 말하기를,

"내일 조시(朝時)에 용탕(龍湯)을 대령하라."

하니, 응서 능히 대답하고 나와 서천(西天)을 바라보고 슬피우니, 어떠한 용이 시냇가에 죽었기에, 즉시 용탕을 지어 올리니, 이여송이 또 말하기를,

"소상반죽(瀟湘班竹) 젓갈을 들이라."

하니, 응서 능히 대답하고 나와 전하께 상달하니, 상이 말씀하시기를,

"그전 선조시에 신하 중 어떠한 양반이 일후에 써 먹을 일이 있다하며 전하여 온 것이 있으니 급히 가져가라."

하시니, 응서 반겨 듣고 젓갈을 갖다 올리니, 이여송이 칭찬하기를,

"천재로다, 천재로다. 이런 사람은 세상에 없도다."

하고 또 분부하기를,

"내일 조시초에 백마(白馬) 백 필을 대령하라."

하니, 응서 능히 대답하고 군중에 전령하기를,

"분 칠도 하고 흰 가루 칠도 하여 백마 백 필을 대령하라."

하니, 이여송이 크게 웃으며 말하기를,

"임시 체면이라도 저렇듯 하니, 어찌 그대의 재주 없으리요."

하고, 유성룡으로 군량장을 삼고 군량을 수운하게 하고 청정의 진으로 향하였다.

이때 청정이 강원도 원주(原州) 성중에 웅거하고 있는데 군사가 아뢰기를,

"이여송이 군사를 거느리고 온다."

하니 청정이 대경하여 각도에 흩어진 장졸을 거두니, 명장이 팔백여 명이요, 정병이 십만여 명이나 된다. 청정이 북을 울리며 방포 일성에 팔만 군사가 진을 쳤다.

이여송이 원주에 당도하여 적진을 살펴보고, 진세를 쉽게 알아 본

다. 이여송이 북을 치며 싸움을 돋우니 적진에서 한 장수 내달아 외치기를,

"당장 이여송은 들어라. 우리 대왕께서 조선을 거의 다 얻었거늘, 너는 무슨 재주 있기로 망하게 된 조선을 구하고저 하여 우리를 치려 하느냐. 네 진중에 내 적수 있거든 빨리 나와 내 칼을 받아라."

하니, 선봉 김응서 병창 출마하여 크게 외치기를,

"우리 진 중에 영웅호걸이 구름 모이듯 하였거늘, 너는 어찌 죽기를 재촉하는고."

하고 싸워 삼십여 합에 이르러 응서의 칼이 번득하며 왜장 마원태(馬元台)의 머리가 땅에 떨어진다. 오장(五將)이 내달아 외치기를,

"조선 장수 김응서는 어찌 우리 장수를 죽이는가?"

하며 천둥같이 달려오니, 응서 말 머리를 돌려 우레같은 소리를 지르며 한 칼로 오장을 대적하여 십여 합에 이르러 기운이 쇠진(衰盡)하여 본진으로 돌아오려 하니, 이때 청정은 오장이 응서를 잡지 못함을 보고 분기충천하여 벽력 같은 소리를 지르며 방포 소리 내며, 방패를 갖고 명천검을 들어 응서의 말 머리를 치니, 말이 엎어지니 응서의 목숨이 경각에 달렸다.

이여송이 보고 대경하여 당장 삼 인을 명하여 응서를 급히 구해주니, 응서 본진으로 와 이여송께 치하하기를,

"장군의 명(明) 아니면 어찌 소장의 잔명을 보전하였으리까."

하고 이여송의 말을 얻어 타고 급히 들어가 싸우니 당장은 구인이요, 왜장은 오인이라.

양진의 고각함성은 천지진동하고 분분한 칼 빛은 하늘에 덮여 산중 맹호가 밥을 다투는 듯하고 벽해수(碧海水) 잠긴 용이 굽이 치는 듯한다.

십여 합에 이르러 적장의 칼이 번득하며 당장 이여월의 머리가 떨어지고, 선장(鮮將) 강홍엽의 칼이 번득하며 왜장 한일천의 머리 떨어지고, 김일관의 칼이 번득하며 왜장 한업(韓業)의 머리가 떨어지고, 김태승의 칼이 번득하며 왜장 문경의 머리가 떨어지니, 청정이 오장

의 죽음을 보고 분기를 이기지 못하여 말에 올라 나는 듯이 내달아 우레같이 소리를 지르기를,

"당장은 무슨 일로 나의 아장(亞將)을 다 죽였는가?"

하며 달려들거늘, 바라보니 신장이 구척이요, 일백 근 투구를 쓰고 몸에 구리갑을 입고 오른손에 일백 근 철추를 들고 왼손에 일백 근 명천검을 들고 한 자 입을 벌리고 달려들어 삼십 합에 청정의 칼이 번득하며 태경의 머리가 떨어지니 이여송이 당장의 죽음을 보고 병창 출마하여 외치기를,

"적장 청정은 어찌 나의 아장을 죽였는고? 너의 근본을 들으라. 너희 놈이 옛날 진시황을 속이고 동남(童男) 동녀(童女) 오백 인을 거느리고 들어가 나오지 아니하여 씨를 퍼뜨려 자칭 황제라 하며 강포만 믿고 조선국같은 예의지국을 침범하니, 어찌 분하지 아니하리. 너는 나를 당하지 못하거든 내 칼을 받으라."

하는 소리가 천지에 진동한다.

청정이 듣고 대로하여 말하기를,

"조선을 거의 다 얻었거늘, 너는 청병으로 와서 어찌 나를 당하랴."

하고, 명천검으로 이여송을 대적코자 하니, 고각함성은 천지진동하여 *천붕지탑(天崩地塌)하는 듯하여 십여 합에 승부를 결단치 못하고 청정이 기운이 진하여 말 머리를 돌려 본진으로 돌아가니, 명장 칠 인이 합세하여 청정을 쫓아오며 호통하는 중에 청정이 전면을 바라보니, 억만 대병이 내달아 길을 막으며 일원 대장이 외치기를,

"망발생의(忘發生意)하였으니, 어찌 천신(天神)인들 무심하랴. 청정은 달리지 말고 내 칼을 받으라."

하니 청정이 일전에 보던 관운장이라.

대경하여 운장과 더불어 십여 합에 기운이 쇠진하여 칼빛이 점점 둔한지라 명장 칠 인이 달려 들어 싸우니, 청정이 그물에 든 고기요, 쏘아 놓은 범이라. 이여송의 칼이 공중에 번개되어 운무(雲霧) 중에 빛나더니, 청정의 머리 검광을 좇아 떨어진다. 슬프다 청정의 용맹이

---

*천붕지탑(天崩地塌)——큰 소리에 천지가 진동함.

속절없이 죽으니 천신도 애달프도다.

응서 달려들어 칼 끝에 꿰어 들고 본진에 돌아와 춤추니, 이여송이 치하하기를,

"장군의 용맹은 왜국에 진동하고 천추에 유전(流傳)하리라."

한다.

차설, 이때 전라도 갔던 동철(同鐵)이며, 충청도 갔던 마웅태(馬雄台)며 함경도 갔던 봉철(鳳鐵)이 일시에 진을 파하고 청정의 진에 합세코자 하다가 청정이 죽었단 말을 듣고 대경 실색하여 일시에 달려들어 외치기를,

"당장 이여송과 조선 장수 김응서와 강홍엽은 어찌 우리 대장을 죽였는고. 우리들이 너희들의 머리를 베어 우리 대장의 원수를 갚겠다. 달아나지 말고 내 칼을 받아라."

하니 이여송이 듣고 분기를 이기지 못하여 칼을 들고 내닫고자 하니 김응서와 강홍엽이 만류하기를,

"장군은 노함을 참으소서. 소장 등이 나가 왜장을 베어 장군의 노함을 풀어드리겠습니다."

하고, 일시에 병창 출마하여 벼락같이 외치기를,

"너는 김응서와 강홍엽을 아느냐? 모르느냐? 두렵지 아니하면 빨리 나와 우리 칼을 받아라."

하니, 왜장이 일시에 달려들어 십이 합에 응서의 칼이 공중에 번개 되어 마웅태를 치니 머리가 땅에 떨어지매, 문경이 대경하여 크게 외치기를,

"적장은 어찌 우리 장수를 해하는고? 내 명심코 너를 죽여 우리 장수의 원수를 갚겠다."

하고, 십여 합에 거짓 패하여 응서와 홍엽이 본진으로 향하니, 문경이 분기를 이기지 못하여 크게 외치기를,

"너는 잔말 말고 내 칼을 받아라."

하고, 급히 쫓아오니, 응서와 홍엽이 본진에 들어와 방포 일성에 삼중(三重) 오행진을 굳게 치니, 나는 제비라도 벗어날 길이 없다.

왜장 문경이 진 중에 들어와 벗어날 길이 없어 하릴 없어 주저(躊躇)하니, 응서 달려들어 문경의 말머리를 치니 말이 엎어지는지라, 문경을 사로잡아 장대(將臺) 아래 앉히고 죄상을 말하기를,

"네가 감히 예의지국을 침범하였것다."

하니, 문경이 살기를 원하여 항복 애걸하니, 이여송이 호령하기를,

"네 놈 천륜을 모르고 외람한 뜻을 두어 조선 같은 예의지국을 침범하였는가? 조선에 영웅 호걸이 구름 모인 듯하여 너의 대장 청정과 소섭, 평수길도 우리 칼에 혼백이 되었거든 너희 놈은 방자하여 범람한 뜻을 두니, 두렵지 않으냐? 더구나 방자히 내 진중에 들어오니 이제 너희를 벨 것이로되, 이미 항복하였기로 그냥 놓아 보내니, 빨리 돌아가 차후는 다시 외람한 뜻을 두지 말라."

하고 보낸다.

차설, 진을 파(破)하니, 왜인의 주검이 태산 같고 피바다 같았다.

이여송이 칭찬하기를,

"조선 대왕이 벌써 저러한 영웅을 두었도다."

하고 탄식한다.

차설, 이때 대왕이 전장 소식을 고대하던 차에 날로 기다리다, 승전 패문을 보시고 불승환희(不勝歡喜)하며 최일령을 불러 말씀하시기를,

"군량이 떨어져 가니 어찌하면 좋으리까."

일령이 아뢰기를,

"신이 듣사오니, 평안도 삭주(朔州) 땅에 사는 김수업(金守業)이라 하는 부자가 있다 하오며, 곡식이 이십육만 석이 있다 하오니, 수업에게 명초하여 군량을 충당케 하옵소서."

하니 상이 수업을 *패초(牌招)하니 수업이 명을 받고 와 엎드려 배알하니 상이 말씀하시기를,

"군량이 떨어졌으니, 너의 곡식을 취하여 쓰고 시절이 태평하거든 갚고자 하노라."

하시니 수업이 아뢰기를,

"소신의 곡식이 전하의 곡식이오니 쓰실 대로 쓰사옵소서."

하니, 상이 즉시 수업으로 군량장을 삼아 군량을 수운하게 하고 단을 모으고 백 리 밖에 나와 이여송을 맞으니, 이여송이 군사를 거두어 회군하고 중국의 군사를 점고(點考)하니 삼십만 대병이 다 죽고 장수 백여 명이 또 죽었는지라 이여송이 탄식하기를,

"부모 처자 일가친척 다 버리고 만리 타국에 나와 전장 고혼(孤魂)이 됐으니 가련하고 불쌍하다."

하고 즉시 밥을 지어 모든 귀신을 위로하기를,

"너희 혼은 들으라. 부모와 동생 처자를 이별하고 만리 타국에 왔다가 배도 오죽 고팠으며 슬픈 마음도 오죽했으며 고국을 생각하다가 전장 혼백(魂魄)이 되었으니, 불쌍하고 가련하기로 밥을 지어 위로하니, 착실히 흠향(歆饗)하라."

이른다.

이때는 정유년(丁酉年) 삼월이다.

이여송의 철비(鐵碑)를 세워 천추에 유전케 하고 홍비단 백 필로 승전기를 만들어 세우고 승전고를 울리며 토곡성에 들어와 전하께 뵈오니, 전하 대희하시며 대연(大宴)을 배설하고 즐기시며 친히 잔을 잡아 이여송에게 권하니, 이여송이 부복 칭찬한다.

그로부터 얼마 후 잔치를 파하고 이여송과 이여백으로 중군을 삼아 군사를 거느리고 중국으로 돌아가게 하고 무사 백여 명을 거느리고 각읍으로 다니며 명산(名山) 대천(大川) 혈맥을 다 자르고,

"조선 같은 편소지국에 영웅 호걸이 많은 탓이다."

라고 한다.

7. 김덕령(金德齡)

이때 대왕이 제신과 군사를 거느리고 태평곡(泰平曲)을 울리며 환궁(還宮)하시고 문무 제신을 차례로 봉(封)하길 최일령으로 *태부(太傅)를 삼으시고, 강홍엽으로 선봉을 삼고 유성룡으로 우의정을 삼고 유

*태부(太傅)——고려 때 두었던 왕세자의 스승. 태사의 다음가고 태보의 위임.

홍수로 *좌의금(左義禁)을 삼고 문두황으로 부원수를 삼고 정태경(鄭台京)으로 좌도령(左都令)을 삼고 한성록으로 판서(判書)를 삼고 김칠원(金七遠)으로 어영대장(御營大將)을 삼고 그 남은 제장은 각도 각읍의 방백(方伯) 수령(守令)을 봉하고 백성 조세를 삼 년을 탕감(蕩減)하고 각도에서 학업과 검술을 숭상하니, 세화연풍(歲和年豊)하고 노소 백성이 처처(處處)에서 격양가(擊壤歌)를 부른다.

요순 시절이나 다름없다.

정출남으로 충렬공(忠烈公)을 삼고 서원을 사역(使役)하여 춘추로 제향(祭饗)을 받게 하셨다.

차설, 이때 무술년(戊戌年) 김덕령의 소문을 들으시고 금부도사를 명령하여,

"덕령을 잡아 올리라."

하니, 도사 수명(受命)하고 내려가 덕령을 보고 왕명을 전하니, 덕령이 보고 대경하여 모친께 들어가 그 연유를 고하니, 그 모자지생의 슬픔을 어찌 다 측량하리요. 덕령이 하직하고 나오자 도사 철망으로 씌워 데려가니, 철원 땅에 이르러 덕령이 도사에게 말하기를,

"여기 친한 사람이 있으니, 잠깐 놓아 주면 가서 보고 옴이 어떠하겠소?"

도사 말하기를,

"공(公)에 사정(私情)이 없으니, 어찌 잠시인들 놓아 보내리요."

하니 덕령이 꾸짖기를,

"아무리 왕명이 지엄하기로 잠깐 사정이야 없으리요."

하며 몸을 요동하니, 철망이 썩은 새끼 떨어지듯하니, 칼을 들고 공중에 솟구쳐 십여 장이나 넘는 나무 끝을 번개같이 다니며 나무를 무수히 작벌(作伐)하니, 도사가 아무 말도 못하고 구경만 할 뿐이다. 문득 공중으로부터 한 사람이 날아와 덕령의 손을 잡고 말하기를,

"내 아니 그렇다더냐? 환을 당하였으니, 바삐 가 천명을 순수(順受)하라. 뉘를 원망하며 뉘를 한하겠느냐. 이제 운수 불길하여 이

---

*좌의금(左義禁)——왕명을 받들어 죄인을 처리하는 사무를 맡아보는 관아.

런 환을 당하였으니, 나는 다시 세상에 나오지 아니 하리라. 내 그대를 위하여 입신양명(立身揚名)하려 했더니 성공치 못하고, 그대 비명에 죽게 되니, 내 마음이 슬프도다."

하고, 간 데 없거늘, 덕령이 도로 철망을 쓰고 전하께 뵈오니, 상이 말씀하시기를,

"너는 어찌 대환을 당하여 시절이 불안한데 국가를 받드는 것이 고금의 당연한 일이려니와 무슨 뜻으로 국가를 돕지 아니하고 도적의 진에 들어가 술법만 배우고 종묘사직이 조석에 망케 되어도 종시 돕지 아니하였는고?"

하시고, 무사를 명하여,

"내어 베라."

하시니, 무사 일시에 달려들어 칼춤 추며 덕령을 치니, 덕령은 맞지 아니하고 칼이 세 동강이 나매, 무사들이 대경하여 그 연유를 탑전에 상달하니, 상이 대로하여,

"큰 매로 치라."

하시니 덕령이 아뢰기를,

"신이 죄 없사오나 전하께서 신을 죽일 마음이 계시거든 '만고 효자 충신 김덕령(萬古孝子忠臣金德齡)'이라 현판에 새겨 주시면 신이 죽사오나, 그렇지 아니하면 여한이 되겠습니다."

하니, 즉시 하령하여 현판을 새기고,

"죽이라."

하니, 덕령이 아뢰기를,

"신은 그저는 죽지 아니하오니, 왼쪽 다리 아래 비늘이 있사오니 비늘을 떼고 치면 죽으리이다."

하니, 무사 일시에 달려들어 비늘을 떼고 한번 치니, 그제야 죽거늘 상이 덕령의 죽음을 보시고, 시체를 보내라 명하셨다.

슬프다. 덕령의 모친이 덕령을 전장에 보내고 주야로 슬퍼하다 하루는 덕령의 죽은 시체가 오니, 내달아 덕령의 시체를 안고 뒹굴며 얼굴을 한데 대고 슬피 통곡하기를,

"이것이 너의 죄가 아니라, 내가 보내지 아니한 죄로다. 다만 자식 하나 있어 의탁(依託)하고 세월을 보내었으나 이렇듯 죽었으니, 내 혼자 뉘를 의탁하며 살리요."

하며 슬피 통곡하니 애절한 울음 소리 원근 산천에 사무쳐 자자(藉藉)하니, 뉘 아니 슬퍼하리. 선산지하(先山之下)에 안장(安葬)하다.

8. 김응서와 강홍엽

차설, 이때 대왕께서 제신을 모아 의논하시기를

"왜장이 다 죽었으나, 부자지국(父子之國) 항서(降書)를 아니 받으면 후환이 될 것이니, 군사를 조발(早發)하여 다시 왜국에 들어가 항서를 받으면 어떠하리요."

하시니, 제신이 아뢰기를,

"하교 마땅하옵니다."

하니 상이 즉시,

"김응서, 강홍엽을 보내라."

하시니, 서로 선봉을 다투거늘, 상이 말씀하시기를,

"선봉은 제비로 뽑으라."

하시니, 홍엽이 선봉이 되었다. 홍엽과 응서가 군사 이십만을 거느리고 즉시 발행(發行)하매, 상이 양장(兩將)의 손을 잡고 말씀하시기를,

"경들을 만리 타국에 보내고 항시 염려할 터이니, 경들은 충성을 다하여 들어가 남을 쉬이 여기지 말고 공을 세워 돌아오라."

하시니, 두 장수 수명 하직하고 나와 행군할 때, 호령이 추상같고 군령이 엄숙했다.

이때가 무술년 동시월(冬十月)이었다. 삼남(三南)을 지나 동래에 당도하여 행선(行船)할 때 김응서의 진 뒤에서 크게 외치기를,

"장군은 잠깐 군사를 머무르고 내 말을 들으시오."

한다. 놀라 돌아보니, 어떠한 한 사람이 옷도 신도 벗고 진군 중에 들어오니, 응서 묻기를,

"그대 어떠한 사람이관데 남의 진중에 들어와 무슨 말을 이르고자 하는가?"

하니 그 사람이 말하기를,

"나는 조선 땅에 있는 왜덩강이라 하는 귀신이니, 장군님이 군사를 급히 행군하시기로 왔나이다. 군사를 삼일만 유하여 가면 반드시 공을 이룰 것이요, 급히 행군하면 대패하리라."

하고 문득 간 데 없거늘, 응서 크게 괴이하게 여겨 홍엽에게 말하기를,

"군중에 괴이한 일이 있으니, 삼일만 유하고 가면 어떠하겠소?"

하니 홍엽이 말하기를,

"군중에 사정이 없다 하니, 대병을 어찌 유하리요."

북을 쳐 군사를 총독하니 또 귀신이 와서 앙천탄식하기를,

"장군을 위하여 이르렀으나 종시 듣지 아니하니, 환을 면치 못하리다."

하며, 응서 쟁(錚)을 쳐 군사를 거두고자 하니 홍엽이 크게 꾸짖기를,

"장군은 병법을 아시오 모르시오? 병법에 이르기를 허즉실(虛則實)이요, 실즉허(實則虛)라 하였으니 나는 군중의 도원(都元)이요, 그대는 나의 아장(亞將)이니 어찌 내 말을 듣지 않으시오?"

하니 응서 탄식하기를,

"장군이 만일 갔다가 무슨 패가 있어도 원망치 말으소서."

하고 행군하여 여러 날 만에 일본에 당도하니, 동설령(冬雪嶺)에 다다랐다.

차설, 이때에 왜장이 대병을 조발하여 조선에 나가 함몰됨을 생각하고 분기를 이기지 못하여 군병을 주야로 연습시키며 하루는 천기를 살피니, 조선 대병이 왜국을 해코자 하거늘, 제신을 모아 말하기를,

"내가 천기를 살피니 조선 대병이 우리 나라를 침범코자 하니 멀리 방비하라."

하고, 영광도의 팔낙(八樂)을 명하여 군사 이만을 주며 말하기를,

"그대 군사를 거느리고 동설령에 매복하였다가 모월 모일 모시에

적병이 이르거든 일시에 달려들어 치고 만일 원병이 지나지 않거든 회군하라.”

팔낙이 수명하고 군사를 거느리고 동설령 좌우편에 매복하였다.

차설, 조선 대왕이, 왜국에 들어갈 때 홍엽에게 이르기를,

“동설령은 험하여 군사가 행보(行步)치 못할 것이니 조심하라.”

했다. 홍엽이 의심치 아니하고 군사를 재촉하여 동설령을 향하니, 불의에 복병(伏兵)이 내달아 치니, 만리 원로에 기운이 노곤한데 그 군사를 어찌 당하랴. 홍엽과 응서 불의의 난을 당하여 미처 수습치 못하여 이십만 대병을 함몰하니, 주검이 태산같고 유혈 성천(流血成川)하니, 응서 하늘을 우러러 탄식하기를,

“만리 타국에 들어와 이십만 대병을 함몰하고 본국으로 돌아 간들 무슨 면목으로 전하를 뵈오리요. 예서 군사와 한가지로 죽느니만 같지 못하다.”

하고 홍엽을 꾸짖기를,

“이것이 뉘 탓이뇨, 장군의 탓이로다.”

하며 하늘을 우러러 탄식하기를,

“명천은 살피소서.”

하였다.

차설 이때 왜장 홍대성(洪大成)이 왜왕께 아뢰기를,

“조선 장수가 군사를 함몰하였으니, 이제 장수를 모아 검술로 조선 장수를 죽여야 합니다.”

하니 왜왕이 즉시 연광도 팔낙에게 명하기를,

“임진년 원수를 갚고자 하니, 그대들은 힘을 다하여 원수를 갚으라.”

하니 팔낙과 홍대성이 수명하고 나오니, 두 장수 검술은 옛날 초패왕도 당치 못한다 한다. 즉시 백사장에 나와 진을 치고 양장이 진 앞에 나서며 외치기를,

“적장은 오늘날 검술로 결단하자.”

하니, 응서 듣고 분기를 이기지 못하매 홍엽이 만류하기를,

"적장의 검술을 보니, 천인(天人)같다 하니, 장군이 당치 못할 듯하니, 어찌 승부를 다투고자 하리요."

하니 응서 더욱 분기를 이기지 못하여 홍엽을 꾸짖기를,

"저런 것이 장수라 하고 출반주하니, 어찌 우습지 아니하리요."

십 척 장검을 들고 외치기를,

"적장은 물러서지 말고 가까이 오라."

하니, 적장이 의기양양하여 나오는지라 응서 크게 꾸짖어 말하기를,

"너는 우리 군사 없음을 우습게 여기느냐?"

하고, 칼춤 추며 달려들어 재주 없는 체하고 눈을 반만 감고 섰으니, 또한 적장 양인이 칼춤 추며 달려들어 응서의 몸을 자주 범하거늘, 응서 칼을 놓고 손을 넌지시 들어 춤추니, 적장들 승시하여 칼이 자주 범하거늘, 응서 기운을 돋워 벽력 같은 소리를 지르며 우레같이 달려들어 적장의 칼을 빼어 가지고 공중에 솟구쳐 나는 듯이 양장을 치니, 양장의 머리 일시에 날아가니, 응서 눈을 부릅뜨고 왜장을 불러 말하기를,

"너희 놈이 우리 군사 없음을 경솔히 여겨 감히 희롱하느냐? 방자함이 이렇듯 하니, 한칼로써 너를 없애고 너의 임금을 베어 우리 전하께 바치리라."

하니 왜장이 듣고 대경하여 제신을 모아 의논하기를,

"조선 장수의 재주를 보니, 묘책이 없으니, 어찌하리요."

하니, 제신이 아뢰기를,

"팔낙과 홍대성의 검술을 당할 자 없을까 하였는데, 이제 적장 응서의 재주를 보니, 우리 나라에는 없을 듯하니 적장을 달래어 화친(和親)하느니만 같지 못하외다."

왜왕이 옳게 여겨 즉시 사신을 보내어 응서와 홍엽을 청하니, 이때 응서 적장을 베어 들고 본진에 들어가니 어떤 사람이 와 일봉서(一封書)를 올려 받아보니,

'그대가 짐의 나라에서는 역적이요, 그대 나라에서는 충신이라. 어찌 남의 충신을 해하리요. 오늘날 연석에 한가지로 놀기를 바라노

라.'

고 하였다. 홍엽이 응서를 돌아보며 말하기를,

"이제 왜왕이 우리를 해코자 하니 어찌하리요."

하니, 응서 말하기를,

"장군은 무슨 뜻으로 아오? 나는 어찌 하든지 종말을 보리라."

하고 사관(使官)을 따라 가니, 왜왕이 반겨 나와 예로써 답한 후에 말하기를,

"과인의 나라가 이 지경이 되었으니 어찌 소소하리요. 조선과 화친코자 하여 임진년에 외람한 마음을 내었더니, 하늘이 밝으사 칠십만 대병을 함몰시키고 또 과인이 밝지 못하여 하늘을 거역하고 동설령에 매복하여 장군을 쳤더니, 장군은 천하의 영웅이요, 만고의 충신이라. 하오나 십만 대병을 함몰하고 하면목(何面目)으로 본국에 돌아가 전하를 뵈오리요. 차라리 과인을 도와 *만종록(萬鍾祿)을 받음이 어떠하오."

응서와 홍엽이 대답지 못하니, 왜왕이 말하기를,

"옛날 한신은 천하의 영웅이었으나, 초나라를 배반하고 또 배반하였으나 세상이 다 그르다 아니하니, 장군은 깊이깊이 생각하소서."

응서·홍엽이 서로 돌아보며 대답지 아니하니, 왜왕이 다시 말이 없고 대접이 극진하다. 왜왕이 제신을 모아 의논하기를,

"응서의 마음이 철석같으니, 어찌 돌릴 수 있으리요."

제신이 아뢰기를,

"전하는 두 장수에게 마음을 주어 안정하도록 각별히 접대하시면 저희도 생각하는 바가 있사옵니다."

하니, 왜왕이 옳게 여겨 대연을 베풀고 두 장수를 청하여 즐기며 왜왕이 잔을 들어 권하며 말하기를,

"장군이 만리 타국에 들어와 회심하는 마음이 있을까하여 권하노라."

하며,

---

*만종록(萬鍾祿)——아주 두터운 봉록(俸祿).

"내 정숙히 할 말이 있으니 허락하소서."

응서 대답하기를,

"왕은 말을 하소서."

왜왕이 말하기를,

"과인의 누이가 있으니, 나이 십오 세요, 인물과 태도는 서시(西施) 양귀비라도 미치지 못하옵고 재주와 덕행은 천하에 제일 가기로, 영웅을 구하던 차 이제 장군으로 배필을 정하고자 하니 장군은 허락해주오."

하고,

"또 공주의 나이 십오 세라 장군으로 부마를 삼고자 하니, 사양 말고 허락해주오."

하니, 홍엽이 뜰 아래 내려 서며 세 번 절하고 아뢰기를,

"패한 장수를 위하여 달빛 같은 옥랑자를 허락하시니, 백년동락할 사람을 어찌 사양하리요."

하니, 응서 심사(心思) 불편하나 마지 못하여 허락하더라. 왜왕이 대희하여 즉시 좋은 날로 택일하여 행례하니, 신부의 찬란한 모양과 신랑의 황홀한 모양을 어찌 다 측량하리요.

세월이 여류(如流)하여 왜국에 들어 온 지 벌써 삼년이 되었다. 하루는 밤중에 가을 달빛이 창밖에 은은히 비치어 사람의 정신을 놀라게 하는지라 적적한 방 안에 앉아 생각하다 말하기를,

"홍엽이 나와 만리 타국에 들어와 사생을 같이 하자고 금석같이 언약하고 조선 임금의 전교를 받고 후일을 보자 하였더니, 이제 이 지경을 당하였으니, 장군은 어찌 하려 하오?"

하니, 홍엽이 변색하며 대꾸하기를

"우리가 이곳에서 부귀영화를 누리고 있으며, 왜왕의 대접이 또한 극진하니 차마 들어 갈 마음이 없소."

한다. 응서·홍엽의 말을 듣고 분기를 이기지 못하여 대로하기를,

"충신은 불사이군(不事二君)이라 하였거늘 대장부가 어찌 두 임금을 섬겨 후세에 꾸지람을 받고자 하느뇨. 나는 왜왕의 머리를 베어 가

지고 고국에 돌아가 전하께 드리고 남의 웃음을 면하리라."

하니, 홍엽이 대답지 아니하고 종시 고국에 돌아 갈 뜻이 없어 왜왕에게 응서의 하던 말을 낱낱이 고하니, 왜왕이 듣고 대로하여 만조 백관을 모아 의논하고, 응서를 잡아 들여 꾸짖기를,

"그대를 위하여 작첩을 두어 위로하였거늘, 무엇이 부족하여 나를 해하고자 하는고? 나를 버리고 고국에 들어가 네 임금을 섬기는 것은 충성이나 무슨 뜻으로 나를 해하고저 하는고? 너를 죽여 후환을 없이하리라."

하고 무사를 명하여,

"죽이라."

하는데 응서 눈을 부릅뜨고 왜왕을 꾸짖기를,

"네가 천운을 모르고 강포만 믿고 외람한 뜻을 두었으므로, 네 머리를 베어 우리 전하의 분함을 덜까 하였더니 하늘이 돕지 아니하여 강홍엽의 간계에 빠져 여기서 죽게 되니 슬프도다. 우리 임금을 하직하고 여기 온 지 이미 삼년이 되도록 성공치 못하니, 지하에 들어간들 불충지죄(不忠之罪)를 어찌 면하리요."

하고,

"홍엽을 벤 후에 후사를 보리라."

하고,

"만리 타국에 와서 죽으니, 천지도 무심하다. 지하에 들어가서 우리 전하께 뵈옵고 설원(雪冤)하리라."

하고, 칼을 들어 홍엽을 치니, 머리가 땅에 떨어지는지라 응서 하늘을 우러러 탄식하기를,

"명천은 살피소서. 조선 장수 김응서는 대왕의 명을 받고 만리 타국에 와서 성공치 못하고 이곳에서 죽사오니, 명천은 살피소서."

하며, 무수히 통곡하다가 제 칼로 제 목을 베니 응서의 말이 제 장수 죽음을 보고 달려들어 머리를 물고 비룡(飛龍)같이 천리 현해탄을 건너 와서 평양을 바라보고 살같이 간다.

차설, 이때 응서의 부인이 낭군을 만리 타국에 보낸 지 이미 삼 년

이 되도록 소식을 몰라 주야로 바라던 차에 문밖에 난데없는 말 방울 소리 나, 반겨 나가보니 낭군의 말이 왔거늘 고삐를 잡고 보니, 낭군은 어디 가고 머리만 말이 물고 서 있으매 부인이 대경하여,

"말은 비록 짐승이로되, 만리 타국에서 집을 찾아 왔거니와 낭군은 오시지 않고 어찌하여 머리만 왔는고."

하며 슬피 통곡하니 노소없이 뉘 아니 슬퍼하며 금수(禽獸)도 슬퍼하며 산천초목이라도 다 슬퍼하는 듯하다.

부인이 낭군을 생각하며 슬피 통곡하다가 기절하더니, 양구(良久)에 정신을 진정하여 낭군의 머리를 옥함(玉函)에 넣어 말에 태우고 눈물을 흘리며 경성으로 올라가니 무지한 말이라도 눈물이 흐르고 몸에 땀이 났다.

말을 대궐(大闕) 앞에 매고 들어가 엎드려 아뢰기를,

"소녀의 지아비 머리를 말이 물고 왔으니, 어찌 슬프지 아니하겠습니까?"

하고 통곡하니, 전하 대경하여 옥함을 열어 보시고 용안에 용루를 흘리시며 축지어 제사지내니 축문에,

'유세차 모월 모일 조선 국왕은 *감소고우(敢昭告于). 경은 하늘이 내리신 충신이라. 만리 타국에 들어간 지 삼년이 되도록 소식이 끊겨 때로 오기를 바랐더니 과인의 덕이 적어 만리 타국에 가 원혼이 되어 왔으니, 지하에 들어간들 어찌 경(卿)의 충성을 갚지 아니하리요.'

하시고 제사를 파한 후에,

"장군의 머리를 채단으로 염습(殮襲)하여 옥함에 넣고 확실흠양하라. 이 연유를 각도 각읍에 행관하라."

하시고 부인에게 *직첩(職牒)을 주시니, 부인이 천은(天恩)을 축수하고 행장을 수운하고 고향에 돌아가, 예를 마친 후에 삼삭(三朔) 만에 선산에 안장하고 눈물로 세월을 보냈다.

---

*감소고우(敢昭告于) —— 감히 밝히어 알리건대란 뜻.

*직첩(職牒) —— 벼슬아치의 임명사령서.

차설, 이때 상이 타국에 가 죽은 장수를 위로하여 경상도 대동미(大同米) 만 석(石)을 허급(許給)하시고 또 각읍에 모든 소를 잡게 하기를 *신칙(申飭)하시다.

일일은 전하 한 몽사를 얻으시니 김응서 엎드려 아뢰기를,

"소신이 힘을 다하여 왜왕의 머리를 베어 전하께 드리옵고 국운을 만분지 일이나 갚고자 하였더니, 홍엽이 소신의 말을 듣지 아니하여서 중로에서 이십만 대병을 함몰하옵고 그 길로 왜국에 들어가 왜왕의 머리를 베어 돌아 올까 하였사오나, 강홍엽이 부귀만 생각하고 의리를 생각지 아니하고 왜왕과 친근하기로 홍엽을 죽이고 신은 자사하였사오니, 그 죄 만사무석이오며 신이 비록 황천에 있사오나 어찌 전하를 돕지 아니하리이까, 복원 전하는 만세 무강(萬世無疆)하옵소서. 소신은 어찌 원한을 다 풀리까."

하고 간 곳 없거늘, 전하 깨달으시고 몽중에 용서하는 말이 쟁쟁한지라 제신을 모아 몽사를 설화하시고, 응서의 충절을 못내 칭찬하신다.

9. 사명당(泗溟堂〔原文, 士明堂〕)

이때는 경자년 삼월, 평안도 안빈낙사(安貧樂寺)에 서산대사라 하는 중이 있으니 육도삼략(六韜三略)과 천문지리(天文地理)와 오행술법을 무불통달하여 산중에 처하여 세상풍진(世上風塵)을 모르더니 하루는 청천명월이 밝았는데 자연 탄식하기를,

"왜인이 임진년 원수를 갚고자 하니, 이제 왜인이 조선을 침범하면 종묘사직이 위태롭고 우리 불도도 위태하리라."

하고,

"내가 산중에 있으나 조선 수토(水土)를 먹으니 어찌 조선을 돕지 않으리요."

하고, 즉시 *가사(袈裟)를 착복하고 육환장(六環杖)을 짚고 경성에 올

---

*신칙(申飭)——단단히 타일러 경계함.

*가사(袈裟)——중이 입는 법의.

라가 차승상을 보고 전하께 뵈옵기를 청하니 승상이 그 연유를 물은 후에 탑전에 들어가 아뢰니 즉시 명초하시어 대사가 관내에 들어가 엎드리니 상이 묻기를,

"무슨 연고로 짐을 보고자 하는고?"

하시니 대사 아뢰기를,

"소승은 평안도 안빈낙사에 있사오며, 임진년에 대왕께서 왜난을 당하였으나, 진측 나와 돕지 못한 죄는 만사무석이로소이다."

하니 상이 말씀하시기를,

"노승이 국가를 생각하니 가장 반갑도다. 그러나 무슨 일인고?"

하시니 대사 아뢰기를,

"소승이 천기를 보니, 왜놈이 임진년 원수를 생각하고 조선을 침노코자 하기로 이 사연을 상달코자 하여 불원천리 왔사옵고 이제 김응서, 강홍엽은 다 죽고 다른 장수 없사오니, 뉘라서 왜놈을 당하리까."

상이 놀라 말씀하시기를,

"그러하면 어찌하리요."

하시니 대사 아뢰기를,

"소승의 상좌(上佐)에 사명당이라 하는 중이 있사온데 육도삼략을 통달하고 팔만대장경(八萬大藏經)과 둔갑장신지술(遁甲藏身之術)이 능통하니, 그 중을 명초하시어 왜국 사신으로 보내옵소서."

하니, 상이 즉시 유성룡으로 하여금 명초하시니, 사명당이 봉명하고 경성에 당도하여 전하께 뵈오니, 상이 말씀하시기를,

"대사의 말인즉, 그대가 측량치 못할 재주를 가졌다 하니, 한번 수고를 아끼지 말고 일본국에 들어가 항복 받아 후환이 없게 하고 돌아오기 바라노라."

하시니, 사명당이 아뢰기를,

"소승이 비록 산중에 있으나 조선 수토를 먹사오니, 어찌 그만한 수고를 아끼리까."

하니 상이 대희하여 사명당으로 봉명사신(奉命使臣)을 정하니 사명당

이 전로(全路)에 노문(路文) 놓고 탑전에 하직 숙배(肅拜)하니, 비록 중이라도 사신의 위의를 갖추고 행장을 수습하여 십여 일 만에 경상도 동래에 당도하여 삼일을 유하니 동래부사 송경(宋卿)이 나와보지 않고 말하기를,

"조선 사람이 허다하거늘, 하필 중놈을 보내는고."

이에 사명당이 분함을 이기지 못하여 무사를 명하여,

"부사를 *나입(拿入)하라."

하니 무사가 일시에 부사를 대령하니 사명당이 꾸짖기를,

"명색이 비록 중이나 왕명을 받아 사생을 생각지 않고 만리 타국에 들어가거늘, 너는 근본만 생각하고 대령(待令)치 아니하니, 국가의 만고역적이다. 어찌 죄를 용서하리요."

하고 무사를 명하여,

"급히 참하라."

하고, 동래부사 죄를 장계하여 전하께 상달하고 행군하여 배를 타고 일본에 당도하여 패문을 보냈다.

왜왕이 개탁하니,

"조선 생불(生佛) 사명당이 들어간다."

하였거늘, 왜왕이 대경하여 제신을 도아 말하기를,

"조선 같은 편소지국에 어찌 생불이 있으리요만 생불이라 하였으니 어쩌면 좋겠소."

제신이 아뢰기를,

"좋은 묘책이 있으니 심려 마옵소서."

하고,

"삼백 육십 간 병풍을 만들어 일만 일천 구의 글을 써서 남대문 밖 동편에 두르고 사신을 청하여 천리마를 급히 몰아 사처에 오거든 글을 외우라하여 만일 외우지 못하거든 죽이옵소서."

하고, 즉시 실시하였다. 이때 조선 생불이란 말을 듣고 남녀 노소없이 구경하는 사람이 백 리에 연하였다.

---

*나입(拿入)——죄인을 불러들임.

사처에 좌정한 후에 왜왕이 예필하고 말하기를,
"사신이 생불이라 하니 들어오는 길에 병풍의 글은 보았는고?"
사명당이 말하기를,
"보았노라."
이에 왜왕이 말하기를,
"글을 보았다하니 외우라."
하니 사명당,
"어찌 그만한 글을 연송(連誦)치 못하리요."
하고 삼경(三更)에 시작하여 이튿날 오시(午時)까지 일만 구백 구십 구를 연송하거늘 왜왕이 말하기를,
"어찌 다음 구는 연송치 아니하는고?"
사명당이 답하기를,
"없는 글도 외우라 하오?"
왜왕이 이상히 여겨 사관으로 하여금,
"가서 보라."
하니,
"과연 병풍 한 칸이 닫혔나이다."
하거늘 왜왕이 그제야 고개를 숙이고 대답지 못한다.
사명당이 말하기를,
"일본 음식을 먹지 못한다."
하니 왜왕이 제신을 모아 의논하기를,
"조선 사신이 생불이 분명하니 어찌하리요."
제신이 아뢰기를,
"일백 오십 자 구리방석을 만들어 물에 띄우고 앉으라 하면 제아무리 부처라도 죽으오리다."
하니 왜왕이 옳게 여겨 구리방석을 만들어 물가에 나와 사신을 청하여 말하기를,
"그대가 생불이라 하니 방석을 타라."
이에 사명당이 먼저 염주를 방석 위에 던지고 앉아 팔만대장경을

외우니, 그 방석이 잠기지 아니하고 바람따라 왕래하여 사명당은,

"호사로다. 호사로다."

하니 왜왕이 보고 대경하여 제신께 의논하기를,

"조선 사신을 어찌하리요."

한다. 한 신하 아뢰기를,

"내일은 잔치를 베풀고 채단방석을 놓고 오르라 하여 채단방석에 앉으면 필연 요물(妖物)이요, 백목(白木)을 취하면 부처려니와 그렇지 아니하거든 죽이면 되옵니다."

하고 이튿날 채단방석을 놓고 사신을 청하여,

"방석에 앉으소서."

하니 사명당이 백팔염주(百八念珠)를 손에 들고 백목에 앉거늘, 왜왕이 말하기를,

"그대가 부처면 어찌 비단을 취하지 아니하고 백목에 앉았는고?"

사명당이 말하기를,

"부처가 백목을 취하지 어찌 비단을 취하리요. 백목은 목화나무에서 핀 꽃이요, 비단은 버러지 집에서 나오는 것인 고로 취하지 않노라."

하니, 왜왕이 다시 말없이 잔치를 파하고 제신을 모아 의논하기를,

"조선 사신이 생불이 분명하니, 어찌하리요."

하니 제신이 아뢰기를,

"내일은 구리로 한 칸 집을 짓고 생불을 청하여 구리 집에 들어 오거든 문을 잠그고 사면으로 숯을 피우면 제 아무리 생불이라도 그 안에서 죽으리다."

하니 왜왕이 옳게 여겨 구리 집을 짓고 사신을 청하여 방 안에 앉힌 후에 문을 잠그고 사면으로 숯을 쌓고 대풀무를 놓아 부니, 불꽃이 일어나며 겉으로 구리가 녹아 흐르니 아무리 술법 있는 생불인들 어찌 살기를 바라리요. 사명당이 그 간계를 알고 사면 벽상으로 서리상(霜)자를 써 붙이고 방석 밑에는 얼음 빙(氷)자를 써 놓고 팔만대장경을 외우니, 방안이 빙고(氷庫) 같은지라 왜왕이 말하기를,

"조선 생불의 혼백이라도 남지 못하였으리라."

하고 사관을 명하여 문을 열고 보니, 생불이 앉았으니, 눈썹에는 서리가 끼고 수염에는 고드름이 달렸다.

사명당이 사관을 보고 꾸짖기를,

"왜국이 남방이라 덥다 하더니, 어찌 이렇게 차냐?"

하였다. 사관이 그 사연을 왕께 고하니, 왜왕이 대경하여 말하기를,

"분명한 생불을 죽이지 못하고 쓸데없는 재물만 허비하였다."

하고,

"달래어 화친하느니만 같지 못하다."

하고, 한 꾀를 생각하고 무쇠말을 달궈 놓고 사신을 청하여 말하기를,

"그대가 부처라 하니, 저 쇠말〔鐵馬〕을 타고 다니라."

하니 사명당이 그 간계를 알고 밖에 나와 조선을 바라보며 팔만대장경을 외우니, 사방으로부터 난데없는 구름이 모여 들어 뇌성이 진동하며 소나기가 끊이지 아니하고 오니, 성중에 물이 고여 여강여해(如江如海)하여 무수히 빠져 죽는지라 사명당이 호령하기를,

"간사한 왜왕은 종시 깨닫지 못하고 여러 가지로 나를 죽이려 하거니와 내 어찌 간계에 빠지리요. 이제 왜국을 함몰하니, 만일 잔명을 보전하려면 급히 항서(降書)를 올려 비를 그치게 하려니와 그렇지 아니하면 너희 일본을 동해로 만들리라."

하고 삼룡(三龍)을 불러,

"비를 주어 왜왕을 놀라게 하라."

하니 삼룡이 일시에 굽이치며 소리 지르니 천지가 무너지는 듯 하더라. 이에 왜왕이 대경망극(大驚罔極)하여 어찌 할 줄 모른다.

구중궁궐(九重宮闕)이 바다가 되어 물결이 태산같이 점점 뜰에 들어오니, 왜왕이 할수 없어 인끈을 목에 매고 용포(龍袍)를 벗어 땅에 깔고 두 무릎을 공손히 꿇고 두 손을 맞잡고,

"비나이다 비나이다. 하늘을 우러러 조선 사신 사명당 전에 비나이다. 제발 적선(積善) 살려주옵소서. 소왕의 나라 인민이 다 함몰하게 되니, 살려주소서. 부처님 전에 비나이다. 소왕이 무도하여 부

처님인 줄 모르고 무수히 희롱하였사오니 그 죄는 죽어도 마땅하거니와 제발 살려주옵소서."

하며, 부자지국 항서를 올리거늘, 사명당이 받지 아니하고 말하기를,

"너의 잔명을 보전하려거든 연년에 인피 삼백 장씩 바치라."

하니 왜왕이 말하기를,

"생불님 말대로 하면 삼년 내에 일본은 망하오니 달리 처분하소서."

하니 사명당이 말하기를,

"연년이 인피 삼백 장을 바치는 항서와 부자지국 항서를 바삐 써 올리라. 그렇지 아니하면 비를 더 주어 함몰하게 하리라."

하고 삼룡을 호령하니 비가 우박 퍼붓듯 하매 왜왕이 말하길,

"비 내려 망하나 인피로 망하나 피차 일반이라. 생불님 덕분으로 양국이 평안하게 하소서."

하고 급히 항서를 써 올리니 사명당이 항서를 받은 후에 왜왕에게 꾸짖기를,

"너는 무슨 욕심으로 청정과 소섭과 평수길을 보내었는고. 우리 조선을 요란하게 한 죄목을 묻고자 전하께서 나를 보내시니, 아무리 한들 우리 예의지국을 해하리요. 그 죄를 생각하고 씨 없이 다 죽이고자 하였더니, 인명이 지중(至重)하여 십분 용서하니 인피를 대신하여 사람 삼백 명씩 관(關)에 수자리 살리되 일년씩 번갈아 하라. 또한 차후는 다시 외람한 마음을 두지 말고 조선을 잘 섬기라. 우리 나라에 영웅 호걸이 구름 모이듯 하고 나라가 비록 편소지국이나 천하에 제일이요, 남경 천자라도 믿지 못할 것이요, 타국이 다 범람한 뜻을 내지 못하고 각보일우(各保一隅)하느니, 우리 나라에 나 같은 생불은 연년 수천 명이라. 이번에 나를 보내시며, 그대 나라에 들어가 부자지국 항서를 받으라 하시기로 왔으니 일후에 다시 범람할 뜻을 두면 우리 일천 부처가 일시에 들어와 너의 일본을 동해로 만들 것이니, 차후는 반(反)치 말라."

하니, 왜왕이 고두사죄(叩頭謝罪)하기를,

"소왕이 아무리 무지하온들 부처님 가르치시는 걸 어찌 거역하리이

까. 지위(知委)하시는 대로 시행하리이다."

하고, 즉시 잔치를 베풀고 즐기다가 이튿날 사명당이 회환(回還)하려 하니 일본 인민이 조선 생불이 환기고국(還其故國) 한다는 말을 듣고 다투어 구경하려 한다. 왜왕이 백리 밖에 나와 전송하여 진보(珍寶)를 무수히 드리니, 사명당이 본디 탐욕이 없는지라, 진보를 물리치고, 길을 떠나 물가에 다다르니, 삼룡이 배를 대고 순식간에 건너니, 삼일 만에 조선 지경에 당도하여 왜왕에게 받은 항서를 봉하여 경성으로 보내고 길을 떠나니 위풍과 이름이 온 나라에 진동하였다.

차설 이때 대왕이 일본 항서를 보시고 대희하시며 말씀하시기를,

"사명당의 공로는 천추에 제일이로다."

못내 칭찬하시며, 돌아오기를 고대하던 차에 사명당이 경성에 당도하여 탑전에 엎드려 사배하니, 왕이 손을 잡고 칭찬불사(稱讚不辭)하시기를,

"그대가 만리 타국에 들어가 이름을 빛내고 무사히 돌아 오니 그 공로는 천고에 없도다."

하시고, 사명당과 서산대사에게 각각 벼슬을 주시니, 서산대사는 병조판서 호위대장을 삼으시고 사명당은 금부도사를 삼으시니, 두 대사 엎드려 아뢰기를,

"비록 조그마한 공로가 있사오나 중대한 벼슬을 주시니, 국은이 망극하여이다."

하고, 벼슬에 있기 칠삭 만에 두 대사 엎드려 아뢰기를,

"승등의 벼슬을 갈아 주시면 산중에 들어가 불도를 숭상하리다."

하니 상이 창연함을 마지못하여 말씀하시기를,

"경의 소원이 그러하면 임의로 하라."

하시고, 벼슬을 갈아주시니, 두 대사 숙배하고 물러나오니, 만조 백관이 멀리 나와 전송한다.

이때 왜왕이 인피 삼백 장을 연년에 바치니, 이로 당치 못하여 동래 땅에 왜관을 짓고 구리쇠 삼백 육십 근과 주석쇠 삼만 육천 근과 퉁쇠 삼만 육천 근과 시우쇠 삼만 육천 근을 연년이 조공(朝貢)하여 부자지

국의 예를 지켜 나갔다.

이때 대명(大明) 천자 조선이 일왕께 금자광록대부 가자(金紫光祿大夫加資)를 보내서 덕택을 사해에 빛나게 하셨다.

작 품 해 설

■임경업전(林慶業傳)

이 작품은 인조(仁祖) 때의 명장 임경업(林慶業) 장군을 모델로 하고, 그의 생애와 무용(武勇)을 비교적 역사적(歷史的) 사실에 의거하여 표현한 역사소설(歷史小說)이다.

임장군(林將軍)은 중국(中國)으로 들어가서 청병대장(請兵大將)이 되어, 우리나라의 위력(威力)을 중원(中原)에까지 펼치고 돌아온다. 그럴 즈음 만주(滿洲)에서 일어난 호국(胡國)은 우리나라를 정복코자 한다.

의주부윤(義州府尹)이 되어 호국(胡國)의 침공(侵攻)을 막고 있는 임장군(林將軍)을 두려워하여, 호군(胡軍)은 의주(義州)로의 침입(侵入)을 피하고 우회해서 우리나라를 침공한다. 이에 우리나라에서는, 호장군(胡將軍)에게 국왕(國王)이 항서(降書)를 바치는 국치(國恥)를 당하고 만다. 이때 의주(義州)에 있는 임장군(林將軍)은 세자(世子) 형제를 볼모로 데리고 가는 적군(敵軍)을 격파한다. 대로한 호왕(胡王)이 우리의 국왕(國王)에게 임장군(林將軍)을 들여보내게 한다.

국왕은 임장군을 보낼 마음이 없었으나, 임장군이 두려워 모역(謀逆)을 못하고 있던 영의정(領議政) 김자점(金自點)의 권고에 의하여 보낸다.

임장군은 호국으로 들어가다가 도망하여 명군(明軍)한테로 가며, 명군과 함께 호군을 치다가 생포된다. 호왕은 온갖 수단을 써서 항복을 받으려 하다가, 도리어 임장군의 충성심에 감동되어 세자(世子)와 함께 고국으로 돌아가게 한다.

임장군이 죽지 않고 세자(世子)를 모시고 환국(還國)한다는 소식을 들은 김자점(金自點)은, 왕명(王命)을 사칭하여 임장군을 투옥시킨다. 그러나 임장군이 탈옥하여 국왕께 자초지종을 보고하고 나오는데 김자점(金自點)이 기다렸다 철퇴로 때려 죽이니, 만고충신(萬古忠臣) 임장군(林將軍)은 천추(千秋)의 한(恨)을 품고 간신의 손에 억울하게 일생을 마치고 만다는 슬픈 사연을 그려 놓은 것이다.

〈동국대교수 김기동〉

■ **박씨전**(朴氏傳)

병자호란(丙子胡亂)을 소재로 한 소설로는 임경업전(林慶業傳)과 박씨전(朴氏傳)이 그 대표이며, 작자는 미상이다. 이 두 작품은 한결같이 명나라에 대한 충성과 청나라에 대한 적개심, 그리고 국치적인 항복에 대한 정신적 복수 등을 주제로 삼았다는 데 공통점이 있다. 그러나 임경업전은 실존 인물을 그 주인공으로 내세웠으나, 박씨전은 가공의 인물을 그 주인공으로 내세웠다는 점이 다르다. 같은 전쟁소설인 임진록(壬辰錄)이 일본에 항한 복수를 비현실적인 기적으로 나타낸 것과 마찬가지로, 박씨전(朴氏傳)도 청나라에서 받은 치욕을 작품적인 공상으로 풀어보겠다는 의도에서 창작된 것이다.

박씨전의 주인공 박씨는 실로 호풍환우하는 마술로써 종횡무진으로 난국을 해결해 나가는 여걸이다. 이 박씨부인의 활동은 멀리 '바보 온달'의 아내 평강공주의 활동을 연상케 하는 것이 있으며, 이 박씨전의 작가에게 온달설화가 영향을 주었으리라는 추측도 가능하다. 또 노처녀 고독 각씨전(老處女孤獨閣氏傳)이라는 작품의 주인공인 평강공주와 유사한 데가 있어서, 난국에 여자를 등장시키는 작품에는 실로 온달

부인의 영향이 컸었다는 사실을 확인할 수 있다. 어쨌든 박씨전의 의의는 비상시국에는 여자도 사회적인 활동을 할 수 있다는 가능성을 제시한 것으로, 여권신장에 큰 계기를 만들어 주는 좋은 자료가 아닐 수 없다. 이런 작품세계에서 남자(박씨 남편인 이시백)는 한갓 허수아비에 지나지 않는다.

이와 비슷한 작품으로 이괄의 난 때의 명장 정충신의 첩인 일타홍의 활약을 그린 내자임진록(內子壬辰錄 : 일명 천하여장군)이 있다. 여기에서도 정충신은 한갓 일타홍의 손발에 불과하다. 이런 작품들은 당시 여성들에게 미상불 통쾌한 만족감을 제공하였고, 따라서 여성 독자를 많이 가졌을 것은 뻔한 일이다.

〈서울대교수 장덕순〉

■ 장국진전(張國振傳)

이 작품은 명대를 배경으로 한 영웅소설이다. 전반에서는 주인공의 결혼담을 표현하였고, 후반에 가서는 주인공의 무용담을 그려 놓았다.

이 작품에서 가장 흥미있는 것은 주인공 장국진(張國振)이 여장을 하고 선을 보러 가는 장면인데, 그 결혼은 주인공이 과거에 장원 급제함으로써 성취된다.

내용을 대략 살펴보면 달마국의 침공을 받아 어려서 부모와 헤어진 장국진은 구사일생으로 살아 여학도사의 제자가 된다. 그리고 7년 뒤 어렵사리 부모를 만나고, 장원급제를 하고, 결혼을 하는 등 순탄한 나날을 보내다가 다시 달마국의 침공을 받아, 장국진은 대원수(大元帥)

가 되어 출전해서 적군을 격퇴하여 빛나는 무공을 세우고 개선한다. 그러나 간신들의 참소로 장국진은 유배되고 이 틈에 적군은 다시 중원(中原)을 침공하여 황제(皇帝)를 사로잡고 항복을 받으려고 한다.

그러자 유배지에 있던 장국진은 필마단기(匹馬單騎)로 달려와서, 적군의 포위를 뚫고 황제를 위기에서 구출해내지만 얼마 후 장국진이 병을 얻음으로써 전세가 불리해진다. 그때 그의 제 1 부인인 이씨가 아무도 모르게 도술로써 신병을 거느리고 가서 남편의 병을 선약(仙藥)으로 고치고, 또 적군도 격파하고 돌아온다는 것으로, 그 짜임새가 특이한 작품이다.

이에 장국진이 회복되어 적군을 대파하고 항복을 받은 후 개선한다는 것으로, 주인공 장국진의 영웅적인 무용담을 잘 표현해 놓았다.

이 작품도 〈유충렬전(劉忠烈傳)〉과 같이 부처님의 가호를 받아 주인공이 출생하고, 전쟁을 통하여 이루어지는 부귀와 공명을 표현하고 있어서 유교의 공명사상을 엿볼 수 있다. 전편을 흥미진진하게 이끌어 나간 이 작품은 영웅의 생애를 표현한 소설로는 수작이라 하겠다.

〈동국대교수　김기동〉

■ 임진록(壬辰錄)

이 작품은 선조 때의 임진왜란을 소재로 한 역사소설의 성격을 띠고 있으나, 플롯은 완전히 허구로 꾸며져 있다. 현실적으로 패배한 우리나라가 승리하고, 실지로 승리를 거둔 왜국(倭國)이 패배한 것으로 표현해 놓았다.

아군이 도처에서 왜군을 격파하고 있으며, 우리나라 군사가 왜국에까지 원정을 간다. 또 사명당(泗溟堂)을 죽이려는 왜왕(倭王)의 간교한 술책을 도술로써 분쇄하고는 부자지국(父子之國)의 항서를 받으며, 인피 3백장 등의 공물을 바치게 하고 환국한다.

이와 같은 〈임진록(壬辰錄)〉은 모든 사건이 허구일 뿐 아니라, 등장하는 인물도 반 이상이 가공적인 인물이며, 역사적 인물에 대한 표현도 허구이다.

이렇게 역사적 사실을 무시하고 플롯을 완전히 허구로 꾸민 것은, 왜족(倭族)에 대한 우리 민족의 복수심을 정신적으로 표현해 보고자 했기 때문이다.

그리고 명나라의 구원장 이여송(李如松)의 행패를 응징하는 것도 흥미있는 구성이다. 우리나라를 구원해 주었다고 할 수 있는 이여송을 질책하는 것은, 구원군으로 와서 심한 행패를 부린 명나라 군사에 대한 우리 민족의 증오심을 대변한 것이라 하겠다.

누구나 이 작품을 읽으면, 임진란(壬辰亂)의 국치(國恥)를 십분 씻고도 남을 정도로 전편을 통쾌하게 이끌어 나가고 있으므로, 왜족에 대한 우리 민족의 복수심을 그려 놓은 복수문학으로서의 기능을 잘 발휘하고 있다 하겠다.

〈동국대교수 김기동〉

필독정선 한국고전문학 11

初版 發行●1994年 5月 25日
重版 發行●2002年 5月 25日

監 修●張 德 順
發行者●金 東 求

發行處●明 文 堂
서울특별시 종로구 안국동 17~8
대체 010041-31-001194
전화 (영) 733-3039, 734-4798
(편) 733-4748
FAX 734-9209
Homepage www.myungmundang.net
E-mail om@myungmundang.net
등록 1977. 11. 19. 제1~148호

값 5,500원
ISBN 89-7270-184-X 04810
ISBN 89-7270-007-X (전12권)